A FLECHA DE WINTER

Um romance do X-Clan

I0678481

Autora Bestseller do USA Today

LEXI C. FOSS

A flecha de Winter

Lexi C. Foss

Copyright de Winter's Arrow © 2020 Lexi C. Foss.

Tradução: Andreia Barboza.

Revisão: Luizyana Poletto

Capa: JMN Art

Fotógrafo: CJC Photography

Modelos: Jenna Elisabeth & Garrett Riley

Texto revisado segundo o novo Acordo Ortográfico da Língua Portuguesa.

eBook ISBN: 978-1-68530-297-9

Paperback ISBN: 978-1-68530-298-6

A FLECHA DE WINTER

UM ROMANCE DO X-CLAN

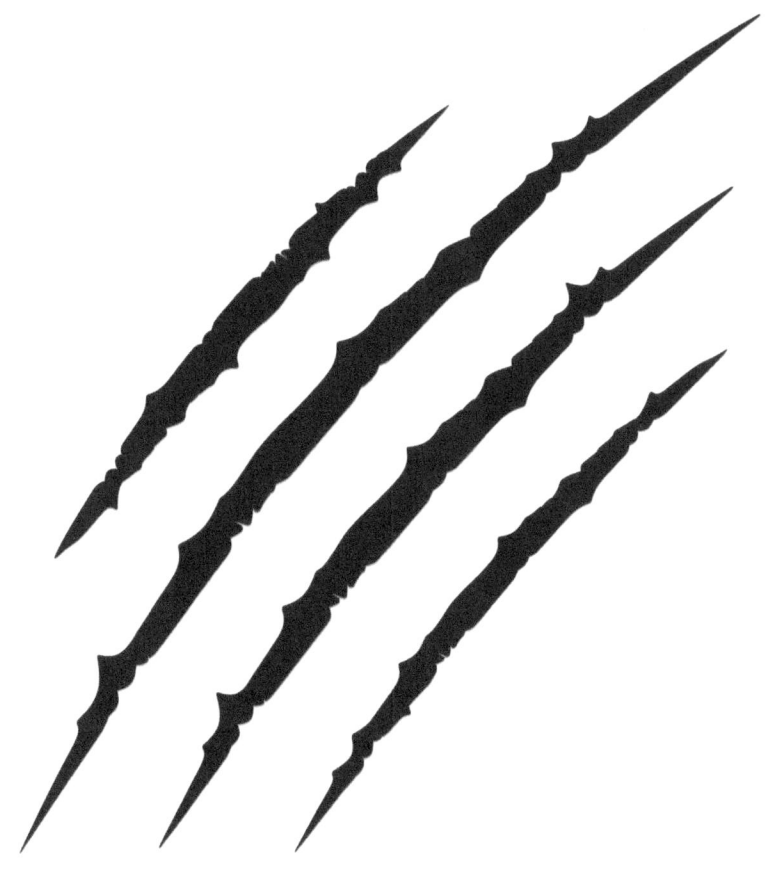

A SÉRIE
X-CLAN

A origem
Território Andorra
O experimento
A flecha de Winter
Território Bariloche

Série V-Clan
Território de Sangue
Território Noturno

A FLECHA
DE WINTER

O verdadeiro amor é um mito.
Um truque.
Uma forma de subjugar a mocinha e tirar tudo dela.

Winter Snow

Meu "amor verdadeiro" conspirou com minha madrasta
para me matar e roubar meu trono.

Mas eles falharam.

Me escondi e refinei minha vingança. Não sou mais a
donzela com quem eles me confundiram. Vou atrás deles.
E de meu reino também.

Quem precisa de anões quando se tem lobos?
Quem precisa de lâminas quando se tem flechas?

Meu nome era Snow. Agora me chamam de A Flecha de
Winter. Porque estou aqui para destruir todos eles.

Kazek Flor

Não sou um príncipe, e sim um Alfa. E eu pego o que
quero, quando quero. Então, quando encontrei uma

princesa ômega morrendo na floresta, eu a peguei e a fiz minha.

Vou treiná-la. Encorajá-la. Ajudá-la a buscar a vingança que lhe é devida. E juntos, vamos derrubar o Território de Inverno e a perversa Rainha dos Espelhos.

Corram rápido, lobinhos.
Sua antiga princesa está prestes a ascender comigo ao lado.
E temos sede de sangue.

Nota da autora: Esta é uma recontagem de A Branca de Neve e baseada no universo Ômegaverso X-Clan.

UM MUNDO SINISTRO DE ALFAS E SUAS ÔMEGAS ESCOLHIDAS

HAVERÁ MORDIDAS...

UM AVISO DE

KAZEK

Prezado(a) Humano(a),

Meu mundo não é como o seu. É um futuro governado por espécies sobrenaturais onde noventa porcento da população humana pereceu, graças a um vírus semelhante a um zumbi, que se espalhou rapidamente. Existem alguns clãs mortais que sobreviveram, mas minha história não é sobre eles. Minha história é sobre uma loba beta chamada Snow, que não é o que parece.

Eu sou um alfa.
Eu faço as regras.
As betas se curvam.
As ômegas se submetem.

Minha querida Snow é uma guerreira, mas será minha no final. Consentindo ou não. Portanto, se isso te preocupa, recomendo que não continue a ler nossa história. É sombria. Existem situações desconfortáveis que provavelmente farão você me odiar. Eu pego o que quero, quando quero, incluindo a Snow.

Prossiga se tiver coragem.

Você está avisado.

Kazek

se conteúdo sombrio com consentimento duvidoso e situações de troca de poder te deixarem desconfortável, não leia este livro.

PRÓLOGO

KAZEK

— Você está convidado a comparecer à celebração matrimonial entre Beta Snow, Princesa do Território de Inverno, e Alfa Enrique, do Território Bariloche, em... — Parei de ler, o papel em minha mão estava estragando meu humor. — Que merda é essa?

— Uma festa de noivado — Ludvig respondeu em tom seco. — Parece que a Vanessa quer mostrar os aprimoramentos que fez no Território de Inverno. Porque nós dois sabemos que isso não é para a "enteada" dela.

Eu ri. *Enteada. Claro.*

O fato de os Betas do Território de Inverno não terem percebido o plano de assassinato e a tomada do reino estava além de mim. Não podia ser uma coincidência que Alfa Einar e sua companheira Ômega tivessem morrido logo depois que Vanessa se juntou à corte como mentora dos filhotes deles. No entanto, todos aceitaram a história e receberam a nova fêmea Alfa de braços abertos, especialmente depois que ela adotou, com benevolência, a única herdeira da realeza e prometeu criá-la como se fosse sua filha.

— É interessante que ela tenha concordado em deixar a garota Beta se acasalar — comentei, pensando em voz alta. — Particularmente com outro Alfa. Isso não o tornaria o rei de acordo com as leis arcaicas deles?

A dinastia da família Frost superava todas as outras reivindicações ao trono, deixando de lado a hierarquia Alfa que muitos outros territórios preferiam. Tecnicamente, isso significava que Beta Snow era a Rainha do Território de Inverno. No entanto, Vanessa ostentava o título enquanto *treinava* a garota para assumir o reino.

— Estou chocado que a garota ainda esteja viva — acrescentei em voz alta.

Ludvig grunhiu.

— Estou mais chocado com o noivado. É por isso que você vai aceitar o convite e relatar suas descobertas sobre a situação.

Gemi, sem interesse nenhum nessa missão frívola.

— Você é o único em quem confio para prestar atenção, Kaz. — Ele arqueou uma sobrancelha. — Você não será distraído pelas ofertas das Betas como alguns dos outros tenentes.

Apertei o maxilar só de pensar nos famosos bordéis que Vanessa gostava de exibir para os outros territórios. Sua colônia Beta não oferecia muito em termos de exportações além de peixes, algo que o Território Nórdico tinha em abundância, então ela criou uma rede de trabalhadoras do sexo para atrair Alfas sem companheiras.

Betas construídas para aceitar o nó.

O que quer que isso significasse.

Meu pau não estava interessado.

— Certo. — Eu não gostava da missão, mas a aceitaria porque ele estava certo: eu era o único apto a prestar atenção. Os outros estariam muito ansiosos para se deleitarem com as Betas dispostas para considerar o estado das coisas no Território de Inverno. — Mas vou levar o Mick comigo.

Ludvig sorriu de lado, e sua barba desgrenhada mal se moveu com o gesto.

— Pensando que pode precisar de uma fuga rápida?

Dei de ombros.

— Não custa ter o melhor piloto que existe ao meu lado.

O Alfa do Território Nórdico concordou com um aceno e um lampejo de orgulho curvou seus lábios.

— Considere feito. Ele está ansioso por uma boa missão para se exibir, e essa vai servir bem. Vou pedir para a Mila organizar um presente de casamento apropriado para você levar. — Seus olhos azuis brilharam ao falar de sua companheira Ômega, o que fez seu comportamento amaciar instintivamente. Os dois estavam juntos há quase quinhentos anos, mas agiam como se tivessem se encontrado minutos atrás toda vez que se viam.

Algumas uniões eram forçadas.

A deles, definitivamente não era.

— Vou ficar responsável pelas comunicações, caso algo dê errado. — Não que eu esperasse que desse, mas sempre considerava a cautela em vez do orgulho. Era melhor estar preparado, especialmente por causa da minha origem.

Alguns lobos escolhiam ridicularizar minha falta de direito de nascença, preferindo desafiar meu status de Alfa porque nasci humano. Eles não se importavam que Ludvig mesmo tivesse me criado. Ter pais mortais me tornava fraco aos olhos deles.

E as suposições deles os tornavam fracos aos meus olhos.

Estalei o pescoço, sentindo minha diversão aumentar.

Uma festa de noivado no Território de Inverno traria todos os tipos de Alfas para brincar.

Talvez não fosse um desperdício de tempo.

SNOW

Sorrir.

Assentir.

Acenar.

Repetir.

Não deixe que percebam que tem algo errado, pensei. *Você não pode permitir que Vanessa descubra o que você ouviu. Apenas continue sorrindo.*

Me sentei à mesa principal, recebendo as palavras gentis de nossos visitantes e desempenhando meu papel de princesa perfeita. Se eu conseguisse passar por essa noite, sobreviveria. Esse era meu mantra, minha esperança, minha razão para continuar sorrindo, mesmo enquanto meu coração se partia.

— *Diremos que você foi zeloso demais na noite de núpcias. Você é uma Alfa. Eles irão entender. Betas não são feitas para aceitar o nó. A culpa é dela por ter nascido inferior a você.*

— *Como? Eu não posso simplesmente forçar.*

— *Tenho maneiras de induzir as sensações. Você vai ver.*

As palavras giravam em minha mente repetidamente, o tom frio de Vanessa perfurando meu interior a cada vez.

Minha mentora.

Minha protetora.

Minha madrasta.

Minha traidora.

— *O Território de Inverno vai acreditar no que eu disser. Confie em mim. Tenho experiência nisso, como você bem sabe.*

Risada.

Dor.

Fúria.

Fugi em vez de confrontá-la, sentindo meu mundo em ruínas quando cheguei aos meus aposentos. Por anos, suspeitei de sua traição, mas os lobos do território a amavam. Eles a viam como a solução para todos os problemas, a salvadora por ter me acolhido após a trágica morte dos meus pais.

Uma morte que agora eu sabia ter sido orquestrada para que Vanessa pudesse reivindicar o trono.

Mas eu não tinha provas.

E a conversa com meu noivo implicava que eu era seu próximo alvo.

Meu noivo estava sentado ao meu lado agora, com o braço forte ao redor de meus ombros frágeis. Sua presença era um calor reconfortante em nosso mundo congelado.

A neve cobria os terrenos, e o gelo revestia os lagos. As velas nas paredes do palácio faziam pouco para dissipar os tons frios. Nem mesmo a fogueira acesa no centro do salão principal ajudava a aquecer nosso lar.

No entanto, *ele* queimava como o sol do verão.

Um dia, eu amei essa característica. Adorava seu abraço musculoso e beijos ardentes. Até ansiava pela nossa noite de núpcias.

Que deveria acontecer amanhã.

Mas ele pretendia me matar, drenando meu sangue enquanto forçava um nó em mim que nunca deveria ser capaz de se formar com uma Beta.

Estremeci, meu estômago revirando com a ideia. *Como?* me perguntei pela milésima vez. *Como ele planejava fazer isso?*

Eles não chegaram a essa parte da discussão. Ou talvez tivesse sido abordado antes que eu os encontrasse juntos nos aposentos dele.

Pensar que fui até ele querendo um beijo à meia-noite e em vez disso... em vez disso, meu mundo desabou.

Primeiro, corri para meus aposentos, depois convoquei uma reunião com meus sete protetores. O círculo Beta acreditou na minha história sem vacilar, mas o líder, Doc, me disse para ficar quieta e não contar a mais ninguém. Porque, embora o reino adorasse a linhagem da minha família, a Rainha dos Espelhos fechou os olhos de todos com seu reinado supremo em uma terra que deveria ser minha.

Nasci Beta. Uma raridade. Alguns até poderiam considerar isso impossível.

Daí a necessidade do meu casamento, de trazer alguém superior para governar ao meu lado.

E ele pretendia me matar na minha noite de núpcias.

Peguei o vinho, dei um grande gole e estremeci quando os lábios de Enrique roçaram minha bochecha.

— Você está bem, Branca de Neve?

Argh, esse apelido. Uma brincadeira com a tradução do meu nome.

Um carinho que me assombraria por anos, porque eu já tinha reverenciado essas palavras estúpidas.

Até ontem à noite.

A noite em que tudo mudou.

— Querida? — ele insistiu, seu rosto bonito se transformando em uma expressão perfeita de preocupação. Ele merecia uma medalha por suas habilidades de atuação.

— Estou bem — disse a ele, minhas habilidades nesse campo não eram nem de longe tão boas quanto as dele, mas forcei um sorriso mesmo assim. — Apenas nervosa, sabe, com todos os visitantes no Território de Inverno.

— Ah, temos que agradecer sua rainha por isso — ele respondeu, soando ao mesmo tempo divertido e descontente, uma combinação inebriante. Ele sempre foi tão difícil de decifrar? Ou será que minha visão mudou desde a descoberta de sua traição?

— Sobre o que vocês dois estão cochichando aí? — Vanessa perguntou, seus olhos negros parecendo me prender daquela maneira inconfundivelmente dominante.

Alfa.

Sempre me submeti a ela.

Não conseguia evitar.

O simples ato de manter seu olhar por um segundo fazia meu coração disparar em pânico.

Seus lábios se curvaram quando desviei meu foco para baixo, deixando seu prazer com minha constante capitulação evidente. Suspeitei que esse era o verdadeiro motivo de ela se recusar a me treinar nas artes físicas. Ela não queria me dar nenhuma chance de superá-la em uma luta. Se ela descobrisse que meus sete protetores me ensinaram debaixo do seu nariz, ela colocaria as cabeças deles em estacas nos portões do território.

Felizmente, Doc sabia como nos esconder e alimentava o lado egocêntrico de Vanessa.

Ela se orgulhava de ser a mulher mais bonita da terra, além de a mais forte e letal. Enrique combinava com ela em todos os sentidos, até nos traços Alfa.

Governar juntos fazia sentido.

Eu só não percebi sua intenção até que fosse tarde demais. Até que ouvi...

— Alfa Kazek — Vanessa disse de repente, com um tom de voz doce e quase doentio. — Deveria ter imaginado que Ludvig enviaria seu famoso Caçador em vez de vir pessoalmente.

Um grunhido respondeu seu comentário, e olhei para o macho alfa diante de nós.

— Não sou chamado assim há mais de cem anos, Rainha dos Espelhos.

Vanessa sorriu de forma sedutora. Ela adorava machos de todos os tipos, e era por isso que ela se recusava a ter um companheiro Ômega, apesar de ter três em seu harém.

— Vejo que suas habilidades de conversação não melhoraram com o aprimoramento genético, não é?

O Alfa apenas a encarou, seus olhos negros contornados por fragmentos de azul safira, dando a ele uma aparência letal. *Caçador*, pensei. *Isso é apropriado*. Perigo emanava dele, assim como uma aura de domínio que ele mantinha enquanto Vanessa o encarava.

Isso tanto me fascinava quanto me enojava.

Era o que ela considerava preliminares, no entanto, ele parecia desinteressado. Entediado até. O que eu sabia que não acabaria bem. A Rainha Vanessa adorava a submissão de todas as formas. Ele teria que se curvar ou pagar o preço.

De repente, o foco dele se voltou para mim, e o homem arqueou sua sobrancelha escura ao me encontrar estudando seus traços esculpidos com ousadia. Quase baixei o olhar, ciente de seu status Alfa. Mas eu era uma princesa. A herdeira pretendida ao trono do Território de Inverno. Beta, sim, mas poderosa por direito.

Então ergui o queixo em desafio.

O que me rendeu um leve rosnado da rainha.

Normalmente, eu interpretaria isso como um aviso e diminuiria minha postura, mas depois de ouvir a discussão de ontem à noite, me senti um pouco rebelde. Então permaneci firme, apesar do peso crescente puxando minha coluna na tentativa de forçar minha submissão.

Não, pensei. *Não. Não vou me curvar.*

Eu precisava ser forte.

Era a única maneira de sobreviver à noite.

— Você deve ser a Princesa Snow — Alfa Kazek comentou.

— A tiara me entregou? — respondi, as palavras saíram de meus lábios antes que meu cérebro pudesse impedi-las.

Merda. Eu nunca falava assim com Alfas. Apenas com membros do meu grupo dos sete, como Grum e Doc. *Era para ir com calma, Snow.*

A palma da mão de Enrique encontrou minha coxa, dando um aperto de advertência que me fez estremecer. *Isso vai deixar um hematoma.* Combinaria com o que ele deixou em mim na outra noite, na parte de trás do meu pescoço quando perdeu o controle durante nosso beijo.

Um beijo que agora eu sabia ser mentira.

Porque ele pretendia me matar amanhã à noite.

— Perdoe-a — ele disse, um rosnado baixo acompanhando aquelas palavras. — Ela bebeu demais.

Quase resmunguei. *Tomei apenas alguns goles.*

Não, não era a bebida. Eu estava finalmente abrindo os olhos e percebendo que o mundo inteiro me traiu.

Preciso fugir.

E ir para onde? uma parte cínica de mim perguntou pela milionésima vez.

Não importa. Para longe daqui.

Alfa Kazek contraiu a mandíbula e seus olhos negro-azulados me avaliaram de forma calculista. Ele estaria no direito de fazer de mim um exemplo por desafiar descaradamente um homem acima da minha posição. Mas eu era a Princesa Snow do Território de Inverno. Isso, teoricamente, deveria me dar algum tipo de indulgência. Pelo menos, vinda dele.

Enrique e Vanessa seriam outra história completamente diferente.

Mais uma razão para escapar.

No entanto, não me arrependi de minha reação. Rude, sim. Mas estava cansada das encenações de hoje. Todos queriam comemorar, e eu não queria mais interpretar o papel da boa princesa.

Meu noivo planejava me assassinar.

Tomar meu trono.

Se unir a uma rainha que só estava aqui porque meu pai a acolheu todos aqueles anos atrás.

Como eu fui tão cega a ponto de aceitar as histórias que ela inventava? Por que ninguém a questionou?

— Você é a imagem viva de sua mãe — Alfa Kazek finalmente disse, ignorando a interferência de Enrique. O que era um insulto por si só, na verdade. Ele deveria estar se dirigindo ao homem ao meu lado como seu igual, mas preferiu focar em mim. — Cabelos escuros, pele de porcelana, físico delicado. Uma boneca frágil.

Frágil, repeti para mim mesma. *Você não tem ideia.* Eu era fraca para uma Beta, algo que Vanessa dizia com frequência. Ela me dava suplementos que supostamente deveriam ajudar a fortalecer meus músculos, mas não faziam nada por mim. Eu os tomava porque ela me obrigava.

Em breve, não farei mais isso, pensei, acrescentando mais um motivo à minha lista para partir.

Agora que eu sabia de suas verdadeiras intenções, me perguntava se ela mentiu para mim todos esses anos. Foi por isso que não tomei os comprimidos ontem à noite, nem esta manhã. Não senti nenhuma diferença. Claro, eu estava extremamente nervosa, então talvez nem notasse mesmo.

Kazek arqueou uma sobrancelha escura, indicando que queria uma resposta.

Típico Alfa.

Sempre no comando.

Sempre dominando.

Sempre controlando a situação.

E, ao invés de reagir da forma que ele esperava, da forma que a sociedade ditava, escolhi seguir meu próprio caminho.

Forcei um sorriso modesto, um que eu sabia que ele anteciparia. Então falei o que pensava em voz alta:

— Me disseram que me pareço com ela, mas que tenho o coração do meu pai.

Talvez fosse tolice provocar esse estranho conhecido como Caçador. Mas eu também poderia me divertir no caminho para a porta da morte.

Que grande plano, Snow, me repreendi. *Os sete protetores ficarão emocionados quando você levar uma surra.*

— Snow — Enrique sussurrou, me apertando em advertência e provocando dor em meu osso.

Engoli um grito indignado. A traição alterou meu senso de foco e a capacidade de cumprir as regras estabelecidas ao meu redor.

Eu me sentia livre e aterrorizada ao mesmo tempo.

Enrique emitiu um rosnado baixo, fazendo meu coração disparar. *Lá vamos nós...*

Mas então algo estranho aconteceu.

Uma centelha de respeito surgiu nos traços de Alfa Kazek, me deixando em dúvida.

Ele não poderia estar se divertindo com minhas travessuras. Alfas eram criaturas orgulhosas, e eu acabei de atacá-lo verbalmente. O que indicava que eu tinha um desejo de morte. E talvez tivesse. Talvez eu quisesse provocar uma reação letal de Alfa Kazek. Se ele me batesse com força suficiente, o casamento teria que ser adiado, arruinando os planos de Enrique de me comer até a morte.

Kazek limpou a garganta, arqueando uma sobrancelha.

— Espero que seja verdade, Princesa. Seu pai era um bom lobo. Minhas condolências tardias por sua perda. — Ele sustentou meu olhar, seu domínio me cercou como uma ameaça persistente, como se quisesse me avisar que ele poderia me forçar a me ajoelhar se quisesse, mas escolheu não fazê-lo.

Me recusei a reconhecer sua concessão, mantendo seu olhar de uma maneira que uma Beta não deveria. Vanessa acabaria comigo mais tarde. Ainda bem que eu não planejava ficar para ela me punir. Eu não tinha ideia para onde iria, mas não podia ficar aqui.

Outro daquele vislumbre iluminou seu olhar antes de ele voltar sua atenção para Vanessa.

— Não vou prendê-los. O Território Nórdico parabeniza a herdeira do Território de Inverno por sua união feliz. Você deve estar encantada, Vanessa. — Ele inclinou a cabeça de leve para demonstrar educação sem se submeter, irradiando poder com os olhos.

— Estou — ela concordou. — Obrigada por vir.

Que alfa estranho.

Ele deveria estar furioso e acabando comigo.

Em vez disso, parecia indiferente ao meu comportamento. Não que eu quisesse que ele reagisse. Talvez.

Argh, eu não sabia.

Eu estava péssima.

Preciso sair daqui.

— Ah, Caçador — Vanessa acrescentou assim que Alfa Kazek se moveu para ir embora. — Se certifique de enviar o jovem filho de Mickelson. Ainda não tivemos o prazer de conhecê-lo.

Os músculos de sua mandíbula se contraíram, o movimento definindo as maçãs do rosto robustas.

— Claro. Mas seria imprudente desafiá-lo. Ele é mais forte do que parece.

A empolgação de Vanessa irradiou ao nosso redor.

— Bem, esse parece um convite sedutor.

— A diversão será toda minha se você o tocar de forma inadequada — Alfa Kazek respondeu, arqueando uma sobrancelha. O desafio evidente em seu tom me chocou pra caramba. Esse macho não temia ninguém. Ainda assim, ele permitiu que eu o desrespeitasse. *Quem é você?* — Aproveite sua noite, Rainha dos Espelhos.

O Caçador se retirou, seus largos ombros se movendo entre a multidão com facilidade até desaparecer em uma das muitas sombras que espreitavam as paredes do palácio.

Eu estava tão focada nele que não percebi os olhares penetrantes em minha direção.

— Onde estão suas maneiras? — Vanessa sibilou em voz baixa.

— Você precisa de uma demonstração pública de seu lugar? — Enrique exigiu, a censura permeando cada palavra. — Você pode ser minha futura esposa, mas isso não te dá direito de falar com outro Alfa dessa maneira. — Sua pegada se tornou firme como cimento, minha coxa gritando sob sua palma. — Você tem que se submeter, Snow. Sempre.

Vanessa limpou a garganta, chamando nossa atenção para o novo convidado que se aproximava de nós.

Outro Alfa.

Esse, eu não reconheci, nem falei.

Estava muito focada em lutar contra o instinto de chorar sob o aperto mortal de Enrique em minha perna. Ele se recusava a ceder, seu castigo severo.

Minutos se passaram. Talvez horas.

Segurei o choro, engoli a dor e, durante todo esse tempo, Enrique conversou com os convidados sem se importar com nada.

Ele não me soltou, e eu soube que seria necessário me transformar mais tarde para consertar o estrago. Eu sairia daqui mancando.

Foi por isso que quase desmaiei quando ele se inclinou e exigiu uma dança para agradar os espectadores.

— E você vai manter a postura — ele acrescentou no meu ouvido.

O que significava que eu não podia mancar.

Uma tarefa que seria extremamente difícil, considerando que ele praticamente esmagou minha coxa nos últimos minutos ou horas.

— Agora, Snow — ele disse entre dentes.

Esse comportamento não era novo.

Afinal, ele era um Alfa. Adorava a dominação. Todos eles adoravam. Normalmente, sua voz grave me excitava. Mas, hoje à noite, só me fazia querer fugir.

Ainda não.

Colabore.

Sorria.

Acene.

Dance.

Alfa Kazek capturou meu olhar do outro lado da sala, com a expressão impassível enquanto seus olhos percorriam meu vestido branco até perna direita. Um lampejo de reconhecimento passou por suas feições. Uma punição cumprida. Mas ele não parecia se importar de qualquer forma, mesmo sabendo que era por causa da forma como falei com ele.

O aperto de Enrique em meu quadril se intensificou, me puxando para seu corpo musculoso enquanto assumíamos a pista de dança improvisada com movimentos nada fluidos. Tentei acompanhar o ritmo dele, me mover como ele queria, mas minha perna continuava latejando e meu joelho ameaçava ceder.

Vanessa me chamaria de fraca mais tarde, como sempre fazia. Ela perguntaria se eu estava tomando a medicação conforme prescrito. Então riria e balançaria a cabeça com falsa tristeza, dizendo mais uma vez que não fui feita para liderar.

Ninguém via esse lado dela além de mim.

E eu supunha que Enrique também sabia.

Fui cegada por suas covinhas, sua força Alfa e seu cheiro inebriante. Mas eles eram iguais: monstros com os olhos fixos no que deveria ser meu reino.

Mas como eu poderia liderar nesse estado? Mal era capaz de ser Beta, quanto mais a Rainha do Território de Inverno.

Enrique me inclinou para trás, forçando que eu me equilibrasse na perna ruim, e me deu um sorriso predatório.

— Da próxima vez, talvez você considere suas maneiras antes de falar.

Eu queria mordê-lo. E não de um jeito bom.

Em vez disso, abaixei a cabeça em submissão.

O que provocou um leve ronronar dele, sua maneira de aceitar minha obediência com recompensa. Mas eu não desejava sentir seu ronronar agora. Eu o odiava. Queria vê-lo *morto*.

A intensidade por trás desse desejo quase me derrubou.

Matar um Alfa quebrava muitas leis. Mas por que eu

não poderia matá-lo? Ele tinha a intenção de fazer o mesmo comigo. Era justo.

Não. Eu perderia essa luta em um segundo.

Eu tinha que jogar de forma inteligente.

Precisava de tempo para planejar.

E era por isso que eu precisava seguir adiante com a ideia de Doc de fugir. Ah, eu esperava que ele tivesse encontrado a aeronave certa na qual eu poderia partir. Ele mencionou que algumas partiriam esta noite. Outras, amanhã.

Tudo o que eu sabia era que não podia arriscar ficar aqui.

Eu precisava estar em um desses voos.

E precisava estar em um deles *esta noite*.

KAZEK

— ESTE LUGAR é UM CIRCO — Mick resmungou ao voltar para o meu lado. Ele acabou de prestar seus respeitos à Vanessa e Enrique, e sua expressão me dizia que não estava nada impressionado.

Bufei, concordando silenciosamente.

A Rainha dos Espelhos fez um show elegante, mas senti a presença do submundo perverso espreitando sob as ondas de superioridade. Muitos dos Alfas estavam esperando, conscientes de que o verdadeiro espetáculo ainda estava por vir. Vanessa prometeu a todos nós uma recepção adequada, que eu suspeitava que viria na forma de escravos nus.

O que não me agradava.

Eu preferia um pouco de luta, como o desafio que a Princesa Snow lançou no meu caminho mais cedo. Sua arrogância despertou meu interesse, principalmente porque eu suspeitava que ela não tinha a intenção de mostrá-la e depois se recusou a recuar. Como se a linhagem real pudesse salvá-la. Não neste mundo. Não quando ela possuía traços Beta que beiravam os níveis de força de uma Ômega.

E foi o que capturou ainda mais minha atenção.

Ela não se submeteu, mas senti sua necessidade de

fazê-lo. Eu praticamente podia sentir sua capitulação no ar, mesmo enquanto ela mantinha meu olhar.

Um enigma intoxicante, que voltou minha atenção para ela mais uma vez.

Ela estava parada ao lado da pista de dança, se equilibrando na perna esquerda. Eu sabia o porquê. Alfa Enrique a colocou em seu lugar para todo o salão ver, apertando sua coxa direita.

Todos notaram.

No entanto, Snow Frost mal se abalou, demonstrando uma notável tolerância à dor. Isso me fez perguntar até onde ela poderia suportar quando devidamente dominada. Especialmente no quarto.

Era exatamente para onde minha mente não podia ir.

No entanto, ela continuava a vagar por lá. E isso, por si só, me irritou. Eu só transava com Betas por necessidade, não porque realmente as queria. Então, o que me fascinava tanto por essa fêmea já comprometida? Seus olhos cor da meia-noite? Seus seios arrebitados? Suas pernas longas? Sua cintura esbelta? O fato de ela representar um desafio proibido?

Acariciei a barba por fazer, me apoiei na parede repleta de pedras e observei enquanto seus ombros se tensionavam com o que Enrique sussurrava em seu ouvido. Parecia que a punição estava longe de terminar. Eu não o culpava. Ele sabia tão bem quanto eu que poderia ter acabado com ela na frente de todos por seu comportamento extravagante. A única razão pela qual escolhi não fazê-lo foi porque sabia que ele lidaria com isso por mim.

Minha versão de presente de casamento, eu supunha.

Mas agora, eu me arrependia. Porque eu queria colocar as mãos nela. Apertá-la até que ela não pudesse respirar. Fazê-la implorar por misericórdia. E então enfiar meu pau entre seus lábios vermelhos e cheios e estocá-los enquanto ela chorava.

E ela choraria, com certeza.

Porque Betas não foram feitos para suportar agressão de um Alfa.

É por isso que eu raramente transava com elas.

Então, por que ela? Por que eu queria despi-la e bater nela até que sua bunda exibisse marcas vermelhas lindas?

Atraentes olhos de obsidiana encontraram os meus de longe, através do salão. Ela engoliu em seco e desviou o olhar rapidamente. *Não tão forte agora, não é?* pensei, inclinando a cabeça.

— Se você continuar olhando para ela desse jeito, o Alfa Enrique vai desafiá-lo — Mick murmurou.

Zombei de suas palavras.

— O idiota não é suicida.

— Mas é orgulhoso.

Bem, é verdade.

— Seria divertido derrubar um noivo na noite anterior ao seu casamento.

— Tenho quase certeza de que não é isso que Ludvig tinha em mente quando nos enviou para representar o Território Nórdico.

Dei de ombros.

— Eu disse a ele que não queria vir. Ele só teria a si mesmo para culpar.

Mick soltou o rabo de cavalo e balançou seus longos cabelos loiros quase brancos soltos sobre seus largos ombros.

— Estou pronto para ir quando você estiver.

— Eu sei. — Ele odiava esse ambiente tanto quanto eu. Por isso eu o pedi como meu apoio. — Mas estou curioso para ver o que a rainha pretende fazer para nos atrair a ficar.

— Se você está pensando que ela vai te oferecer aquela princesa Beta como presente, eu diria que você está prestes a ter uma decepção.

Sorri.

— Não seria divertido tê-la como um presente. Eu prefiro muito mais a caça.

Ele resmungou.

— Certo. É uma armadilha que você deveria evitar.

— Mas seria tão divertido domá-la, Mick. Onde está seu espírito aventureiro?

— Eu o deixei no Território Nórdico. Que tal você voltar comigo e me ajudar a encontrá-lo?

Encontrei seus olhos azuis sorridentes, seu divertimento palpável.

— Me diga que você não está ansioso para dar uma surra nesse Alfa e mostrar a este tribunal uma verdadeira dominação.

— Esse circo não é meu, assim como esses macacos também não — ele disse de forma arrastada.

— Que coisa do século XXI para se dizer.

— Ei, aprendi isso com a sua coleção de filmes.

Eu ri.

— Aposto que sim. — Esse filho da puta sempre mexia nas minhas coisas sem permissão. De alguma forma, o filhote e eu nos tornamos amigos improváveis. Ele era cerca de cem anos mais jovem, nascido em uma época em que os zumbis governavam o mundo, não os humanos, e não tinha nenhuma compreensão do meu passado ou de como eu fui acidentalmente transformado em um lobo.

Essa inocência provavelmente era o motivo de eu permitir que ele continuasse respirando.

Bem, isso e seus laços familiares. Alfa Ludvig provavelmente não apreciaria se eu matasse seu filho mais novo.

Meu foco voltou para minha presa. Suas bochechas ficaram vermelho-escuro em resposta ao que Enrique lhe disse. Ele segurava seu braço com força, e a outra mão estava em seu quadril. Seu corpo estava inclinado em direção ao dela de uma forma que sugeria que ele queria um favor da variedade oral.

Interessante.

Parece que eu não era o único lobo pensando em sua boca deliciosa.

Ela assentiu em resposta ao que ele disse, e ele a soltou.

Então ela rapidamente atravessou o salão, indo em direção ao corredor dos fundos enquanto Enrique voltava para Vanessa no trono. O sorriso dela continha um segredo, algo que intrigava meu assassino interior.

O que você está escondendo, velha Rainha dos Espelhos?

Sussurros percorriam o salão. Vários Betas estavam saindo, assim como Snow.

Ah, é hora do nosso show.

Decisões, decisões.

Eu poderia ficar e observar. Ou poderia caçar a beleza de cabelos negros.

A jogada inteligente seria ficar. Mas eu não estava interessado em jogar pelo seguro. Não, preferia me entregar às minhas inclinações mais obscuras, e aquela pequena raposa envolveu todos os meus sentidos.

— Não faça isso — Mick alertou.

— Não fazer o quê? — perguntei, já me afastando. — Só vou dar uma pequena corrida. Voltarei a tempo de observar a festa. Não se preocupe.

Ele murmurou um palavrão entre os dentes e balançou a cabeça. No entanto, ao contrário de mim, Mick era inteligente. Porque ele não tentou me impedir. Isso teria levado a um resultado perigoso. Semelhante ao que eu estava prestes a fazer.

Eu adorava tarefas arriscadas por um motivo: elas me faziam sentir vivo.

E quando eu queria algo, ia atrás.

Esse algo hoje à noite se manifestava na forma da pequena Snow Frost.

Eu não sabia exatamente o que faria com ela ainda. Só sabia que ansiava por outro duelo verbal. Talvez mais. Talvez menos. Eu decidiria isso quando a encontrasse.

O que exigia rastreá-la pelo labirinto deste palácio.

Remexi o nariz, seu aroma delicioso era uma pista no ar. Ela me lembrava de sol e calor, algo que não existe muito no Círculo Ártico nesta época do ano. Respirei profundamente e segui seu rastro, me mantendo perto das sombras.

Se alguém perguntasse minhas intenções ao sair da festa, eu diria que precisava de um pouco de ar fresco. Não seria uma mentira. A querida Snow Frost parecia estar cheia de frescor...

Uma série de uivos ao longe me fez parar, franzindo a testa. Vinham do salão de entretenimento.

E um desses uivos pertencia a Mick.

Merda.

Era um chamado para acasalamento.

O que só podia significar uma coisa: havia uma Ômega excitada em algum lugar daquele salão. Só esperava que a fêmea não estivesse no meio de um ciclo de cio.

Rosnando baixinho, me virei em direção ao caos e respirei pela boca, não pelo nariz. A Ômega certa em pleno cio poderia derrubar até mesmo um macho com a minha experiência.

Felizmente, a paciência estava gravada em meu sangue. Assim como a violência. Isso criava uma combinação letal que alguns diziam resultar em minha falta de moral adequada.

Talvez estivessem certos.

Paralisei na entrada da sala, mantendo o foco em uma pequena fêmea loira presa dentro de uma gaiola no centro do salão imenso.

A barreira translúcida tremia enquanto Alfas e Betas tentavam alcançar a Ômega que choramingava. Um olhar confirmou que ela não estava no cio, apenas excitada e talvez se aproximando de seu ciclo.

O caos era iminente.

Vanessa observava de seu trono, com a expressão intrigada enquanto Enrique andava de um lado para o outro ao lado dela com veias saltando em seus braços. Ele arrancou o paletó e a camisa, o Alfa dentro dele exigindo que ele tomasse a fêmea que a rainha malvada balançava diante de todos como uma cenoura tentadora.

Vadia.

Um homem voou pelo salão, a origem do arremesso pertencia a Mick. Ele entrou no modo protetor. Típico. Ele veria aquela pobre criatura como alguém precisando de ajuda. Mas a coleira ao redor de seu pescoço a marcava como uma escrava.

A rainha cruel provavelmente injetou um soro na Ômega para forçar seu interesse sexual, com o propósito de impregnar a sala com luxúria para as festividades da noite. Eu não duvidaria que ela também tivesse induzido o cio. O que, pelo que parecia, podia ser o caso. A garota ainda não tinha entrado nele por completo.

Vanessa provavelmente pretendia dar a Enrique um gostinho da Ômega que choramingava como algum tipo de presente de despedida de solteiro. Daí seus passos impacientes e o motivo de ele ter mandado Snow para a cama mais cedo. Ou talvez Vanessa apenas planejasse deixá-lo assistir.

De qualquer forma, era perturbador, e eu não queria nada com isso.

Na verdade, queria sair daqui.

Este lugar cheirava a pesadelos e intenções obscuras. Talvez eu tivesse apreciado isso em uma vida passada, mas não esta noite.

Só precisava convencer Mick a sair e forçá-lo a ir embora, o que seria um problema. Ele estava no meio de um bando de Alfas famintos, todos desejando a pequena Ômega cordeirinha na gaiola. E Mick estava impedindo todos eles com suas habilidades superiores de luta.

Bem, pelo menos ninguém questionaria seus direitos de nascimento depois disso.

Merda. Apertei a ponte do nariz, soltei um suspiro e balancei a cabeça.

Eu tinha duas opções. Ou eu o ajudava ou o irritaria, dominando-o na frente de todos.

A segunda opção poderia ser divertida, mas a primeira permitia derramamento de sangue.

Eu gostava de sangue.

Especialmente quando vinha de outros Alfas.

Sorri quando a lâmina caiu em minha mão. Eu sempre estava preparado, e parecia que essa ocasião exigia o meu tipo de brincadeira.

Eu queria uma forma de liberar minha agressividade e tinha planejado usar Snow para isso. Mas parecia que eu ia deixá-la passar hoje à noite.

Uma pena, realmente. Duvidava que ela sobrevivesse ao seu primeiro ano com Enrique.

Quem sabe nos encontraremos em outra vida, bela Beta.

Está na hora de brincar.

SNOW

Meus braços se arrepiaram enquanto uivos alcançavam todos os cantos do castelo. Enrique me mandou sair, afirmando que eu precisava descansar para o grande dia de amanhã.

Resmunguei. *Canalha*.

Como se eu não reconhecesse o chamado de acasalamento vindo do salão de celebração. Eu não era criança. Passei muitos anos escondida neste castelo, supostamente me preparando para meu futuro dever como líder, mas isso não me tornava ignorante.

Os bordéis de Betas de Vanessa não eram segredo. Eu nunca os aprovei. No entanto, ela argumentava que isso fornecia uma nova fonte de renda para o território, algo que garantia lucro o ano toso, ao contrário das nossas exportações de pesca, que eram apenas nos meses de verão.

Eu podia ouvir meus pais rosnando nas sepulturas.

Essa era uma das políticas que eu pretendia desmantelar quando assumisse como rainha. Como fui ingênua em pensar que isso poderia acontecer.

Confiei em você, pensei, voltando meu olhar para um dos espelhos que revestiam os corredores do palácio. Vanessa era obcecada por eles. *Você era minha mentora. Minha madrasta. Minha guardiã. Como pôde?*

Mas eu sabia o porquê. Suspeitava de suas verdadeiras intenções há algum tempo. Especialmente depois que ela escolheu meu pretendente por mim. Mas então conheci Enrique e me apaixonei por seu sorriso com covinhas, charme lupino e mente inteligente. E me esqueci de todas as desconfianças, optando por acreditar que talvez Vanessa tivesse meu melhor interesse no coração.

Eu estava errada.

Muito, *muito* errada.

Contraí o maxilar e fechei as mãos ao lado do corpo. *Pare de se lamentar e vá*, disse para mim mesma, meus olhos escuros brilhando com determinação. *Corra.*

Forcei um pé a se mover na frente do outro. Minha decisão de fugir foi reforçada pelos sons estrondosos vindos do salão principal. Enrique estava se deleitando nos jogos. Nos bordéis. Nas fêmeas dispostas. Essa era a verdadeira razão pela qual ele me mandou para meus aposentos. Ele queria aproveitar sua última noite de solteiro.

Um rosnado subiu pela minha garganta, mas engoli o rugido.

Ciúme não existia.

Assim como o verdadeiro amor.

Ou lealdade.

Ou qualquer outra merda de emoção que acreditei existir.

Agora eu sabia das coisas. Minha mentora me traiu. Meu noivo também. Eles pretendiam me matar. Destruir o último descendente da linhagem Frost. Não podia permitir que isso acontecesse.

E qual é o seu plano?, meu lado cínico perguntou pela milésima vez. *Fugir e se esconder na floresta? Ir para outro território e implorar por ajuda?*

Era risível, realmente.

Ah, eu esperava que Doc tivesse resolvido tudo para mim. Porque se ele não tivesse... Engoli em seco, balançando a cabeça. *Não pense, Snow. Apenas se mova.*

Meu cérebro girava, tendo perdido todos os sinais de lógica. O fracasso e a covardia ameaçavam minha mente, mas eu me recusava a deixá-los entrar. Um covarde aceitaria seu destino e morreria. Eu escolhi viver, lutar quando tivesse os recursos adequados e a determinação necessária para fazê-lo.

Não podia me permitir considerar a ideia de que esse dia talvez nunca chegasse.

Era uma consideração perigosa demais, algo que poderia me forçar a ficar.

E então? Eu me renderia e aceitaria o nó? Morreria durante o sexo? Droga. Isso, não.

Com um rosnado baixo, entrei em meus aposentos e encontrei Grum me esperando. Ele era um dos meus confiáveis sete, um Beta amigo que garantiu que eu aprendesse a lutar quando Vanessa afirmou que eu era fraca demais.

Ele permaneceu em silêncio, desviando os olhos azul-prateados por cima do meu ombro como se esperasse que alguém tivesse me seguido. Talvez Enrique. E seria um confronto divertido, não seria? Claro, Enrique não sabia dos sete. Vanessa também não. Era um antigo segredo da família Frost. Apenas aqueles da linhagem sabiam da lealdade do círculo protetor. E foi criado especificamente para situações como essa.

A postura de Grum relaxou quando fechei a porta, e ele abriu os braços.

— Você parece precisar de um abraço, querida.

Corri para ele, aceitando seu conforto e adoração. Ele e os outros eram meus irmãos. Não literal, mas espiritualmente. Eu os adorava e valorizava como se fossem meu próprio sangue. E eu sabia que eles sentiam o mesmo por mim.

Ele suspirou em meus cabelos, acariciando minhas costas de leve.

— O Doc encontrou uma saída.

Meu coração parou.

— Hoje à noite?

Ele assentiu.

— Sim. Ele disse para eu te encontrar e te levar pelos túneis. E... e ele quer que você vá sozinha. — Seu tom me dizia como ele se sentia em relação a essa ideia, mas eu entendia.

— As alcateias são mais fáceis de rastrear — sussurrei. — É... é mais difícil para um grupo se esconder.

Os lábios de Grum estavam em meu cabelo, seus braços apertando ao meu redor.

— Não gosto disso, Snow.

— Eu sei. — *Eu também não*. Não adicionei essa parte, porque não resolveria a situação. — Qual transporte?

— Território Nórdico. O Alfa Ludvig é conhecido por sua imparcialidade. Se alguém vai ajudar, será ele.

— Território Nórdico? — repeti, com um leve tremor na voz. *O Território Nórdico congratula a herdeira do Território de Inverno por sua união feliz*. A voz profunda de Alfa Kazek ecoou em minha cabeça, provocando um arrepio pela minha espinha. — Você tem certeza de que é o melhor lugar?

Ele se afastou, mas manteve as mãos em meus ombros.

— Alfa Ludvig e seu pai eram amigos. Você sabe disso.

Sim, eu sabia. Mas...

— Ele enviou um Alfa hoje à noite para representar o Território Nórdico. Eu... eu posso tê-lo desafiado. — Fiz careta com a admissão enquanto Grum erguia as sobrancelhas.

— *O quê?*

— Ele, bom, eu, quer dizer, não o desafiei, apenas não fui muito respeitosa? — Saiu como uma pergunta, o que me tirou outra careta. — Não importa. Vou dar um jeito. O Doc está certo. O Território Nórdi...

As portas dos meus aposentos se abriram com violência enquanto Ez e Leep entraram correndo com expressões ferozes.

Ez não perdeu um segundo.

— Precisamos tirá-la daqui. Agora.

Fiz uma careta.

— Por quê? O que aconteceu?

Os dois Betas balançaram a cabeça ao mesmo tempo, as madeixas castanhas caindo nos olhos cinzentos idênticos. Os gêmeos estavam sempre em sincronia e raramente se separavam.

— Não temos tempo, Princesa. Precisamos nos mover. — Leep falou, sua voz grave apenas um pouco mais profunda que a do irmão. Era assim que eu os diferenciava.

Grum segurou meu braço, me impulsionando para a frente.

— Se eles dizem que precisamos ir, então precisamos ir. — Os três me conduziram pelos corredores, espiando ao redor para garantir que ninguém nos visse antes de nos levar por um corredor estreito que poucos no castelo sabiam que existia.

Um sinal de perigo atingiu meus sentidos.

Um ar letal vindo do salão principal.

Algo ruim aconteceu. O cheiro da morte alcançou minhas narinas e as fizeram dilatar. Não perguntei o que havia acontecido, porque não tinha certeza se queria saber.

Doc nos encontrou na saída. Sua forma corpulenta estava curvada no espaço apertado. Ele grunhiu quando nos aproximamos, então seus olhos negros encontraram os meus. Conhecimento e experiência irradiavam dele. Ele foi o conselheiro mais confiável de meu pai e liderava o conselho de Betas que juraram fidelidade à linhagem de minha família. Vanessa pensava que eles trabalhavam para ela e que estavam encantados com sua beleza e força, mas só a toleravam para ficar perto de mim, a única herdeira.

Esses homens eram meus professores. Minha família. Meus irmãos de confiança.

Sem eles, eu não seria *eu*.

E agora... agora eu tinha que deixá-los.

— Venha — Doc disse, o homem era conhecido por falar pouco.

Seguimos e encontramos mais três Betas, Opy, Happa e Bash, completando o grupo dos meus sete protetores.

Os homens mantinham uma fachada feroz, mas eu percebia a preocupação subjacente nos cheiros deles. Todos nós gostávamos de planejar, e aquilo foi improvisado de última hora.

— Você vai enviá-la no jato com um assassino notório — Bash resmungou. — Ele já derrubou metade da sala.

Estremeci com a imagem que suas palavras evocaram, porque eu sabia a quem ele se referia. *Alfa Kazek.*

Doc ignorou o homem descontente e me entregou um colar.

— Use isso. Alfa Ludvig vai reconhecê-lo.

Observei o símbolo de pata no final da corrente e depois o coloquei ao redor do pescoço.

— E você terá que vestir isso. — Ele fez um gesto para uma pilha de roupas: jeans e suéter. — Vão disfarçar seu cheiro.

Franzi a testa, farejei e fiz uma careta. *Peixe morto.*

— Sim. Não é agradável — Bash concordou, curvando o lábio em um rosnado. — Mas combina com a carga importante deles. — Significava que ele havia encontrado o presente de casamento que o Território Nórdico enviou e esfregou as roupas nele. Inteligente.

Dei um passo em direção as peças, sentindo meu estômago revirar. Ele estava fazendo isso a noite toda, pois meus nervos estavam em tumulto.

— Não temos muito tempo — Doc pressionou, a personalidade tipo alfa do Beta brilhando.

Bash resmungou.

— Sim. Porque o famoso Caçador está em fúria assassina, e ah, você quer mandar nossa Snow no avião dele. Bom plano. Apoio totalmente a ideia, companheiro.

— Qual Território você recomendaria? — Leep perguntou, erguendo uma sobrancelha marrom, com o tom carregando um toque de irritação.

— Sim, qual? — seu irmão gêmeo ecoou com o mesmo tom.

— Eu já disse que precisamos ir juntos, protegê-la como um bando — Bash disse, seus olhos verdes brilhando. — É a melhor maneira.

Leep zombou disso.

— Até a Rainha dos Espelhos nos encontrar.

— Deixe-a tentar. — Opy estalou o pescoço, seu cabelo claro me fazendo lembrar da luz da lua.

Balancei a cabeça e caminhei em direção às roupas, com Grum ao meu lado. Ele desceu o zíper do meu vestido sem que eu precisasse pedir, e o deixei cair no chão. A nudez não era algo que nos incomodava. Éramos lobos. Frequentemente andávamos nus.

Happa, o mais baixo do grupo, ergueu as mãos, com a postura calma e recolhida enquanto dizia:

— Caras, já decidimos...

— Não, *ele* decidiu — Bash interrompeu, apontando o dedo contra o peito de Doc, o que provocou um rosnado do Beta muito mais velho.

Doc segurou o pulso de Bash e o apertou.

— Cuidado.

— Você é que tem que ter *cuidado*, velho — Bash rosnou, tentando cutucá-lo novamente.

Ah, droga, pensei, puxando o suéter fedorento sobre a cabeça. Meu estômago se revirou de repulsa. *Argh, que nojo*.

— Isso não está ajudando a situação — Leep apontou, com o rosto entediado enquanto observava o impasse não verbal entre Bash e Doc.

— De jeito nenhum — seu irmão gêmeo concordou.

— Ah, vocês dois, calem a boca — Opy resmungou, se aproximando do lado de Bash para demonstrar sua lealdade. Os dois sempre se apoiavam. O que eu normalmente adorava neles, mas agora, eu precisava de um sinal de solidariedade.

Comecei a vestir as calças malcheirosas.

— Caras...

— Este é um plano horrível — Bash interrompeu. — Pelo menos deixe um de nós ir com ela.

Puxei o zíper e abotoei a calça.

— Sério, caras...

Leep cortou o ar com a mão.

— Se um de nós for com ela, todos nós vamos.

— Sim. Somos uma equipe. — Claro que Ez concordava. — Todos vamos.

— Caras! Ouçam...

— Agora vocês estão falando minha língua. — Era como se Bash e os outros não pudessem me ouvir. Eles simplesmente continuavam me interrompendo. — Vamos para a floresta e formular um plano melhor.

— E correr o risco de a rainha enviar todos os cães de

guarda atrás de nós? Sim, isso parece brilhante. — Doc cruzou os braços musculosos, sua pele escura se misturando com a noite. — Essa é a melhor maneira de dar à Snow uma chance de sobrevivência.

Abri a boca para apontar que eu era capaz de tomar minhas próprias decisões, mas meu estômago se contraiu com violência, provocando uma onda de tontura. *Ah...* agarrei o braço de Grum por instinto, precisando de algo para me manter de pé.

— O que foi? — ele me perguntou baixinho enquanto os outros continuavam a discussão, com as vozes baixas, mas cheias de raiva. Eu queria dizer a eles para ficarem quietos e me ouvirem, mas eu não conseguia falar, o ar sendo expelido dos meus pulmões à medida que outra contração apertava meu interior.

— Snow. — Grum me virou para encará-lo. — O que foi?

Abri os lábios, as palavras pairando em minha língua quando, de repente, todos os pelos na parte de trás do meu pescoço se arrepiaram.

Todos paralisaram.

Então um uivo agudo cortou a noite, sua fonte era de uma furiosa Rainha Alfa exigindo a atenção de seus súditos.

Meus joelhos ameaçaram ceder, a submissão puxando cada fibra do meu ser e exigindo minha capitulação.

Mas Grum me manteve de pé, com a mandíbula cerrada enquanto ele resistia ao chamado para se ajoelhar.

— *Merda* — Doc murmurou, com a voz rouca. — Você precisa embarcar no avião agora mesmo.

Ninguém discutiu.

Bash se aproximou, se ajoelhou diante de mim e ajudou a calçar os sapatos. Eu nem os tinha visto no chão. Minha visão falhava com emoções, meu cérebro estava embotado em compreensão e confusão. Enquanto isso, meu interior se revirava.

Apertei o braço de Grum, enquanto um gemido se formava em minha garganta. Mas engoli em seco. *É só o cheiro. Vou ficar bem. Vai dar tudo certo.*

— Snow?

Assenti.

— Estou bem. — Eu tinha que estar.

Doc deu um passo à frente, segurando um dispositivo.

— Isso está totalmente carregado. Não o ligue até estar pronta para entrar em contato conosco.

Um telefone via satélite.

Esses eram raros.

— De onde você...

— Não se preocupe. Leve isso também. — Doc me entregou três facas, minha segunda arma favorita. — Um arco é muito volumoso.

Sim. Ele tinha razão. Guardei os itens depressa, em seguida, fiz careta quando os uivos recomeçaram. O que quer que Vanessa tivesse acabado de fazer devia ter agradado a multidão.

— É para lá que você precisa ir. — Doc apontou para um avião de alta tecnologia, parado ao lado de uma escada a cerca de vinte metros de distância. — Já está aberto. Vá direto para a área de carga. Há várias caixas para você se esconder.

— Você já esteve no avião?

Ele assentiu.

— Mas vão sentir seu cheiro lá. — E então talvez verifiquem o avião em busca de um clandestino. — Doc...

— Todos os aviões foram inspecionados pelos guardas de Vanessa. É por isso que estão destrancados. Acredite em mim, não vão pensar em nada além de saber que fazia parte das medidas de segurança do Território. — Seus

lábios se curvaram em um de seus sorrisos paternais. —
Pensei em todas as possibilidades. Essa é a sua melhor
solução. Vá até o Alfa Ludvig. Conte o que aconteceu. Ele
vai nos ajudar. Sei que vai.

Eu gostaria de compartilhar seu otimismo. Nunca
conheci o Alfa do Território Nórdico. Mas seu Caçador
deixou uma estranha impressão. — E se ele não ajudar? —
perguntei, minhas entranhas protestando mais uma vez. —
E se...?

— É para isso que o telefone serve — ele respondeu,
me puxando para um abraço apesar das roupas sujas. —
Você vai ficar bem, querida.

Os outros começaram a murmurar, seus corpos se
aproximando para um abraço em grupo. Lábios
acariciaram meu cabelo e pescoço, alguns roçaram minhas
bochechas.

Meus irmãos.

Minha família.

Meus olhos estavam cheios de lágrimas.

— Vou sentir saudades...

Outro uivo ecoou na noite, desta vez mais próximo e
vitorioso. Não reconheci o dono, mas a dominância nele
forçou meus joelhos a se dobrarem. Se os machos não
estivessem me segurando, eu teria caído em submissão
imediata.

Quem quer que fosse o dono daquele uivo era *poderoso*.
Assustadoramente poderoso.

Os machos me seguraram como se eu não pesasse
nada. O que, realmente, em comparação a eles, eu não
pesava. Sempre fui pequena para uma Beta, algo que meus
remédios...

— Oh! — Arregalei os olhos. — Devo levar meus...

Outro uivo fez meus sete protetores me soltarem e me
deixarem apenas nos braços de Doc.

— Você precisa ir. Qualquer coisa que tenha esquecido pode ser substituída.

— Eu não...

— Agora, Snow! — Ele me empurrou em direção ao corpo mais alto de Grum. — Leve-a para a porcaria do avião, Grum.

Havia muito a dizer, mas os uivos cada vez mais intensos tornaram impossível falar. Não estaríamos sozinhos aqui por muito tempo, e se alguém me visse agora, estaríamos mortos. Vanessa não levaria isso bem, especialmente depois do que descobri na noite passada. E os outros no Território me veriam como desertora, uma traidora, um membro indigno da realeza.

Engoli em seco. *Eles vão me ver assim de qualquer maneira.*

— Nós vamos resolver isso — Doc falou baixinho enquanto Grum me carregava em direção ao avião, percebendo minha indecisão. — Vai ficar tudo bem.

Eu não estava tão certa disso, mas que escolha eu tinha? Ele tinha razão. Essa era a melhor opção.

— Fique bem, minha doce garota — Grum sussurrou, me abraçando forte. — Nós te amamos. — Ele não me deu chance de responder, apertou meus quadris enquanto me empurrava escada acima. Minha mão tremeram ao tentar abrir a porta e meu coração batia loucamente quando descobri que estava destrancada, como Doc disse.

Olhei por cima do ombro e vi Grum em guarda enquanto os outros se dispersavam nas sombras, mas eu podia sentir seus olhares em mim.

— Vá — Grum rosnou. — *Agora.*

Odiava deixá-los.

Odiava tudo isso.

Odiava Vanessa, a Rainha dos Espelhos.

Ela teria que pagar pelo que fez. De uma maneira ou

de outra, eu encontraria vingança, mesmo que fosse na vida após a morte.

Girei a maçaneta e entrei, dei uma última olhada em Grum e então me fechei dentro do avião.

Hora de me esconder.

KAZEK

Eu ADORAVA o cheiro de sangue. Ficava em segundo lugar em relação ao sexo. Os dois eram excitantes pra caramba, mas não havia uma única fêmea aqui que eu quisesse comer.

Bem, talvez a pequena Snow Frost.

Mas isso não ia acontecer, não com Vanessa me fuzilando com os olhos. O que ela esperava quando começou aquela confusão?

Pisquei para a Alfa enfurecida.

— Festa incrível, Rainha dos Espelhos.

Ela rosnou.

— Saia daqui.

— É assim que você recompensa seu vencedor? — perguntei em tom provocador. — Quer dizer, esse era o objetivo, certo? Batalhar pela bela Ômega na jaula?

— Ela não está à venda.

— Então por que anunciá-la assim? — perguntei, arqueando uma sobrancelha. — Preciso quebrar o vidro para deixar isso claro? — Não seria difícil. Eu tinha uma pistola escondida na bota que daria conta do recado.

— Ela é um presente para o Alfa Enrique, e você está pisando em uma linha tênue, Alfa Kazek.

Contraí os lábios.

— Uma linha tênue mesmo. E que presente magnífico para oferecer ao noivo de sua *enteada*. — Eu sabia que essa era a intenção dela desde o início, mas não significava que eu permitiria que ela escapasse impune.

Chamas negras cintilaram nos olhos da rainha perversa.

— Era costume o noivo aproveitar uma despedida de solteiro em sua antiga cultura, não é? Considere isso como tal.

Mick irradiava fúria ao meu lado. Eu sabia o que ele queria. Só não tinha certeza se desejava essa batalha. A fêmea era bonita, com longos cabelos loiros, seios macios e sexo depilado, mas o cheiro dela não me atraía da mesma forma que o de Snow Frost. Felizmente, a fêmea não estava no cio, apenas artificialmente excitada pelos estimuladores em seu clitóris e mamilos.

Inteligente.

Distorcido.

Cruel.

— Eu quero a Ômega — eu disse, cruzando os braços. — Ficarei feliz em lutar contra o Alfa Enrique por ela.

Parte da tensão de Mick pareceu diminuir, sua aprovação evidente. Provavelmente ele teria lançado o desafio se eu não o tivesse feito, e embora ele tivesse se saído bem contra a sala, eu não tinha certeza de como ele se sairia contra Alfa Enrique. Algo me dizia que o macho mais velho jogava sujo, e Alfa Ludvig não ficaria satisfeito se eu perdesse seu filho mais novo nessa confusão.

— Como eu disse, ela não está à venda. — Se Vanessa pudesse cuspir fogo, suspeito que a sala estaria em chamas.

— Uma boa anfitriã não anuncia um produto e o retira quando um vencedor se prova. Isso pode levar a uma guerra, *Alfa*. — Olhei casualmente para Mick. — Como você acha que seu pai vai se sentir sobre isso?

— Não vai ser bom, Kaz. Nada bom mesmo.

— Sim, é o meu pensamento também. Quero dizer, estaríamos fazendo um favor a ela ao levar a fêmea. Isso evitaria muitas mortes. — Olhei em volta para a carnificina na sala. — Bem, mais mortes, de qualquer forma.

— Ela é estéril — Vanessa sibilou. — Uma boceta sem valor para você dar o nó. Por que se incomodar?

— Prazer — respondi com um sorriso lupino. — Não é esse o ponto? — O medo permeou o ar, e a garota na gaiola claramente não apreciou minha declaração.

Eu lidaria com isso depois.

Ou deixaria Mick lidar.

Isso era para ele, afinal. Não para mim. Vi o jeito que ele olhou para ela. Ele queria a fêmea. Lutamos por ela. Agora a levaríamos.

— Qual será a sua escolha, Rainha dos Espelhos? Vai desonrar minha luta retirando o que claramente foi uma oferta para a sala? Ou vai cortar suas perdas e me dar a garota? Afinal, você não pode fazer muito com a *boceta* dela, certo?

Vanessa rosnou, seu uivo ecoou pela noite mais uma vez e me fez bocejar. Ela poderia exigir minha submissão a noite toda. Eu nunca cederia.

O que só a deixava mais furiosa.

Alfa Enrique rugiu atrás dela, com o lábio ensanguentado pelo soco que dei em seu queixo.

— Seu orgulho vale tanto assim? — perguntei em voz baixa. — Arriscar uma guerra por causa desse mal-entendido? — Estalei a língua. — Que tipo de *rainha* é você?

Se olhar pudesse matar, eu seria um lobo morto.

Felizmente, assassinato exigia habilidades, e as minhas superavam as dela.

— Tudo bem — ela declarou com raiva. — Leve-a por uma noite.

Ergui as sobrancelhas.

— Ah, não. Vamos levá-la para passar todas as noites. Você vai transferir os direitos dela para o Território Nórdico. Ou voltarei para casa e contarei ao Alfa Ludvig sobre os eventos desta noite. A escolha é sua.

Eu a encurralei, e ela sabia disso.

Mick e eu fizemos uma inimiga para a vida toda, mas como eu não tinha a menor intenção de voltar a esta porcaria de Território, estava tudo bem. Além disso, inimigos eram divertidos e fazia muito tempo que não tinha a oportunidade de fazer um.

Ela contraiu a mandíbula.

Alfa Enrique rosnou.

E então Vanessa curvou os lábios, uma ideia se formando e ativando com precisão impiedosa.

— Está bem. Ela é sua. — Seu olhar cintilou e ela levantou a mão. — Solte a garota.

Ah, merda.

O vidro começou a subir, fazendo com que uma nova onda de desejo Ômega invadisse a multidão. Mick rosnou e foi direto para a fêmea. Ele a levantou e a embalou em seu peito, me deixando com o trabalho de lutar contra os lobos famintos que se agitavam.

Vanessa criou as condições perfeitas para despertar os instintos de acasalamento nos Betas e Alfas mais fracos.

— Bem jogado — murmurei para a vadia que estava sorrindo ao lado do trono. — Corra — eu disse a Mick. — Estarei bem atrás de você.

E a dança recomeçou.

Mais sangue.

Mordidas.

Arranhões.

Uivos.

Caos.

Eu adorava tudo aquilo, meu rosnado soou alto enquanto cortava todos aqueles que perseguiam Mick. Já tínhamos causado sérios danos, tornando essa uma situação bastante fácil de lidar. A maioria dos lobos permaneceu em uma forma submissa. Apenas os idiotas controlados pela libido tentaram seguir Mick. Todos os outros se curvaram.

Aposto que você adora isso, pensei para Vanessa, piscando para ela da porta. Seu lábio se curvou em um rosnado. Eu não a desafiei, mas certamente a desrespeitei. Ela teria o direito de solicitar formalmente um duelo. Eu esperava que ela fizesse isso. Seria divertido fazê-la sangrar.

Mick já estava na metade do caminho para o aeródromo quando cheguei ao exterior da estrutura arcaica semelhante a um castelo. Era uma daquelas antigas fortalezas europeias com paredes de pedra e tochas.

O Território de Inverno carecia de tecnologia atualizada, algo que ficou evidente no interior fresco, onde eles dependiam principalmente do fogo para se manterem aquecidos. Pelo menos resolveram todos os problemas de encanamento e tinham acesso a água potável. Caso contrário, não estariam em melhor situação do que vivendo na Era do Gelo.

— A Ômega desmaiou assim que removi os estimuladores — Mick me informou quando o encontrei nas escadas que levavam ao nosso avião. Os machos perdidos para o cio estavam em algum lugar atrás de nós e era possível ouvir os rosnados famintos ecoando na noite com paixão violenta.

Mick respondeu às reivindicações irrelevantes com um bufo e jogou os grampos sensuais no chão. Aparentemente, o Território de Inverno podia pagar por tecnologia sexual, mas não por um sistema de aquecimento adequado. *E como seus lobos se sentem em relação às habilidades de priorização, hein, Rainha dos Espelhos?*

Infelizmente, eu não ficaria por perto para perguntar a ela.

— Merda de coleira. — Mick olhou para o artefato de metal, procurando um fecho. Como não encontrou, ele segurou o aço entre o polegar e o dedo, e usou a força para criar seu próprio mecanismo de liberação.

— Aqui. — Segurei as pontas com as duas mãos e, com cuidado, alarguei a abertura, algo que ele não poderia fazer com uma mão só.

— Obrigado. — Ele removeu o dispositivo gentilmente do pescoço dela e sibilou com os hematomas roxos por baixo. — *Merda.*

— Não temos tempo — eu disse, ouvindo a aproximação de botas. — Entre. — Abri a porta e contraí o nariz com o mau-cheiro dentro da cabine principal. — Puta merda. Aqueles idiotas devem ter trazido nosso presente para cá.

Mick grunhiu, bateu a porta com o calcanhar e se virou para trancá-la. Isso manteria os outros do lado de fora, pelo menos temporariamente. Ele olhou ao redor e franziu a testa. — Eles mexeram nas nossas coisas.

— Eu disse que eles fariam isso. — Havia poucos Territórios que podíamos visitar sem passar por amplas varreduras de segurança, e o Território de Inverno não estava entre esses locais. — Aqui. Me dê a Ômega. Vou prendê-la em algum lugar aqui atrás enquanto você nos prepara para partir. — Porque ouvi mais uivos se aproximando e não queria marcas de garra na aeronave de Ludvig.

Mick me considerou por um minuto antes de passar com relutância por cima da Ômega adormecida. Não o provoquei, mesmo que alguns comentários bem escolhidos tenham passado pela minha cabeça. Alfas eram naturalmente encantados por Ômegas. Eram raros entre nossa espécie e criados especificamente para carregar nossa semente. Isso significava que poderíamos transar com eles da maneira que desejávamos, sem correr o risco de machucá-los.

A maioria dos Territórios valorizava seus Ômegas, enquanto alguns os tratavam como escravos. E se Vanessa falou a verdade sobre a incapacidade dessa fêmea de procriar, então a garota se encaixava na última categoria. Porque sem a capacidade de procriação, ela só serviria para uma coisa: receber o nó.

Mas isso não tornava certo torturar a pobre criatura por meio de uma tecnologia sensual. Ludvig provavelmente a usaria para apaziguar alguns dos machos não acasalados no Território Nórdico. *Machos como eu e Mick.* No entanto, ao contrário do Território de Inverno, garantiríamos sua saúde e cuidados em troca de seus serviços. Os hematomas em sua frágil forma me diziam que esse não foi o caso com Vanessa.

Pobre cordeirinho.

Afastei uma mecha de seu cabelo e a coloquei atrás da orelha. Ela era bonita, com o nariz arrebitado e lábios cheios, mas não me causava nenhum interesse. Outra boca provocava minha mente, pintada de vermelho escuro e emoldurada por uma pele de porcelana. Dois olhos de obsidiana enfeitavam minha visão, o desafio em suas profundezas era um afrodisíaco para o meu lobo.

Ah, como eu desejava fazer aquela adorável Beta se submeter.

Era estranho que Snow Frost permanecesse em meus pensamentos famintos enquanto eu segurava uma Ômega superestimulada em meus braços. Eu poderia jurar, mesmo agora, que o cheiro dela me cercava.

Talvez eu a imaginasse mais tarde, enquanto dava o nó nessa Ômega adorável.

Humm, talvez não. Seria um pouco difícil com suas características físicas opostas.

Balancei a cabeça e me concentrei em encontrar algo para cobrir a fêmea trêmula em meus braços. Peguei um cobertor grosso de lã de um dos compartimentos superiores, a enrolei nele e a prendi em uma das cadeiras.

Ela não era minha para tomar qualquer decisão agora. Ludvig teria essa honra porque, tecnicamente, qualquer coisa que eu ganhasse pertenceria a ele como o Alfa do Território Nórdico. Além disso, Mick deveria poder experimentá-la primeiro. Foi ideia dele, não expressa em palavras, ir atrás da mulher.

O que me deixou ansiando aquela que eu não podia ter.

Com um suspiro, me afastei da fêmea para cuidar de meu guarda-roupa destruído. O avião tinha um banheiro, mas não ficaríamos no ar tempo suficiente para que eu pudesse tomar banho, então troquei as roupas ensanguentadas por uma nova calça jeans e suéter, que estava em minha sacola de viagem.

— Aperte o cinto — Mick exigiu quando entrei na

cabine. Ele também trocou de roupa, mas jogou as dele em uma pilha logo depois da porta. Chutei-as para trás e me sentei ao lado dele. Ele pareceu surpreso com minha escolha. — E se ela acordar?

Dei de ombros.

— O que ela pode fazer? Estamos em um avião.

Seus olhos azuis encontraram os meus.

— Às vezes, eu me pergunto o quanto você entende as mulheres.

Eu zombei.

— O que há para entender? Ela se move, eu rosno, ela se submete. Pronto.

Mick riu baixinho e mexeu em algo nos controles para nos impulsionar para a frente. A frota aérea que Ludvig adquiriu de seu filho mais velho no Território de Andorra funcionava mais como foguetes do que os aviões da minha juventude.

Um ganido feminino vindo de trás me disse que a Ômega acordou como resultado.

— Está tudo bem, pequena — eu disse a ela. — Só não se mova. Estaremos no Território Nórdico em cerca de uma hora.

Ela não respondeu. Eu esperava que isso significasse que ela pretendia obedecer.

Fechei os olhos, e uma mulher de olhos escuros e lábios cor de rubi apareceu em minha mente. Ah, o que eu faria se fosse ela presa lá atrás em vez da loira. Ela não teria recebido um cobertor, porque eu a teria mantido nua. Se ela quisesse se aquecer, faria com que ela pedisse por minhas mãos e boca. E então ela retribuiria minha gentileza chupando meu pau.

Humm, sim, gostei dessa fantasia.

Deixei que ela se repetisse em minha mente enquanto

Mick se concentrava em atravessar os céus escuros. Ao mesmo tempo, seu cheiro provocava minhas narinas como se ela estivesse no avião conosco. Eu ainda não entendia essa parte. A Ômega deveria estar me dominando com seu perfume viciante, mas algo de Snow Frost havia permanecido comigo.

Será que cometi um erro ao deixá-la para trás?

Franzi a testa com o pensamento.

Não, é claro que não. Como poderia ser um erro? Eu nem conhecia a mulher. Só a queria porque não lidei com seu desafio da maneira que deveria, dominando-a diante de todo o reino.

Não importava. Mostrei meu ponto depois ao derrubar todos aqueles Betas e Alfas famintos e roubando o presente de despedida de solteiro do Alfa Enrique.

Sorri, satisfeito com o resultado e me permiti cochilar o resto do caminho para casa.

Contorci o nariz mais uma vez quando pousamos, o delicioso cheiro de Snow Frost ainda chamando o predador dentro de mim. *O que há com você, lobinha?*

Balancei a cabeça para clarear os pensamentos. Essa fascinação temporária precisava acabar. Ela provavelmente estaria morta nos próximos meses, já que eu não conseguia imaginar que a Rainha dos Espelhos permitindo que a Beta governasse por muito tempo. Seus instintos Alfa exigiriam submissão em todos os aspectos.

— Como você quer lidar com a carga preciosa? — perguntei, afastando todos os pensamentos sobre a mulher sedutora.

Mick soltou o cinto de segurança depois de ajustar os controles e me encarou com um olhar sério.

— Vou ter que lutar com você por ela?

Franzi a testa, incerto por um momento sobre quem ele estava se referindo. *Pare de pensar em Snow, idiota.*

— Você quer lutar pela Ômega? Por quê?

Ele ergueu as duas sobrancelhas.

— Não sentiu o cheiro dela?

Sim, senti, mas outro aroma despertou mais meu interesse. E ainda despertava. *Por quê? Como? Ela nem está aqui.*

— Por que você está me olhando assim? — Mick questionou. — Entendo que ela é estéril, mas ainda é uma Ômega. Só há três em idade no Território Nórdico, e nenhuma delas me chamou como essa naquela jaula.

— Foram seus instintos protetores, Mick.

— Talvez. Mas agora eu a quero. Vai lutar comigo por ela? — Um lampejo de determinação brilhou em suas íris azuis, um que me disse que ele estava falando sério.

— Você não venceria.

— Eu sei.

— Então por que está me desafiando?

— Não estou. Só quero saber se preciso me preparar para lançar o desafio.

Olhei para ele de cima a baixo, meu cérebro temporariamente entrando em curto-circuito.

— O que há de errado com você?

— Me responda, Kazek. Vai lutar comigo por ela?

Caramba. O garoto perdeu a cabeça. Quero dizer, sim, ele era um Alfa e tanto. Mas jovem demais para tentar reivindicar uma Ômega. Isso geralmente acontecia quando os Alfas atingiam minha idade, não aos vinte e cinco anos. Quase admirei sua determinação.

— Você sempre foi um filho da puta convencido — murmurei, contraindo os lábios.

Mick não compartilhou meu divertimento. Em vez disso, ele me encarou com seu lobo à espreita.

— Puta merda, você está mesmo apaixonado, cara. Você nem conhece a garota. — Claro, a mesma coisa poderia ser dita sobre Snow Frost, e aqui estava eu, lamentando minha oportunidade perdida de encontrá-la. Talvez o Território de Inverno tivesse nos drogado? Eu não duvidaria que a Rainha dos Espelhos tivesse colocado alguma poção de luxúria nas bebidas. *Bruxa malvada.*

Mick não respondeu. Seu lobo continuou a me observar, esperando por uma resposta.

Soltei um suspiro.

— A escolha é sua, Mickelson. — Raramente usava seu nome completo, preferindo chamá-lo de Mick, mas a situação parecia apropriada. — Não vou lutar com você por ela. No entanto, outros provavelmente o farão.

— Discordo. Nós a ganhamos do Território de Inverno. Se você não vai pegá-la, então posso reivindicá-la.

— Não é assim que funciona. Tudo o que eu ganho pertence ao seu pai.

— Ela, não — ele respondeu, sem recuar.

Lobo teimoso.

— Você terá que resolver isso com... — Eu parei, contorci o nariz mais uma vez com uma nova onda do cheiro de Snow.

Me virei lentamente em direção à cabine principal, observando todos os detalhes, mas sem encontrar nada fora do lugar, apenas uma Ômega tímida ouvindo cada palavra nossa com olhos azuis arregalados. Quando encontrei seu olhar, ela abaixou o foco para o chão em submissão instantânea, e Mick rosnou um aviso baixo.

— Shh — eu o acalmei, ouvindo e farejando. Algo não estava certo. O cheiro de Snow Frost não deveria ter seguido atrás de mim assim. A menos que eu tivesse

enlouquecido. — Tire a garota do avião — falei baixinho.
— Leve-a para Ludvig. Ele vai querer saber o que
aconteceu.

— Esse não é seu trabalho?

— Você quer a garota ou não? — perguntei com
impaciência, irritado por ele ter ignorado minha ordem.
Se isso significasse tirar a fêmea dele, eu o faria. *Depois* de
descobrir por que o cheiro de Snow parecia inundar o ar
dentro deste avião.

— Ela é minha — ele respondeu, o Alfa aparecendo
em seu tom.

— Então faça o que eu disse. Agora. — Encontrei o
olhar dele e o mantive. — Se você a quer, então lute com o
Alfa do Território Nórdico por ela. Não farei isso por você.

Finalmente, ele pareceu entender. Eu basicamente lhe
entreguei um presente na forma de uma bela Ômega loira.
Se ele a apresentasse a Ludvig como nosso prêmio sem
mim ao seu lado, significaria que desisti de todos os direitos
sobre ela.

Um movimento insano da minha parte, considerando
o tesouro entre suas coxas, mas eu estava consumido
demais por Snow e seu encantamento sobre meus sentidos.

Mick não me agradeceu com palavras, mas sim com
ações.

Ele se aproximou da fêmea trêmula, soltou o cinto de
segurança dela e a pegou em seus braços. Ela gemeu com
o contato, e ele ronronou em resposta, me surpreendendo.

Alfas só ronronavam para suas companheiras
destinadas.

Como ele poderia querer se acasalar com uma Ômega
estragada?

Só podia ter algo na droga da água no Território de
Inverno. Nenhum de nós estava agindo corretamente. Eu
teria que procurar o médico do Território pela manhã.

Por enquanto, eu tinha um cheiro para rastrear.

Fiquei absolutamente imóvel do lado de fora da cabine, perto de um espaço sombreado na cabine principal.

Mick abriu a porta principal e saiu com a fêmea em seus braços, levando o cheiro da Ômega com eles. Algo doce permaneceu. Um perfume que me lembrava maçãs assando ao sol. Muito específico. Inebriante. E presente demais para ser uma coincidência.

Ou Snow Frost foi parte da equipe de inspeção mais cedo, o que eu duvidava muito, ou ela se esgueirou em nosso avião como clandestina.

Tudo isso poderia ser fruto da minha imaginação, um sonho que eu desejava realizar, mas mesmo assim, me permiti isso porque estava muito fascinado para não fazê-lo.

Eu tinha duas opções: encontrar seu esconderijo ou pegá-la quando ela saísse do avião.

Tocando o queixo, considerei e optei pela última opção. Seria muito mais divertido espionar cada movimento dela. Para onde ela iria? O que faria?

Porque eu tinha absoluta certeza de sua presença agora. Isso não poderia estar em minha cabeça. Seu cheiro intoxicante preencheu cada centímetro da cabine principal. Eu deveria tê-lo percebido antes, mas a Ômega e a adrenalina da luta nublaram meu julgamento. Também pensei que fosse apenas uma fantasia em minha mente.

Mas, não.

Snow Frost estava aqui.

Eu podia sentir *seu gosto* no ar. Seu medo. Sua dor. Sua esperança.

Ah, parecia que eu poderia brincar com ela, afinal.

Ela viajou até aqui sem permissão. Isso não lhe dava direitos. Nem segurança. Nem proteção. Eu poderia fazer o que quisesse com ela, e ninguém poderia me responsabilizar.

Um convite tentador.

E um final fantástico para um dia muito longo.

Tudo bem, lobinha, pensei ao desembarcar e me encostar em uma árvore próxima, meu corpo envolto nas sombras naturais ao redor. *Me avise quando estiver pronta para começar. Estarei te esperando lá fora.*

SNOW

Meu coração batia forte. Por um minuto, pensei que Alfa Kazek tinha me encontrado. Mas então ele foi embora, assobiando uma melodia que não reconheci.

Caí de lado, sentindo o estômago revirar com o nervosismo do voo. Decolamos tão rápido que gritei. Felizmente, Kazek pensou que o som tinha vindo de Kari. Ela não disse nada para contradizê-lo, mas olhou ao redor para procurar a fonte do barulho. Seria questão de tempo até que ela contasse aos outros que havia mais uma pessoa no avião com eles.

Ou talvez ela não contasse.

Como eles a roubaram de Vanessa?, me perguntei pela milésima vez desde que a trouxeram a bordo. Kari era um dos presentes que o Território Bariloche enviou com Enrique, a forma deles de expressar gratidão a Vanessa por ter arranjado o casamento entre mim e Alfa Enrique. Eu não conhecia a Ômega, só a vi durante a troca, e suspeitava que o motivo real de sua presença era para satisfazer o nó de Enrique. Portanto, não demonstrei muito interesse em conhecer a fêmea que claramente seria a amante de meu marido.

Mas a coleira que significava sua servidão não estava mais em seu pescoço. Estranho.

Com um aceno, me forcei a levantar. Eu poderia me preocupar com Kari depois. Agora, precisava cuidar do meu destino. Como para onde eu planejava ir assim que saísse do avião.

Eu poderia ir diretamente para Ludvig? Mostrar o colar a ele e implorar por sua ajuda? E se outros lobos deste território me encontrassem primeiro?

Franzi a testa. *Isso não foi bem pensado.*

Mas eu tinha facas e um telefone via satélite.

Curvei os lábios. Ficar parada aqui não ia ajudar em nada. Eu daria uma olhada lá fora, observaria ao redor e decidiria o que fazer a partir daí.

Talvez eu pudesse encontrar uma árvore para dormir fora do território para recuperar um pouco de força. Todo o estresse enfraqueceu meus membros, deixando um tremor persistente em meu baixo ventre.

Eu me sentia... enjoada.

Impossível.

Provavelmente era apenas a abstinência das drogas que Vanessa me obrigava a tomar, junto com a insanidade das últimas vinte e quatro horas.

Balancei a cabeça para afastar esses pensamentos e me aproximei com cautela para dar uma espiada pelas janelas do outro lado da porta. O oceano me encarou, com um reflexo cristalino da lua no alto. Entreabri os lábios com a visão. Eu sabia que o Território Nórdico fazia fronteira com o Mar Báltico, mas não sabia que o aeródromo ficava ao lado dele. Vanessa não me permitia viajar, alegando que eu era muito fraca para me colocar nessa posição. Essa foi a minha primeira viagem de avião, e podia dizer honestamente que não gostei nem um pouco. Meus ouvidos ainda não estavam acostumados a eu estar de volta ao solo. Será por isso que me sentia mal? Enjoo de movimento. Que peculiar.

Me esgueirei para o outro lado do avião e vi árvores paisagísticas e colinas ao longe, com brilhos sutis subindo pela encosta da montanha próxima. *Onde é o castelo deles?* Talvez ficasse escondido atrás da montanha. Seria uma caminhada e tanto.

Eu posso fazer isso, me encorajei. *Não há outra opção.*

Com um suspiro, segurei a maçaneta e a puxei de leve para abrir a porta o mais devagar possível. Quando nada aconteceu além de um sopro de ar bagunçando meus cabelos, abri mais e olhei ao redor.

Folhas secas farfalhavam na noite, ainda presas aos galhos cobertos de neve. A temperatura me lembrava de casa, assim como a paisagem branca. Mas todo o resto parecia diferente. A energia zumbia no ar aqui, fazendo cócegas nos pelos da minha nuca. Os cheiros também eram únicos. Não havia cheiro de cinzas ou brasas no vento, apenas o doce perfume de pinheiros e o mar. Isso me lembrava o verão no Território de Inverno.

Respirei fundo, mas depois franzi a testa quando meu estômago se revirou.

Talvez seja a minha roupa. Ainda cheirava a vísceras de peixe.

Forçando um pé na frente do outro, de alguma forma consegui descer sem cair.

— Ai — gemi, sentindo meus joelhos ameaçarem ceder. Segurei a barriga quando uma onda de tontura me forçou a voltar para o corrimão da escada.

Algo está errado.

Gemi e minhas pernas desabaram. O cimento gelado esfriou meus membros, proporcionando um alívio inesperado. Um gemido ficou preso em minha garganta quando caí no asfalto no final da escada, desejando mais do pavimento frio.

Minha pele queimava sob as roupas.

— Muito quente — sussurrei, me contorcendo. Minha loba me instigou a me despir, mas duas mãos seguraram meus pulsos antes que eu pudesse arrancar a blusa.

Dei um grito, chocada pelo toque repentino. Levantei o olhar e encontrei íris preto-azuladas. *Alfa Kazek*. Meu coração deu um salto com a intensidade de sua expressão.

— O que há com você? — ele exigiu. Suas palavras soaram com um rosnado baixo que fez minhas coxas se contraírem em resposta.

Oh, Deuses...

— Não faça isso — implorei, o som sendo demais. O que há de errado comigo? Meus membros tremiam quase violentamente, e eu realmente precisava tirar essa blusa! Tentei afastar as mãos dele, arrancar o tecido do meu corpo, mas ele me segurava com a facilidade de um lobo muito mais forte.

Ele pressionou o nariz no meu pescoço e inalou, e um ronronar baixo vibrou em seu peito.

Gemi em resposta enquanto uma onda de umidade acariciou meu centro. Minhas pernas tensionaram e o embaraço me atingiu ao mesmo tempo em que outro espasmo atingiu meu interior. Gritei de surpresa e dor, encolhendo os joelhos no abdômen enquanto estremecia.

O que está acontecendo comigo?

Talvez Vanessa tivesse me envenenado no jantar. Será que ela sabia que ouvi a conversa dela? Seria esse o seu plano secundário para garantir que eu morresse?

As lágrimas caíram dos meus olhos, seguidas por outro grito quando Alfa Kazek segurou meu queixo. Ele estava dizendo algo, sua voz baixa e masculina tornando impossível me concentrar. Me inclinei para o toque dele enquanto minha mente falhava em compreender o desejo que aquecia minhas veias. Seu toque me acalmava, me intrigava, me subjugava.

Sim...

Ele murmurou algo sobre supressores, fazendo meu cérebro voltar à ação. Franzi a testa.

— Supressores — repeti, um tom sensual acariciando a palavra. — Humm, não. Comprimidos de força. Esqueci. Em casa. — Por que eu não conseguia formar frases adequadas? Ahhh, e por que o toque dele era tão bom?

Eu praticamente me derreti nele. Não importava que mal o conhecesse. Ele irradiava dominância, e eu queria me banhar no poder que ele oferecia. Sons baixos escaparam da minha boca, traindo meu interesse. Deveria ter me constrangido, mas eu não conseguia contê-los, nem sentir qualquer remorso por deixá-los escapar.

Eu não era assim.

Parecia que eu tinha sido drogada.

Muito de repente também.

Não, na verdade, começou... horas atrás. Com as cólicas.

— Snow — Alfa Kazek estalou os dedos, me trazendo de volta. Ele estava falando de novo. Eu não tinha ideia do que ele disse ou por quê. Mas, nossa, ele tinha os olhos mais lindos. Mandíbula forte. Humm, aquela boca.

Tracei um dedo em seu lábio inferior, intrigada pela plenitude. Ele mordeu ao meu toque, me fazendo suspirar. *Forte. Alfa. Macho. Sim, por favor.*

Me pressionei contra ele, querendo mais, *desejando-o.*

Argh, mas eu precisava tirar a roupa.

— Calor — reclamei, tentando novamente soltar meus pulsos.

Alfa Kazek rosnou e sua irritação era palpável, mas todo aquele som me deixou ainda mais molhada. Ah, isso era estranho. Por que eu estava molhada? Mais um motivo para me despir. E, uau, eu precisava de um banho.

Não, precisava *dele*.

Pressionei os lábios em seu pescoço, provando sua pele com a língua e gemi com a essência divina que revestia seu ser.

Começamos a nos mover.

Ou talvez a terra tenha se movido.

Tudo girava, me lembrando dos tonturas anteriores. Uma parte lógica da minha mente gritava para eu me concentrar, mas era muito difícil prestar atenção quando o céu desaparecia sob uma linda variedade de pinheiros e neve.

Lindo, suspirei, perdida nos cheiros e sons da floresta. O ar ajudava a esfriar minha pele quente também, e meu corpo estava coberto por um brilho de suor e sujeira.

— Banho — consegui dizer, sentindo a garganta seca. — Por favor.

Alfa Kazek resmungou. Ele mencionou supressores novamente, seu tom irradiando desaprovação. Gemi em resposta, triste por tê-lo desagradado de alguma forma. O que era estranho. Eu o desafiei de propósito mais cedo.

Eu deveria temer esse macho, percebi. Uma lufada de seu cheiro delicioso me acalmou antes que eu pudesse reagir ao pensamento, e suspirei. Sua força me envolveu em um cobertor quente de segurança, um que eu nunca mais queria deixar.

Em algum lugar da minha mente, reconheci o absurdo disso. Mas minha loba parecia estar no comando agora. Eu gostava dela. Ela era confiável. Eu costumava ouvi-la.

Então eu a deixei emergir e controlar meus instintos.

— Você e eu vamos ter uma conversa muito longa depois que eu terminar de te comer — Alfa Kazek me informou. — Você tem sido uma lobinha muito má.

Pisquei.

— Comer? — Eu já tinha transado antes. Mas nunca gostei. Nunca pude reagir da maneira que as fêmeas deveriam. No entanto, as palavras dele acenderam outro feitiço de calor entre minhas pernas, o que sugeria que desta vez poderia ser muito diferente.

Como?

Por quê?

Vanessa devia ter feito algo comigo. Será que ela colocou alguma daquelas pílulas de sedução na minha bebida? Aquelas que supostamente aprimoravam as experiências sensuais. Nunca tive permissão para me entregar a elas antes. Por que esta noite seria diferente?

Porque ela quer te matar, pensei vertiginosamente. *Sim. Certo. É por isso que estou aqui!*

— Preciso do Alfa Ludvig — eu disse às pressas para me explicar. Tentei pegar o colar, sentindo as mãos subitamente livres. — Isso. Mostre isso a ele.

— O que você precisa é de um bom nó — Alfa Kazek respondeu.

Franzi a testa.

— Não. — *Nó?* O entendimento me atingiu como um soco no rosto enquanto um arrepio percorria meu coração. — Não! — Era assim que Alfa Enrique pretendia me matar. — Não, por favor. Não. Eu não... eu não posso... Vanessa...

Senti água congelada atingir minha testa, me fazendo gritar quando minhas costas encontraram uma superfície dura. Tossi, debatendo as mãos enquanto eu tentava proteger meu rosto do ataque frio.

— Se acalme. Vai esquentar em um minuto — Alfa Kazek disse, e seu corpo quente ainda me segurava.

Ele nos levou para debaixo de uma espécie de cascata.

Não, um chuveiro.

Espere... quando entramos aqui?

Estávamos cercados por vidro e mármore preto, os tons masculinos realçados por uma luz baixa no teto. Arregalei os olhos diante do banheiro colossal que nos cercava. Ele nos levou para dentro de um prédio com tecnologia moderna, que eu só tinha visto em revistas do passado.

Encarei o cômodo, depois a ele, e meus sentidos retornaram temporariamente.

— O que você está fazendo?

— Lavando esse cheiro ruim. Você se banhou em uma pilha de peixe podre antes de entrar no meu avião? — ele resmungou e arrancou minha blusa para revelar meus seios nus. Nós dois paralisamos, eu em estado de choque, ele claramente apreciando a vista.

— Kazek — sussurrei.

— Shh — ele me silenciou. Sua respiração mentolada era viciante, e atraiu meu foco para sua boca. O que era essa atração entre nós? Por que eu queria entrelaçar meus dedos em seus cabelos e beijá-lo? Não, não apenas beijá-lo. *Devorá-lo.*

Contraí as coxas, o que me fez arfar ao perceber que elas estavam em torno de seus quadris. Quando tudo isso aconteceu? Como eu estava perdendo a noção do tempo? Seu membro duro pulsava contra meu sexo encharcado, e nossas roupas eram a única barreira entre nós.

Balancei a cabeça, tentando clarear a mente que estava presa em uma teia de excitação que eu não entendia.

— O que está acontecendo comigo? — perguntei, sentindo outra pontada forte em meu baixo ventre. Isso me rasgou, me fazendo ver estrelas que me cegaram para o cômodo mais uma vez.

— Você está entrando no cio. — Ele puxou minha calça jeans. Seus movimentos eram furiosos e aterrorizantes, e eu era incapaz de impedi-lo. Em um minuto, eu estava presa em sua cintura, parcialmente vestida, e no próximo, ele me deixou nua e contra a parede novamente.

— Eu não entendo.

— Você estava tomando supressores.

Balancei a cabeça.

— N-não.

— Sim. E o efeito deles acabou no momento mais inoportuno para você. Não é de se admirar que seu cheiro tenha me seduzido. — Ele inclinou a cabeça para o meu pescoço mais uma vez, roçando os lábios em meu pulso trovejante. — Não faço ideia de por que você entrou em nosso avião e, agora, não me importo.

Gemi, meus membros tremeram enquanto outro choque de fogo inundava minhas veias.

— L-Ludvig — consegui dizer. — E-Eu preciso do Alfa Ludvig.

— Não vai acontecer, lobinha. Não nas suas condições atuais. — Ele aproximou a boca do meu ouvido. — Se eu te soltar, todo o território vai atrás de você. Você não tem direitos aqui. É uma intrusa. E é uma Ômega no cio. Isso não vai acabar bem para você, querida.

— B-Beta — corrigi. — N-não pode me dar o nó. — *Isso vai me matar.*

— Ah, mas eu posso — ele murmurou, pressionando a ereção impressionante em meu ventre. Quando ele tirou suas roupas? Por que eu não conseguia me concentrar por mais do que alguns minutos de cada vez?

E *como* ele planejava me dar o nó?

— Você vai me matar — sussurrei, arqueando para ele. Era como se meu corpo se recusasse a ouvir minha mente. — D-drogas — adicionei, esperando que ele entendesse. *Fui drogada.*

— Ah, não, lobinha. Chega de supressores para você.

Argh. Ele não entendia!

— Não... su... pressores. — Engoli um gemido quando ele se moveu contra o meu corpo, a água quente fluía sobre nós. Isso estava confundindo meus sentidos, tanto me trazendo de volta a um estado de consciência quanto me afogando em luxúria. — A Vanessa q-quer me matar. Tentou, talvez. Drogas.

Isso o fez parar.

— Diga isso de novo.

Balancei a cabeça, incapaz de me concentrar por tempo suficiente para tantas palavras.

— Ajuda — implorei. — Preciso... de ajuda.

Ele franziu a testa para mim.

— Você está entrando no estro, Snow. Estou planejando te ajudar.

Neguei com a cabeça e um gemido ficou preso em minha garganta. Ele não entendia.

— Sem nó. — Eu não podia aceitar. Isso tinha que fazer parte do plano de Vanessa, fazer um Alfa pensar que poderia me possuir por completo.

Ela planejou seduzir Enrique com esse feitiço, forçá-lo a me dar o nó.

Era isso o que ela queria dizer com ter métodos para induzir as sensações. Ela lançou algum encantamento perverso que convencia os Alfas de que eu poderia lidar com eles no cio.

Meus olhos se encheram de lágrimas.

Escapei de suas garras para cair nas mãos de alguém muito pior: um Alfa guiado pela necessidade.

Ela venceu.

Depois de tudo isso... ela ainda havia vencido.

Desabei contra ele, soluçando sob as emoções avassaladoras de traição e derrota. E pior, excitação.

Porque eu o queria.

Minhas coxas estavam escorregadias com o desejo dele me comesse. Mas, uma vez que fizesse isso, ele me mataria.

— Você vai me matar — sussurrei, as palavras se repetindo na minha mente e em voz alta. — Eu sou Beta. Eu sou Beta. Eu sou Beta.

KAZEK

— Você não é Beta. — E eu estava cansado de ela tentar me convencer do contrário. Agora eu podia sentir o cheiro de sua verdadeira natureza. Uma Ômega escondida sob uma nuvem de supressores. Era repugnante e me deixava furioso. — Você sabe que é ilegal em nosso território esconder sua verdadeira forma?

Apenas mais um crime para adicionar ao seu longo histórico.

— P-por favor — ela suplicou, me fazendo rosnar de irritação. Eu odiava essa apresentação lamentável. O que aconteceu com a mulher forte que me desafiou desnecessariamente? Por que ela se transformou nessa criatura patética?

Deveria ser o ciclo de cio.

— Esse é o seu primeiro estro? — perguntei em voz alta, então franzi a testa. — Não, não é possível. Você tem pelo menos vinte anos.

Ela balançou a cabeça de um lado para o outro, repetindo seu mantra sobre como eu iria matá-la. Alguns argumentariam que eu tinha o direito de fazer isso, considerando todos os crimes que ela cometeu hoje à noite. Mas assassinar uma Ômega, especialmente uma tão bonita como ela, seria errado em muitos níveis.

— Por que o Enrique te deixaria fora de vista? — perguntei, passando o polegar pela maçã do seu rosto. — Você é deslumbrante. E tem um cheiro divino. — Pressionei o nariz em seu pescoço mais uma vez, inalando seu perfume de sol e maçãs. *Humm.* — Quero te provar, Snow. Quero me banquetear com o líquido que escorre entre as suas coxas. E, depois, vou te dar o nó.

Um gemido escapou de seus lábios, seguido por um grito de dor quando ela se curvou mais uma vez.

Curvei os lábios para baixo.

Eu já vi Ômegas no cio antes. Não era assim que elas agiam. Deveria ser por causa dos supressores. Havia uma razão pela qual os proibimos no Território Nórdico. Eles tendiam a prejudicar mais do que ajudar a situação do estro.

Eu a guiei até o banco no canto do box, ensaboei seu corpo pequeno para ajudar a remover a sujeira e o cheiro residual de suas roupas. Essas peças iam para o lixo assim que terminássemos aqui.

Seus mamilos se enrijeceram quando toquei seus seios, ela apertou as coxas em desejo evidente e, ao mesmo tempo, sons agonizantes escaparam de seus lábios. Ela continuou a repetir suas palavras, alegando ser Beta, implorando por minha ajuda e murmurando coisas sobre o plano de Vanessa de matá-la.

Tudo se misturava em um discurso confuso que começava a soar mais como desculpas do que como a verdade. Mas eu não podia negar que suas reações estavam todas erradas.

Ela chorava e gemia enquanto sua umidade preenchia o ar com um desejo que não correspondia à sua expressão.

O emaranhado de tudo isso me deixou duro como uma pedra.

— Você sabe por que me chamam de Caçador? —

perguntei a ela baixinho enquanto ensaboava seu cabelo espesso e escuro com shampoo. Me agachei diante dela, tentando capturar seu olhar. — Porque eu era um assassino antes de Ludvig me transformar em lobo. Caçador era meu codinome.

Ela não reagiu.

Enxaguei as espumas de seus fios pretos e, em seguida, me agachei diante dela mais uma vez.

— Gosto de punir os outros por seus crimes — informei-a em voz baixa, enrolando meu dedo em uma mecha exuberante de seu cabelo úmido. — Normalmente, eu os mato por seus pecados. Alguns de forma mais severa do que outros. E, embora você certamente tenha merecido uma forte repreensão, não fez nada digno de uma dança com a morte. — Puxei de leve seu cacho. — Agora, abra as pernas.

Em vez disso, ela as fechou.

Contraí os lábios, divertido com sua relutância.

— Você está me recusando, pequena Snow?

— Eu não posso... Isso vai... me matar.

Isso basicamente respondeu minha pergunta sobre se ela já havia passado pelo cio antes ou não. Porque se ela tivesse, saberia que poderia lidar com o meu tamanho. Doeria no início? Sim. Mas sua boceta se adaptaria e logo ela estaria me implorando pelo meu nó. Era assim que funcionava.

Me levantei para terminar meu banho e sorri quando a encontrei olhando fixamente para o meu pau.

— Vou levar esse olhar como um elogio, querida. — Gostei que isso a intimidasse Gostaria ainda mais quando ela gritasse de prazer induzido pelo medo enquanto a penetrasse.

Mas, claramente, tínhamos algumas coisas para resolver antes que isso acontecesse.

Ela parecia estar lutando contra seu ciclo, provavelmente com a ajuda do que restava dos supressores. Seu perfume sexual me dizia que ela talvez tivesse mais uma hora antes que essa resistência desmoronasse.

Desliguei a água e peguei uma toalha. Ela sibilou quando a envolvi, afastando o tecido rapidamente como se a queimasse. Franzi a testa e repeti a ação em mim mesmo, achando o tecido macio e aceitável.

— Você não pode me dar o nó — ela disse com a voz subitamente firme.

Levantei uma sobrancelha e encontrei seu olhar.

— Prefere que eu te deixe fugir para encontrar outro Alfa para satisfazer suas necessidades?

Ela arregalou os olhos.

— Não.

— Então você vai me deixar te dar o nó.

— Não — ela repetiu. — Vai me matar.

Eu me ergui sobre ela e decidi usar sua posição a meu favor.

— Abra a boca.

— O quê?

— Abra. — Segurei sua bochecha. — Mais. — Pressionei o polegar em seu queixo. — Sua. — Pressionei para baixo para desencaixar sua mandíbula. — Boca.

Um misto de medo e excitação tingia o ar, e vi sua língua serpentear para umedecer o lábio inferior inchado em uma antecipação silenciosa. Ômegas foram feitas para receber o pau do Alfa, algo que seu corpo parecia entender enquanto sua mente, não.

Felizmente, era sua loba que me encarava agora, o animal ardendo em suas íris enquanto ela fazia exatamente o que eu pedi.

— Linda — elogiei, avançando para pressionar a cabeça do meu pau na abertura acolhedora. Mais daquela umidade atraente saturou meus sentidos, enquanto sua boceta se preparava para o cio que viria em seguida. No entanto, eu ainda estava totalmente no controle de minhas ações. Para provar isso, entrei lentamente em sua boca enquanto observava de perto sua reação.

O terror se derreteu em curiosidade, seguido rapidamente por luxúria.

Eu sorri.

— Você gosta disso.

Ela respondeu passando a língua na ponta do meu pau. Ah, não sei quem ensinou isso a ela, mas aprovei. Fechei os olhos quando ela me engoliu mais fundo, sua boca parecia o paraíso ao redor do meu...

— Puta merda! — gritei, chegando para trás quando seus dentes se fecharam em volta do meu pau. Rosnei quando ela não me soltou, sentindo a dor subir pela minha espinha. Ainda bem que ela não podia se transformar, ou meu pau teria sido dividido ao meio entre as mandíbulas de sua loba. — Solte — ordenei, meu tom todo Alfa.

Ela obedeceu imediatamente, mas em vez de se submeter, se jogou em direção às suas roupas.

E pegou suas facas.

Sim, eu as senti quando a despi. Junto com seu telefone.

Semicerrei o olhar.

— Quer brincar, baby? Porque eu adoro uma boa rodada de jogos violentos.

— Não me toque. — Sua voz estava mais firme e a determinação era clara.

Fascinante. Uma Ômega tão próximo de seu cio deveria estar um desastre, assim como ela estava momentos atrás. Mas ela encontrou, de alguma forma, reservas escondidas em seu espírito, e caramba, isso me excitou ainda mais.

Ela assumiu uma postura de lutadora, o que me fez erguer uma de minhas sobrancelhas.

— Você percebe que isso só está me excitando, certo? — Meu pau balançou em concordância, a mordida já esquecida. — Sou viciado em dor, Snow.

Suas coxas se contraíam visivelmente e sua umidade era um perfume intoxicante que só excitava o momento. Dei um passo para trás, nos conduzindo em direção ao meu quarto.

— Venha me pegar, linda — eu a encorajei, continuando meu movimento na direção em que eu desejava que ela seguisse. Ela se moveu exatamente para onde eu queria, com as duas facas habilmente seguras nas palmas das mãos.

Alguém a ensinou a lutar.

Eu realmente aprovava.

A maioria dos Alfas gostava de submissão. Eu preferia ter que trabalhar por isso. Talvez fosse meu lado humano. Ou talvez viesse de minhas experiências de vida. Independentemente disso, uma fêmea destemida sempre me intrigava. Eu adorava a arte de convencer uma mulher forte a se ajoelhar para me servir. Isso exigia habilidade e paciência, duas características que eu possuía de sobra.

— Vou te dar a primeira chance — eu disse a ela.

Seu lábio se curvou em resposta, o desafio irradiando e acompanhado por um estremecimento nítido.

— Sugiro que você se mova rápido — acrescentei. — Você não vai poder continuar essa luta por muito mais tempo, pequena Ômega. Seu cio está chegando.

— Eu não sou Ômega — ela respondeu, e sua voz soou com um tom de desafio. — Sou Beta.

— Seu cheiro diz o contrário.

— Meu cheiro foi alterado — ela rosnou.

Eu bufei.

— Supressores só funcionam por um tempo.

— Não estou tomando supressores! — Ela se lançou em minha direção e sua lâmina quase roçou em meu peitoral, mas segurei seu pulso bem a tempo. Um ganido adorável escapou de seus lábios quando a torci em meus braços, capturando-a com meu peito em suas costas.

— Quer tentar de novo? — perguntei a ela em tom casual.

Ela rosnou.

Devolvi um rosnado só por diversão e sorri quando isso a fez gemer.

— Definitivamente, uma Ômega — comentei e a empurrei para longe de mim. — Vou te dar outra oportunidade, mas sugiro...

Um lampejo prateado foi meu único aviso quando ela jogou a adaga com precisão perfeita em direção ao meu coração. Peguei a faca pelo lado afiado, com as sobrancelhas erguidas em surpresa.

— Boa pontaria — elogiei e estendi a adaga para ela mais uma vez, o metal brilhando com o meu sangue. — Vamos para a terceira rodada.

A fúria emanava dela, e o aroma era um afrodisíaco quando combinado com o seu desejo.

Ela rugiu e veio atrás de mim, soltando a arma enquanto a outra mão jogava a segunda faca da minha, que caiu sem cerimônia no chão.

Que merda era essa? Esse movimento não fazia nenhum sentido. Assim como a decisão dela de pular em mim.

Segurei-a pelos quadris e permiti que cravasse as unhas em meu peito por um breve momento antes de jogá-la na cama. Um uivo rasgou sua garganta e ela tentou me atacar novamente, mas eu a segurei no colchão em um segundo.

Ela gritou quando capturei seus pulsos com uma das minhas mãos acima de sua cabeça, a outra mão segurou seu quadril para mantê-la onde eu a queria, debaixo de mim.

O choque pareceu trazer um pouco de juízo necessário para ela.

— C-como?

— O que você quer dizer com *como*? Você acabou de largar sua única defesa no piso de madeira e tentou me arranhar com suas unhas muito femininas. — *Ômega louca*, acrescentei. Eu não estava mais impressionado com seu treinamento. Que movimento estúpido da parte dela. Se fosse minha aluna, eu lhe daria uma lição e tanto por essa reação. Ridículo.

— E-eu não posso me transformar — ela disse e o cheiro de terror alterou os aromas do quarto.

Franzi a testa para ela.

— Claro que não pode. Você está prestes a entrar no cio.

Ela balançou a cabeça.

— Eu não sou Ômega.

— Essa frase está ficando cansativa — falei com desprezo. — Os supressores não estão mais fazendo o trabalho deles, lobinha. Não sei como posso convencê-la disso.

— Não são supressores — ela retrucou, parecendo exasperada. — Eu só tomo pílulas de força.

Pílulas de força?, repeti para mim mesmo, incrédulo. *É assim que chamam no Território de Inverno?*

— Vanessa me deu — ela acrescentou e sua voz falhou enquanto seus ombros se curvavam em derrota. — Eles deveriam me tornar uma Beta mais forte. Claramente, não deu certo.

Eu pisquei. *Espere...*

— Há quanto tempo você está tomando essas, hum,

"pílulas de força"? — perguntei quando uma percepção surgiu em meus pensamentos.

— Sempre tomei. — Ela limpou a garganta. — Pelo menos, pelo que eu me lembre.

— Todos os dias? — pressionei.

Ela assentiu.

— Sim. Até ontem à noite. — Ela se encolheu ao admitir. — E hoje novamente.

Eu a examinei, procurando qualquer sinal de mentira, mas não encontrei. Meu trabalho era ler bem as pessoas e essa fêmea parecia um livro aberto.

— A Vanessa disse que eram destinadas a torná-la uma Beta mais forte.

Ela assentiu novamente e tensionou a mandíbula.

— E agora ela me deu algo para me fazer cheirar como uma Ômega. Era para Enrique, para que ele pudesse me matar com o nó.

O quê?

— O Enrique ia...? — Não consegui terminar, porque a frase não fazia sentido. Como um Alfa poderia matar uma Ômega com o nó? A menos que ele pretendesse deixá-la morrer de fome? Mas por que ele faria isso? Caramba, por que ele a deixaria fora de suas vistas? Alfas eram extremamente protetores com suas companheiras escolhidas. No entanto, ele preferiu brincar na festa em vez de com Snow.

— Amanhã — ela sussurrou, respondendo à pergunta que não consegui terminar. — Depois do casamento. Mas seja lá o que ela fez deve ter começado mais cedo. Ou talvez ela tenha descoberto que ouvi a conversa deles. — Ela balançou a cabeça. — Eu não sou Ômega.

— Pelo contrário, linda, definitivamente, você é uma Ômega. Nenhuma droga poderia fazer você ficar com um cheiro tão doce assim. — Embora os supressores tivessem escondido bem. Ainda assim, fiquei intrigado por ela. E agora eu entendia o porquê.

— Argh, você não está me ouvindo.

— Ah, estou, sim. É você que não está percebendo a verdade.

Vanessa convenceu a ela e todos os outros que Snow Frost era Beta.

Ela usou supressores para esconder a verdadeira natureza de Snow.

Tudo isso para que, manter o trono? Só podia ser. Então por que ela permitiu que Enrique a cortejasse? Ele não devia saber que ela era Ômega. A não ser que ele pretendesse dar o nó nela... até a morte?

— Por que você acha que Enrique ia te matar?

— Porque ouvi o plano deles — ela murmurou, parecendo estar despedaçada. — A Vanessa disse... que seria minha culpa... por ser Beta. Que o reino entenderia. Ela faria com que entendessem.

— Isso não faz o menor sentido. Se ele te der o nó, ele poderia acasalar com você e tomar o controle do Território de Inverno com você como sua rainha.

— *Eu não sou Ômega* — ela repetiu pela milésima vez.

— Sim. Você é.

Ela praguejou baixinho, acrescentando *lobo teimoso* no final.

— Em breve, você vai ver que estou certo — prometi a ela.

Seu lábio inferior tremia, e ela balançou a cabeça de um lado para o outro.

— Você vai me matar.

— Não, querida, vou te comer. E você vai me agradecer por isso.

Ela começou a chorar.

— Eu... eu te odeio.

— Não muda o que está prestes a acontecer, doce loba. — Cheirei seu pescoço, levando meus lábios até sua orelha. — Não se preocupe. Vou garantir que você aproveite, mesmo que não mereça. — Afinal, ela quebrou muitas regras. Embora eu fosse deixar os supressores fora dessa lista. Isso parecia ser mais culpa de Vanessa do que de Snow.

No entanto, ela responderia pelos outros itens.

No momento certo.

SNOW

Algo estranho aconteceu quando ele colocou o pau na minha boca. Por um segundo, me perdi na felicidade do seu cheiro e sabor. Então o líquido pré-ejaculatório atingiu minha língua, trazendo clareza à minha mente por um breve momento.

E agora... agora estava desaparecendo novamente.

A dor aumentou, me fazendo tremer tanto que não consegui ouvir o que ele estava dizendo. Algo sobre sua intenção de me comer.

Eu queria gritar e implorar para que não fizesse isso, mas ele se recusava a ouvir. Qualquer que fosse a poção que Vanessa tenha me dado, estava funcionando.

Uma lágrima caiu dos meus olhos.

Eu não era assim. Eu não desistia. Mas me sentia fraca e destruída debaixo dele. Mal conseguia respirar além da dor no meu peito.

— Ludvig — murmurei. — Colar. — Soou como um absurdo para meus ouvidos, e as batidas do meu coração ecoaram tão alto em minha mente que eu mal conseguia me concentrar.

Kazek passou os lábios do meu pescoço até os seios, provocando arrepios em meus braços. *Ahhh, sim*, pensei, entrelaçando os dedos em seus cabelos escuros e grossos.

Parte de mim registrou o quanto era errado me render a ele. Mas eu não conseguia parar de reagir, nem conter o gemido gutural que seu toque evocou.

Ele olhou para mim com conhecimento de causa, a intenção mortal espreitando em suas íris azul-escuras enquanto abocanhava meu mamilo rígido. Arqueei o corpo para fora da cama quando a sensação intensa roubou o ar dos meus pulmões.

— Eu... eu... — Não havia palavras. Nem ar. Apenas sua língua deixando um rastro de fogo em minha pele. Ele sugou o outro seio, arrastando os dentes pela minha pele sensível.

Por que eu gosto disso?, me perguntei, perplexa. *Eu nunca gostei disso*.

Enrique tentou.

Meu corpo simplesmente... não respondeu.

Mas agora eu tinha umidade entre as coxas o suficiente para acomodar um exército de lobos excitados.

— Errado — consegui pronunciar. — Tem algo. Errado.

— Shh — ele fez um sinal para eu me calar. — Relaxe e aproveite. Vou cuidar de você durante o cio, depois conversaremos.

Balancei a cabeça, com um gemido preso na garganta. Não haveria cio. Apenas morte. Ele não entendia. Ele me mataria se continuasse...

Mais uma vez, arqueei o corpo para fora da cama com o que ele fez entre as minhas coxas com sua língua. Eu nem conseguia processar como ele se moveu tão rápido, e meu cérebro se fragmentou com o ataque de sensações que ele despertou com a boca contra o meu clitóris. Ele mordiscou, sugou, gemeu e rosnou, todos os movimentos se misturando em minha mente fragmentada.

Isso era tão errado.

Eu não o conhecia.

Eu o desafiei.

Tentei esfaqueá-lo.

Lutei contra ele.

E agora parecia que eu não conseguia viver sem ele.

— Kazek... — Seu nome parecia estranho em minha língua, como um sussurro sombrio que eu não deveria pronunciar, mas o repetia várias vezes enquanto ele torturava minha carne úmida.

Eu queria que ele parasse.

A palavra "não" surgiu na ponta de minha língua centenas de vezes, mas nunca passou pelos meus lábios. Tudo queimava. Meu sangue. Meu coração. Minha alma. O mundo ao meu redor. *Quente*. Muito quente.

Dói.

— Goze — ele exigiu.

Eu não conseguia. Era impossível. Enrique tentou muitas vezes de maneira semelhante, mas eu nunca conseguia alcançar o clímax. Ele nunca tentou transar comigo, alegando que queria esperar até a nossa noite de núpcias. No entanto, outros homens passaram pela minha cama. Nenhum deles foi satisfatório. Eles sempre buscavam o próprio prazer enquanto eu permanecia seca e desconfortável.

Ah, mas isso era diferente.

A boca de Kazek provocava um rio de desejo.

Meu corpo *ansiava* por ele.

Como?

Por quê?

O feitiço, lembrei a mim mesma, balançando a cabeça mais uma vez para clarear a mente.

— Dói — me forcei a dizer, mas a palavra não era adequada para descrever a agonia prazerosa que enchia minhas veias. Cada respiração exigia esforço. Assim como qualquer pensamento.

Estou morrendo.

Este é o meu fim.

Falhei com todos.

Não.

Não podia me dar ao luxo de pensar assim. Eu tinha que... tinha que... *alguma coisa*. Gemi de frustração, sentindo meu peito *doer* com intensidade.

— Algo não está certo — Kazek disse. Seu corpo forte e musculoso estava estendido sobre mim mais uma vez. Admirei as tatuagens em seu braço esquerdo, desviando a atenção entre a realidade e um mundo dos sonhos onde seu abraço resolvia todas as minhas preocupações.

Como ele tem tatuagens?, perguntei. *Humm, ele é gostoso.*

Seu corpo parecia absorver meu calor, puxando partes de mim para dentro dele e compartilhando o fardo do meu tormento. Suspirei, me aninhando a ele. Um ronronar satisfeito encontrou meu toque, um som suave, perfeito e muito lindo.

— Mais — implorei, ansiando pela paz temporária de seu abraço.

O que está acontecendo comigo?

Minhas coxas estavam abertas.

Seu pau...

— Não! — gritei quando ele me penetrou em um movimento rápido dos quadris.

Mas não queimou do jeito que eu esperava.

Em vez disso... em vez disso, me senti *completa*. Tremi debaixo dele e cravei as unhas em seus ombros fortes para afastá-lo e ao mesmo tempo puxá-lo para mais perto.

Ele sussurrou um elogio estranho em meu cabelo, e sua forma imponente me dominou com uma mistura de emoções e força que eu não entendia.

E então ele começou a se mover.

Estremeci, gemi e chorei ao mesmo tempo.

O conflito me deixou tonta, minha visão se apagou e voltou enquanto Kazek tentava provocar as respostas necessárias do meu corpo.

Não sou Ômega, pensei para ele, chorando mentalmente.

Ele parou como se me entendesse. Os olhos escuros encontraram os meus e uma centelha de preocupação cintilou em suas profundezas. Eu suspeitava que era uma reação rara para esse macho. Alfa Kazek parecia ser do tipo que pegava o que queria quando queria. No entanto, ele me olhou com uma inteligência que não pude deixar de admirar.

— Os supressores estão afetando o seu ciclo — ele disse, com a expressão momentaneamente dolorida. — Isso não será prazeroso para você. Ainda não.

Gemi, incapaz de dizer mais. Não que ele fosse ouvir. Queria dizer a ele o verdadeiro motivo pelo qual eu não aproveitaria era que não fui feita para isso. Mas ele começou a se mover novamente, com as mãos em meus quadris para mantê-los onde ele queria.

— Minha semente vai ajudar — ele sussurrou contra o meu pescoço. — Sem isso, você vai ficar em uma agonia terrível.

Já estou em agonia!, tentei gritar, mas minha boca se abriu em um gemido.

Animalesco.

Duro.

Torturante.

Enquanto isso, jorrei para ele, meu corpo devastado sob seu domínio. Eu não podia lutar contra. Nem mesmo repreendê-lo. Apenas segurei e o deixei me destruir no que que deveria ser um belo e apaixonado êxtase.

Odiei Vanessa mais do que já odiei qualquer pessoa.

Eu a culpava por cada estocada. Cada grunhido. Cada grito agonizante por mais. Porque *ela* fez isso comigo. Por mais que eu quisesse desprezar Kazek por aceitar a oportunidade, eu sentia que, no fundo, ele achava que isso iria me ajudar.

Ou talvez fosse minha esperança ingênua de que talvez Alfa Kazek abrigasse pelo menos um fragmento de humanidade.

Ele aproximou a boca do meu ouvido, seu corpo estava escorregadio de suor.

— Fique comigo — ele exigiu. — Fique comigo, Snow.

Para onde mais eu iria?, queria perguntar enquanto delirava com as investidas em meu corpo e minha cabeça. O quarto continuava a desaparecer na escuridão, a fonte de luz instável e fora de foco.

Que estranho.

Jurei que era uma esfera constante e monótona momentos atrás.

Pisquei.

Escuridão.

Luz.

Escuridão.

Luz.

Suor.

Sexo.

Macho Alfa quente.

Semente.

Oh, não...

Seu peito vibrou contra o meu, o rugido iminente era um chamado para o meu destino inevitável.

E então, um fogo irrompeu em meu baixo ventre. O nó se formou. Rompeu meu útero e estômago. Me matando. Me enchendo de fluido. Sangue. Morte.

Minha morte.

KAZEK

— MERDA! — gritei, tentando trazer Snow de volta à realidade.

Ela caiu em algum tipo de feitiço do sono, com os olhos semicerrados e os lábios entreabertos em um grito que nunca soltou. Ao mesmo tempo, nossos corpos estremeciam em um clímax conjunto.

Os supressores a estavam matando.

Ela devia estar tomando uma dose alta para esconder sua verdadeira natureza, e isso a estava dilacerando com uma força que parecia desmontá-la. Tentei preenchê-la com minha semente para desencadear seu ciclo completo, mas tudo o que consegui foi fazê-la convulsionar sem prazer.

Não podia sair de dentro dela sem correr o risco de causar um dano severo em seu interior, algo que poderia destruí-la nesse estado. Ela não podia se transformar. Nem entrar no estro como o esperado. Ela mal estava respirando.

— Snow — chamei, tentando inutilmente trazê-la de volta para mim.

Nada.

Ela estava apagando rapidamente quando comecei a

transar com ela, mas meu objetivo era acordá-la de uma vez.

Claramente, deu errado.

Eu nem podia aproveitar o que deveria ter sido o orgasmo mais incrível da minha vida, porque a fêmea debaixo de mim estava morrendo.

Pense. Pense. Pense. Eu tinha que fazer alguma coisa. Não podia deixá-la flutuar para o estado que as drogas decidissem levá-la. Tinha que ter uma maneira de contornar isso. Um método para trazê-la de volta. De salvá-la.

Eu não costumava ser protetor. Não era um herói, príncipe ou cavaleiro de armadura brilhante. Meu campo de atuação flertava com a morte. Me dê um rifle e um alvo, e eu estava em meu habitat. Salvar essa jovem adorável estava muito além da minha zona de conforto. Eu *tirava* vidas, não as salvava.

Ela começou a tremer novamente, desta vez com respirações rápidas e ofegantes que rasgavam meu peito.

Como Vanessa podia ser tão cruel? Escondendo a identidade de Snow, e agora isso? E como esse problema se tornou meu?

Porque você a queria, lembrei a mim mesmo. *Você esperou do lado de fora daquele avião com toda a intenção de tomá-la. E agora, você tem o que desejou.*

Mas meus planos não incluíam Snow se transformar em Ômega.

Uma loba fértil, porém destroçada.

Eu poderia forçá-la a se transformar. Mas isso poderia causar mais danos. Ômegas deviam permanecer humanas durante o estro, com seu animal à frente das necessidades e pensamentos sem realmente aparecer. Era assim que elas acasalavam.

No entanto, seu cheiro me dizia que ela não podia procriar assim, muito menos sobreviver.

O comando rosnado de um Alfa não podia ser ignorado, não por uma Ômega. Ela se transformaria, mesmo que isso a matasse.

Balancei a cabeça, negando a opção. Era um risco que eu não queria correr. Tinha que ter outra maneira.

Pílulas de força, pensei, considerando o termo. O Território Nórdico não acreditava em supressores ou alterações genéticas. Ciência, sim. Desmantelar a verdadeira natureza de nossos lobos, não. Mas eu não tinha tempo para consultar ninguém sobre um remédio. Não com a frequência cardíaca de Snow diminuindo.

Seu corpo se recusava a se recuperar, enfraquecido demais pelas toxinas no sangue. Era exatamente por isso que Ômegas não deviam suprimir seus instintos naturais.

Isso não deveria estar acontecendo.

Minha semente deveria ter *resolvido* esse problema. Sim, tive que rasgá-la de leve para me encaixar dentro dela, e seu útero não estava acostumado a aceitar um nó. No entanto, ela aceitou. *Senti* a conexão. Seu corpo não o rejeitou, nem causei danos permanentes.

Ainda assim, ela não estava se curando. Ela não caiu nas garras da paixão como uma Ômega deveria. Era resultado de sua mente convencendo seu corpo a não aceitar sua verdadeira natureza? Ou algo mais?

Restava apenas um método para provar a Snow que ela não era Beta.

Precisava acasalar com ela.

Aproximei a cabeça de seu pescoço e meus lábios pairaram sobre seu pulso enfraquecido.

— Você não deveria ser minha — sussurrei, fazendo careta. Lobos criados eram comumente considerados inferiores aos nascidos em nossa sociedade. Ludvig nunca me tratou assim, mas outros tentaram. Eu sempre provei que estavam errados, mas isso não os impedia de testar minhas habilidades. Eles me viam como inferior simplesmente por causa da minha origem humana.

Embora esse não fosse o motivo principal que me impedia de reivindicar uma fêmea. Era a bagagem que vinha com um vínculo de almas. Simplesmente não combinava com minha profissão. E, como tal, nunca realmente desejei uma companheira Ômega.

No entanto, meu lobo desejava essa fêmea. Tanto que deixei de lado todos os protocolos e a tomei como minha.

Uma reivindicação não poderia ser desfeita. Nossas almas seriam unidas como uma só, nossos lobos destinados eternamente um ao outro. Minha força se tornaria dela, seu coração e corpo seriam meus para possuir e proteger, e somente a morte poderia nos separar.

Snow ofegou, seus lábios vermelhos carnudos se entreabriram com o movimento, e então nada mais aconteceu.

Nenhuma expiração.

Nenhuma inspiração.

Seu pulso estava em um ritmo caótico.

Que se foda. O predador dominante dentro de mim assumiu o controle e afundei os dentes em seu pescoço antes que pudesse considerar mais opções. *Minha*.

Eu a reivindiquei desde o momento em que nossos olhos se encontraram. Aquela Beta atrevida e teimosa, com sua falta de respeito pelas formalidades e submissão, capturou minha atenção e a manteve. Quase quebrei uma dúzia de regras de decoro ao persegui-la. O favor da festa de Vanessa foi o único impedimento quando meu instinto de ajudar Mick sobrepujou o desejo de seguir Snow. No entanto, ela me perseguiu mesmo assim.

Bem, não exatamente.

Ela queria ajuda.

E era exatamente isso que eu pretendia fazer.

Seus olhos se abriram quando nossa conexão se estabeleceu, e seu peito se ergueu com um fôlego muito necessário. Se ela não acreditava que era Ômega antes, ela tinha certeza agora. Porque Alfas não podiam acasalar com Betas, e meu lobo definitivamente acabou de reivindicá-la como sua.

— Não — ela sussurrou, suas íris flamejaram com compreensão.

— Sim — respondi, e um rosnado baixo acompanhou minhas palavras.

Ela arqueou em minha direção com as pupilas dilatando com uma necessidade avassaladora. A umidade se acumulou entre suas pernas, banhando meu pau ainda duro em um calor acolhedor.

— Muito melhor — elogiei baixinho, beijando a marca em seu pescoço. — Agora podemos começar.

Ela envolveu os braços em meu pescoço, cravando as unhas em meus ombros.

— Mais. — Ela acompanhou o comando com um adorável rosnado que me fez rir.

— Ah, doce Snow. Você não está em posição de exigir nada de mim. — Lambi o sangue que escorria da minha mordida, provocando um tremor violento nela. — Mas, felizmente para você, quero te dar mais. Muito mais.

Ela gemeu quando comecei a me mover, meu nó finalmente se recolhendo para me preparar para a segunda rodada. Essa seria uma transa adequada. Normalmente, eu preferia prolongar o momento, atormentar a fêmea e obrigá-la a implorar, mas Snow já tinha passado por muito.

Hoje à noite, eu a satisfaria.

Amanhã, brincaríamos.

— Coloque suas pernas ao meu redor — eu disse.

Ela obedeceu, me abraçando com as coxas enquanto seus tornozelos se enroscavam na base das minhas costas.

— Segure firme, baby. — Não esperei que ela reconhecesse minha exigência. Movi os quadris para dentro e para fora dela de uma maneira que destruiria uma Beta. Mas Snow aceitou a investida com um gemido dolorido que rapidamente se transformou em um canto de aceitação e adoração.

Cada estocada a empurrava mais para seu ciclo de calor, até que a fêmea debaixo de mim se tornou um feixe contorcido de paixão. Ela ganhou vida em meus braços e sua loba brilhava no olhar enquanto ela se submetia abertamente ao Alfa que a dominava.

Uma visão linda.

Viciante.

Uma das experiências mais incríveis da minha existência.

Ouvi falar dos prazeres de possuir uma Ômega no auge do estro, mas nunca me entreguei à atividade até esta noite.

E agora, eu não tinha certeza se algum dia desejaria uma fêmea normal novamente. Porque, puta merda.

A boceta molhada de Snow apertava meu pau enquanto tremia em violenta aceitação do meu tamanho. Uma combinação inebriante que me levou ao limite mais rápido que nunca.

Deslizei a mão entre nós, descendo pelo seu abdômen plano até o monte sem pelos. Um toque do meu polegar em seu clitóris a fez gritar de prazer, e o orgasmo ondulou ao redor do meu pau, o que me impulsionou a segui-la naquela ápice delicioso.

— Puta merda — murmurei, dessa vez por uma razão completamente diferente da anterior. Meu nó disparou para dentro dela novamente, pulsando com o clímax que abalou cada centímetro do meu corpo e a forçou a outro.

Ela tirou cada gota que eu possuía, seu pequeno corpo me recebendo com avidez e imediatamente exigindo mais. Ela moveu a boca, pronunciando as palavras e seus comandos eram um cântico para os meus sentidos. Sorri.

— Ainda não.

Snow protestou, algo que provavelmente a deixaria envergonhada mais tarde, mas isso me divertiu imensamente. Eu podia sentir sua necessidade crescente como uma chama violenta correndo por minhas veias.

Desci a mão até o lugar onde nos uníamos, recolhi um pouco de nossa excitação misturada e levei aos lábios dela. Ela gemeu enquanto eu lhe dava o fluido sensual, passando a língua nos meus dedos em um silencioso pedido por mais.

Então, fiz de novo.

E de novo.

Tocava seu clitóris a cada descida, pintava seus mamilos enquanto acariciava, e traçava seus lábios cheios antes de deixá-la me chupar.

— Você vai fazer isso com o meu pau em breve — prometi a ela.

— Sim — ela sibilou, se inclinando para fora da cama em expectativa.

— Insaciável — comentei, ciente de que isso era apenas o começo.

Ela deu um grito quando rolei, ficando de costas e ela por cima. Ainda estávamos juntos, meu nó pulsava profundamente dentro dela e se recusava a soltar. Mas isso não significava que ela não pudesse se divertir um pouco.

— Monte em mim, Snow. Use meu pau e goze de novo. — Eu queria admirar o espetáculo. E, ah, que espetáculo era. Seus seios saltavam em sincronia com seus impulsos ávidos. Ela buscava o prazer com movimentos sensuais, levando a mão pequena até sua boceta para acariciar o clitóris. No entanto, não importava o que ela fizesse, parecia incapaz de desmoronar.

Lágrimas escorriam pelo seu rosto, os gemidos apaixonados se transformaram em gritos de dor enquanto ela me suplicava que a ajudasse, que lhe desse o que ela precisava.

Parecia que jogos não eram necessários.

Essa lobinha ansiava por se submeter.

Então, decidi satisfazer suas inclinações.

Agarrei seus quadris enquanto meu nó recuava e a tirei do meu pau.

— De quatro, Snow. Agora.

Ela se apresentou para mim, com as coxas brilhando com excitação enquanto abria as pernas em acolhimento ansioso. Segurei sua bunda, adorando o formato de coração e a bela plenitude de cada uma das nádegas.

Humm, comê-la ali seria divertido.

Mas decidi recompensar sua submissão ansiosa me ajoelhando atrás dela e posicionando a cabeça em sua entrada encharcada. Sua boceta vibrou ao meu redor enquanto eu avançava e seu grito provavelmente acordou todo o território.

Eu não me importava.

Dei o que ela desejava e mais, penetrando-a tão profundamente que ela chorou.

Nunca tomei uma fêmea assim, de forma tão severa, minuciosa ou completa. E em vez de me implorar para parar, ela me incentivou a continuar.

Até o ápice.

Perfeição.

Um sonho que eu não tinha certeza que se parecia com a realidade.

E então, estávamos gozando de novo, meu sêmen reclamando seu interior, marcando-a como minha para a eternidade. Me inclinei sobre ela e meus lábios encontraram a marca que havia feito mais uma vez enquanto meu peito cobria suas costas.

Ela sussurrou algo ininteligível, mas seja lá o que fosse, meu lobo reagiu, e eu a mordi de novo.

Ela gritou, tendo espasmos em uma mistura confusa de prazer e agonia. Ao mesmo tempo, meu lobo cantava a mesma palavra repetidamente, gravando meu futuro no nome de Snow e garantindo nosso destino juntos como um.

Minha.

Minha.

Minha.

SNOW

Tudo doía. Meus membros. Meus seios. Minha bunda. O espaço sensível entre as pernas.

Me contorci, buscando alívio, precisando mais da besta sexy que beijava minhas contusões e me comia até a completa satisfação. Ele estava em algum lugar por perto. Fora da nuvem de suavidade. Procurei por ele, passando as mãos nos montes de êxtase acolchoados até que alcancei a borda do meu espaço seguro e sibilei com o ar fresco.

Uma risada masculina me fez paralisar enquanto meus sentidos buscavam loucamente a origem daquele som. Pertencia ao macho com quem passei o cio por dias a fio, o macho que eu agora desejava mais que o ar.

— Me deixe terminar isso, e então vou te alimentar.

Rosnei. Não era comida que eu queria. Ele continuava me forçando a beber água, a maior parte da qual eu cuspia de volta nele. Eu gostava desse jogo, porque ele sempre me fazia lambê-lo. Humm, e às vezes ele me alimentava com seu pau. Quando eu comia o suficiente, ele me deixava chupá-lo como sobremesa.

Quem sou eu?
Ah, não me importo.
Estou no paraíso.

Porque com certeza eu morri. O que era péssimo, mas pelo menos minha besta me seguiu.

Alfa Kazek, ronronei para mim mesma. *Sim, sim.*

— Aqui — ele disse em tom caloroso, entrando em minha linha de visão. Me lancei para a dureza entre suas pernas, mas tive o pulso capturado em uma de suas mãos muito mais fortes. — Não.

Rosnei para ele.

Ele rosnou de volta e o som me fez gemer enquanto a umidade inundava minhas coxas. Em vez de aliviar minha dor, ele colocou um prato na cama ao lado da minha cabeça.

— Coma e te darei o meu pau.

Semicerrei os olhos para o sanduíche. *Não estava com fome.*

— Coma — ele repetiu, dessa vez com um tom mais duro. — Ou não vou te deixar gozar por horas.

Rangi os dentes e meu estômago se contraiu com o pensamento de não poder encontrar qualquer alívio. Da última vez que passamos por isso, brinquei comigo mesma enquanto ele assistia com diversão no olhar. Depois de vários minutos agonizantes, percebi que não conseguia gozar sozinha. Algo que ele sabia. Então comi, e ele me recompensou tomando meu traseiro.

Nunca pensei que fosse gostar disso.

Mas com ele, eu gostava.

Eu gostava de *tudo* o que Kazek fazia comigo. Exceto as horas de alimentação.

— Agora, Snow — ele disse como se sentisse minha desobediência.

Rosnei para ele, mas peguei o sanduíche e dei uma mordida. Ergui as sobrancelhas com o sabor e minha loba se animou imediatamente.

Ele o temperou.

Com seu gozo.

Devorei o alimento com um gemido de aprovação, arrancando uma gargalhada dele.

— Essa é a primeira vez — ele comentou. — Talvez eu precise te manter nesse estado pela eternidade.

Ele se aproximou de forma furtiva, com as mãos apoiadas no colchão enquanto se inclinava em direção ao meu ninho de cobertas. Sua expressão irradiava aprovação com o que quer que estivesse vendo em meus olhos. Ele pegou o prato, o colocou de lado, e se juntou a mim, entrelaçando as pernas musculosas nas minhas enquanto passava os dedos nos meus fios emaranhados.

— Você precisa de um banho — ele sussurrou. — Mas gosto de te ver marcada e saturada com o meu cheiro.

Passei as unhas em seus braços fortes, arranhando a pele ao longo do caminho e deixando filetes de sangue no rastro. Ele estremeceu e suas pupilas se dilataram.

— Está me reivindicando, pequena Ômega?

Em resposta, cravei as garras em seus ombros, desafiando-o a se afastar de mim.

Mas tudo o que ele fez foi sorrir para meu domínio possessivo.

— Humm, vou sentir falta de você nesse estado.

Bufei, sem ter certeza do que ele queria dizer.

— Me come — pedi com a voz rouca de dias gritando seu nome. Eu não era mais como antes, meu corpo e mente não pertenciam mais à fêmea conhecida pelo mundo como *Snow Frost*.

Quem quer que eu tenha me tornado era mais ousada. Mais sexy. Animalesca. *Faminta.*

Tentei puxá-lo para mim, mas o macho permanecia no controle, com a expressão brilhando com orgulho masculino.

— Você não tem ideia do que significa ser minha, mas

vai saber. — Ele pressionou a boca em meu queixo e mordeu minha pele de leve. — Em breve, Snow. Muito em breve. Humm, mas você tem sido tão boa para mim. Acho que vou te satisfazer até você me mandar parar.

Ele puxou minha coxa sobre seu quadril e me penetrou novamente, a união feliz imediatamente saciou a dor que crescia dentro de mim.

Devagar.

Escorregadio.

Quente.

Gemi, precisando de mais. Ele respondeu me empurrando para trás, acomodando seus quadris entre os meus.

— Segure nas barras da cama, baby.

Minhas mãos se moviam no piloto automático, meu corpo estava sob seu comando. Passei os dedos ao redor das colunas de madeira escura que decoravam a cabeceira da cama e suspirei de contentamento. Suas mãos percorriam as laterais do meu corpo, e seu olhar sedutor capturou e manteve o meu.

Eu sabia o que viria a seguir, podia ver escrito na intensidade de sua expressão e senti-lo na direção de seu toque.

Ele segurou meus quadris, me angulando para o seu desejo, e me penetrou profundamente. Uma parte de mim se perguntava como ele me matou com esses movimentos agressivos, enquanto a outra parte se regozijava com sua rudeza.

Não havia emoções entre nós.

Apenas uma necessidade dura e violenta, tingida de possessão.

Nossos animais prosperavam na paixão, nos levando a alturas que eu não sabia que existiam. Cada investida me fazia gritar e meu aperto nas barras se intensificava para me manter no lugar. Eu deveria estar implorando para ele parar. Em vez disso, o instigava, exigindo mais e gemendo em aprovação lasciva.

Seus lábios roçaram meu pescoço, queixo, mas nunca minha boca. Ele sussurrava palavras no meu ouvido, me elogiando por aceitar seu pau, por lhe dar meu corpo e minha confiança. Humm, essa última palavra arrepiava minha pele.

Confiança.

Será que era isso que isso significava? Eu confiava nele? A letalidade que espreitava sob sua pele me aterrorizava. Senti seus desejos selvagens em cada carícia e na forma como seu corpo me reivindicava brutalmente. Confiança parecia impossível. Mas minha loba deu tudo a ele, voluntariamente. Que estranho. Desde quando ela tomava todas as decisões?

Seu pau atingiu um ponto particularmente doloroso em meu interior, enviando ondas agradáveis através de todo o meu corpo. Uma reação muito estranha. Quem diria que eu preferia um pouco de agonia com meu êxtase?

— Goze para mim — ele sussurrou, mordendo o lóbulo da minha orelha.

Meu corpo obedeceu, as paredes internas apertaram seu pau grosso, enquanto ele me levava ao clímax com aquelas três palavras. Eu repetia seu nome, implorava por mais, e ele me recompensava da mesma forma com mais uma daquelas estocadas profundas e penetrantes.

— Puta merda — ele murmurou, a parte inferior do seu corpo se contraindo enquanto ele me seguia para o ápice mais uma vez, e seu nó nos mantinha unidos pelo que parecia uma eternidade.

Doeu.

Mas eu gostei.

Outro daqueles enigmas bizarros que minha mente parecia não conseguir processar.

Talvez eu passasse a eternidade nesse estado.

Feliz.

Satisfeita.

Reivindicada.

Humm.

Fechei os olhos e o sono me levou a uma inconsciência eufórica.

SNOW

Argh, ai.

A dor provocou minha consciência e meu corpo protestou enquanto eu me aconchegava mais profundamente nas cobertas ao meu redor. Devia ter mais de uma dúzia de lençóis nesta cama. Franzi a testa para eles, voltando a atenção para as camisas e cuecas boxers usadas para decorar o que parecia ser algum tipo de ninho.

Ninho, pensei, com a mente confusa. *Por que estou em um ninho?*

Me sentei e me espreguicei enquanto os aromas do quarto me envolviam em uma mistura de cedro, hortelã-pimenta e lobo macho viril. Contraí as coxas, estremecendo com a dor deliciosa que despertava dentro de mim.

— Ahh — gemi, caindo de volta nos travesseiros. Minha loba queria rolar na fragrância de sexo, almíscar e *homem*. Tão bom. Envolvi meu corpo nas roupas, me deleitando com a colônia viciante. Não importava que estivesse com o corpo todo doendo. *Isso* era a minha cura.

Uma risada masculina percorreu minha pele, fazendo minha cabeça emergir das cobertas. Olhei rapidamente para a esquerda e encontrei Alfa Kazek apoiado em uma cômoda com uma xícara de café na mão. Ele me deu um sorriso malicioso que fez todas as minhas memórias voltarem com um floreio.

Sexo.

Muito. Sexo.

E mordidas.

Ah, pelos deuses... arqueei as sobrancelhas.

— Você me reivindicou.

— Reivindiquei.

— Eu... eu... — Não conseguia falar. Como isso era possível? Alfas não acasalam com...

Espere...

Estudei a formação de cobertas e roupas sujas ao meu redor, observei o estado de meus quadris e coxas machucadas e senti minha boca se abrir.

— Eu... Não. Isso é... isso é impossível.

Ele grunhiu e colocou a xícara de café sobre a cômoda, depois se aproximou de mim com uma calça jeans que ficava muito baixa em seus quadris. Eu não precisava que aquela parede de músculos chegasse mais perto. Não com os espasmos residuais explodindo entre minhas pernas.

Ah, mas ele era cheiroso. Minha loba praticamente ronronou em boas-vindas quando ele colocou as mãos na cama, seu corpo muito maior me empurrando para ficar de costas. Ele me banhou com seu calor masculino, e o peito parecia fogo contra o meu.

— Kazek — sussurrei, incerta de suas intenções. O tecido áspero da calça pressionou meu sexo aquecido, arrancando um gemido meu que era parte dor, parte prazer. — Estou dolorida.

— Eu sei. — Ele roçou meu pescoço, encostando os lábios sobre meu pulso frenético. — Mas se você insistir em dizer que não é Ômega, vou te dar o nó até você se esquecer de como falar, Snow. Entendeu?

Um arrepio percorreu meu corpo.

— Mas...

— Não vou te avisar de novo — ele respondeu, roçando os dentes em minha mandíbula enquanto se apoiava nos cotovelos, nas laterais da minha cabeça. Seus olhos azul-escuros cintilavam com poder e seu ar dominante arrepiou minha pele.

— Não entendo — admiti em um sussurro sufocado.

— Você acabou de passar por um cio muito curto — ele explicou com a voz suave, sem combinar com a violência que irradiava de seus olhos. — Apenas quatro dias. Como resultado, você não conseguiu conceber, o que suspeito estar ligado aos supressores que a Vanessa te deu por todos esses anos.

— Supressores — repeti, me lembrando bem da palavra. Tínhamos discutido bastante sobre esse termo.

— Sim, suas pílulas de força.

Comecei a balançar a cabeça, mas parei ao ver sua sobrancelha arqueada.

— P-por quê? Quer dizer, como?

— Como era a relação de vocês? — ele perguntou com a expressão curiosa. — Dizem que ela a criou como filha, mas dado que ela escondeu sua linhagem Ômega de todos, inclusive de você, suspeito que ela não tenha sido a madrasta mais gentil.

Um nó se formou em minha garganta com suas palavras, meu abrigo de infância assumindo um significado completamente novo dentro da minha cabeça.

— Ela raramente me deixava sair para ver as pessoas, dizendo que eu era uma Beta fraca demais para que me respeitassem. Foi por isso que ela me incentivou a tomar as pílulas. Ela disse que me ajudariam. — Me senti tão ingênua e estúpida por acreditar nela, mas o que eu poderia fazer? — Eu confiava nela.

Ele me observou por um longo momento, sem vestígios de emoção no olhar.

— Se os territórios soubessem que você é Ômega, Alfas de todas as partes teriam vindo para expressar interesse em acasalar com você. Teria sido um desafio e uma situação sem precedentes por causa de como a realeza funciona no Território de Inverno. Quem quer que te ganhasse também ganharia a premiada posição da Vanessa como Alfa. Então ela preferiu te manter em segredo.

Engoli em seco. Sua dedução era algo que eu nunca teria considerado em um milhão de anos. Mas a prova de sua traição estava entre nós agora, na marca que ele deixou em meu pescoço e dentro do meu corpo.

— O que não consigo entender é o Enrique — Kazek continuou, pensativo. — Como ele não percebeu suas características de Ômega? E por que a Vanessa arriscaria o acasalamento de vocês dois?

— E-ela pretendia fazer com que ele me matasse.

— Sim, você mencionou isso. Mas não entendo como. Seu corpo pode aguentar um bom nó. — A aprovação brilhava em seus olhos azul-escuros, o que fez minhas pernas ficarem tensas com a memória de seu pau dentro de mim. Doeu, mas gostei das sensações.

E eu meio que queria senti-las de novo... agora.

Ele curvou os lábios com o que quer que percebeu em minha expressão e deu um beijo em meu rosto.

— Não se preocupe, doce Ômega. Vou te dar o nó de novo em breve. Depois de lidar com as coisas que negligenciei nos últimos dias. Felizmente, Ludvig anda ocupado com o Mick, e a alcateia sabe que não deve me incomodar aqui.

Alfa Ludvig. Arregalei os olhos.

— Ele precisa ver meu colar.

— Quem?

— O Alfa Ludvig — sussurrei, balançando a cabeça para afastar as palavras confusas que giravam em minha mente. *Ômega. Cio. Reivindicada.*

Nem em meus sonhos mais loucos eu poderia antecipar que algo assim aconteceria. Porque uma semana atrás, eu acreditava que era Beta. Uma *Beta* fraca, pequena...

— Como ela...? Mas por quê? E como eu pude...? — Os pensamentos saíam em uma mistura confusa de perguntas que não faziam sentido, nem mesmo para mim. Porque isso era loucura. Vanessa me convenceu de que eu era Beta, e eu acreditei nela. Mesmo com a verdade diante dos meus olhos. — Alfas e Ômegas nunca geram Betas. — Eu sabia disso. Todos me disseram o quanto minha existência era estranha, e em vez de analisar isso, eu me sentia como um fracasso.

Mas o tempo todo eu era Ômega.

Uma herdeira legítima do trono com um companheiro Alfa.

Um companheiro que eu deveria escolher.

Mas Vanessa me privou disso.

— Você me reivindicou — eu disse, repetindo minhas palavras anteriores. — Por que fez isso? — Ele tinha que saber que estava errado. O Território de Inverno nunca aprovaria que ele tomasse liberdades com sua princesa.

— Para salvar sua vida — ele respondeu. — E, aliás, de nada.

De nada? Repeti em minha cabeça, deixando uma risada escapar sem querer.

— Você está brincando comigo? *De nada?* Então eu deveria te agradecer por ter me reivindicado em um momento de fraqueza?

— Sim. Porque se eu não tivesse feito isso, você teria morrido.

Senti um frio percorrer minhas veias, seguido rapidamente por uma chama de revolta.

— Talvez você devesse ter me deixado morrer — sibilei, ciente de que se tivesse sido minha escolha, eu teria preferido viver. Mas esse não era o ponto. — Você não tinha o direito de me tomar.

— *Não tinha direito*, é? Aí está uma escolha interessante de palavras — ele respondeu, seus traços se transformando em sombrios e letais.

Esse macho não era alguém com quem eu deveria discutir, muito menos desrespeitar. E, no fundo, eu sabia que não era ele quem eu deveria odiar. Essa posição pertencia a Vanessa.

No entanto, ela não estava aqui.

Ele, sim.

Rosnei para ele da mesma forma que faria com ela, sentindo a fúria surgir.

— Saia. De cima. De. Mim.

Ele arqueou as sobrancelhas.

— Ah, você não quer fazer isso, Snow. Confie em mim.

— Ou o quê? Você vai me marcar? — questionei, apontando para meu pescoço. — Tarde demais. Você me tomou contra a minha vontade! Eu não consenti!

— Então você preferiria ter morrido?

— A decisão não era sua! — Me enfureci, sentindo as emoções emergirem de uma vez. Ele tirou tudo de mim. Não, Vanessa fez isso. Ah, mas o que importa? Ninguém me consultou. Ninguém pediu minha opinião. Todas as escolhas foram feitas sem o menor cuidado em relação a mim ou ao que eu poderia querer.

Supressores.

Como pude ser tão cega?

— A decisão com certeza era minha — Kazek respondeu em um tom calmo, mas com uma firmeza que fez meu estômago revirar. — Você é Ômega, Snow Frost. Você não tem direitos. Não aqui. Não quando se escondeu em um avião sem permissão e se infiltrou em *meu* território. Você tem sorte de eu ter te encontrado quando o fiz. Minha mordida é a razão pela qual ainda está respirando. Você deveria estar me agradecendo por te salvar, pequena Ômega, não tendo um ataque de raiva petulante.

— Vá se foder! — rosnei, odiando-o tanto quanto odiava Vanessa. — Saia de cima de mim!

Ele rosnou e o som me hipnotizou momentaneamente, o que fez meu corpo reagir ao chamado de um Alfa. *Ah, queridos deuses. Sou mesmo uma Ômega.*

Como Vanessa escondeu isso de mim?

Os rosnados de Enrique nunca fizeram isso comigo.

Chupar seu pau nunca me deixou molhada. Sexo com outros Betas doía. No entanto, Kazek despertou coisas em mim que não deveriam existir. E se Vanessa tivesse me drogado? E se...

— Fique de quatro — Kazek exigiu, com as mãos em minhas coxas. Ele tirou a calça jeans e estava orgulhoso e pronto entre minhas pernas abertas.

— Não! — Não íamos transar. Não agora. Não quando eu nem conseguia processar a insanidade que se abateu sobre minha vida.

Ele ergueu a sobrancelha.

— Que parte da falta de direitos você não entendeu? — As palavras foram ditas em um tom que não admitia discussão.

Uma loba esperta teria se acovardado.

Mostrei os dentes, sem nada a perder.

— Você não me possui.

— Pelo contrário, possuo muito — ele respondeu, cobrindo minha intimidade com a mão. — Ela é minha para que eu coma quando bem entender. E cabe a mim decidir se você vai gostar ou não. — Ele apertou meu clitóris para deixar seu ponto claro, me fazendo gritar de dor.

— Eu não te escolhi! — gritei para ele.

— E você acha que eu queria te escolher? — ele retrucou, a fúria aprofundando seu tom a um nível selvagem. — Salvei sua vida ao te colocar sob meu controle. Agora você é minha e não vou tolerar tal desrespeito da minha Ômega.

Ele segurou meus quadris e me virou como se eu não pesasse nada e, para ele, provavelmente não pesava.

Eu me contorci debaixo dele, tentando escapar, mas Kazek me imobilizou com facilidade, com uma mão na parte de trás do meu pescoço e a outra no quadril.

— Se submeta ou vou te tomar por trás e garantir que você sinta cada centímetro disso sem prazer.

— Eu te odeio — murmurei no travesseiro debaixo do meu rosto.

— Independentemente disso, você vai me respeitar e *me agradecer* por ter te salvado. Eu poderia ter deixado você lá fora para ser comida até a morte pelos outros Alfas e Betas do território. Em vez disso, escolhi te trazer para cá, mesmo depois do seu comportamento no Território de Inverno. — Ele apertou meu quadril de forma dolorosa. — Decida, Ômega. Dor ou prazer?

Gritei no algodão, me recusando a responder.

Isso não pode estar acontecendo! Ele era pior que Enrique. Pior que Vanessa. O pior Alfa que já conheci. Eu queria matá-lo. Cortá-lo com uma lâmina e enfiá-la bem fundo em seu peito. Usá-lo como alvo de treino com arco. Destruí-lo com minhas garras.

Pisquei. *Sim. Posso me transformar!*

Chamei minha loba e sua resposta foi imediata, mas foi interrompida por um rosnado de fúria do Alfa acima de mim. O som me paralisou, enviando pontadas de dor por todas as fibras do meu ser enquanto ele me *forçava* a submeter. Me fez permanecer na forma humana.

A energia zumbia devido à transformação que ele negou, me lembrando de agulhas espetando meu interior.

Gritei de agonia e raiva, espantada e chocada que ele pudesse fazer isso comigo.

Betas não se submetem dessa maneira. Apenas Ômegas.

Todo o meu mundo foi virado de cabeça para baixo em questão de uma semana, e eu não sabia como aceitar essa nova realidade.

E a dor de minha transformação ser negada me deixou paralisada e incapaz de me mover.

— Ah, Snow — Kazek disse. Essas palavras provocaram arrepios pelos meus braços enquanto minha loba recuava sob seu comando. — Sua desobediência não pode continuar, não se você quiser sobreviver no Território Nórdico. Sou o segundo no comando por um motivo e se eu não puder controlar uma pequena Ômega rebelde, você colocará em risco meu status. O que não posso permitir.

O mundo mudou quando ele me colocou em seu colo, com meu traseiro para cima e a cabeça pendurada na beira da cama. *Que merda é essa?*

— Conte — ele exigiu.

Contar o quê? Gritei quando sua mão atingiu minha bunda. O tapa fez minha pele pegar fogo.

— Ai!

— Isso não é um número — ele me informou com a voz fria como gelo. — *Conte.*

Sua palma cortou o ar, atingiu minha outra nádega e me fez xingar em vez disso.

Ele estalou a língua.

— Não vou me repetir, Ômega. Se você não obedecer, não terei escolha a não ser fazer com que doa.

—Já está doendo!

Ele riu e o som me enfureceu.

— Não, doce loba. *Isso* são preliminares. — Seu próximo tapa provocou um choque em minha coluna. — Isso é uma punição adequada. Você quer tanto uma escolha? *Escolha.*

Ele repetiu a ação, o que me fez morder o lábio para evitar gritar. O que ele tinha nas mãos? Espinhos? Que merda era essa? Ele estava me dando palmadas como se eu fosse criança!

O próximo tapa fez meus olhos se encherem de lágrimas.

— Por favor! Pare!

— *Conte* — ele grunhiu e sua mão atingiu o espaço sensível entre minha coxa e nádega.

— Um. Seis. Não sei!

— Você vai começar pelo um — ele respondeu, passando a mão pela minha pele, o que excitou cada fibra em seu rastro.

Por que isso é tão bom?, pensei, completamente perdida para a sensação e me esqueci momentaneamente de nossa situação.

Mas sua mão logo me lembrou, embora lhe faltasse o ímpeto da palmada anterior.

— Snow?

— Dois — respondi, odiando-o.

— Boa garota — ele elogiou, acariciando minhas nádegas novamente, o que aqueceu a pele machucada. — Seu traseiro está lindo com as marcas das minhas mãos decorando sua pele clara.

Um ronronar baixo saiu dele enquanto dizia as palavras, confundindo meus instintos. Isso me fez relaxar bem a tempo de receber outro tapa. Mas esse parecia concentrado perto das minhas coxas novamente, enviando um choque em meu centro quente.

— Três — eu disse, com a voz ofegante das sensações conflitantes.

Mais carinho.

Rugidos sedutores misturados com ronronar.

Outra palmada na minha bunda fez um raio de eletricidade percorrer minha espinha.

— Quatro. Cinco. Seis.

Continuei contando, mas cada número parecia estar levando a um clímax que eu não entendia. De alguma forma, isso me excitou. Tinha passado de punição para algo *excitante*. Estremeci, perplexa com a mudança, e senti meu núcleo vibrar de *necessidade* conforme ele se conectava com meu traseiro mais uma vez.

Um gemido escapou dos meus lábios, o que me rendeu um riso divertido do Alfa.

Era humilhante e errado.

Eu o odiava.

Ele provou minha fraqueza, me forçou a me submeter, e meu corpo estava abertamente clamando por ele, ansioso para agradecê-lo de uma maneira que minha mente não conseguia compreender.

— Por quê? — gemi, com o rosto encharcado pelas lágrimas de vergonha e frustração. — *Por quê?* — Solucei, com meu corpo e mente jogando em campos opostos e o coração preso entre os dois.

Kazek me puxou para seus braços, me embalando contra seu peito como se eu fosse uma criança pequena. Só então percebi o quanto ele era maior comparado a mim. Não registrei isso durante o cio, mas ele era enorme, ainda maior que Enrique. E seu braço esquerdo era coberto de tatuagens intrincadas.

— Shh — ele murmurou. Seu ronronar vibrou ao meu

lado enquanto me abraçava. — Vai ficar tudo bem, lobinha.

Balancei a cabeça, sem acreditar nele.

— Ela queria me matar. E agora... agora eu... — Não consegui terminar as palavras, incapaz de definir minha nova existência. — Ela me matou — sussurrei mais para mim mesma. — Snow... não existe mais.

Ele me segurou por um longo momento, com os lábios em meu cabelo enquanto eu repetia palavras sobre minha morte, com a mente perdida em um estado delirante de inexistência.

O plano de Doc falhou.

Me transformei em Ômega, fui reivindicada por um Alfa que mal conhecia e perdi todo o senso de identidade no processo.

Porque eu gostei daquela surra. Quem era eu para gostar de algo tão depreciativo? Mesmo agora, eu queria que ele transasse comigo. Minhas coxas estavam úmidas com excitação, algo que nenhum macho no Território de Inverno jamais conseguiu alcançar. Talvez por causa dos comprimidos.

Ah, deuses. Se eu tivesse continuado a tomá-los... *Não*. Não, isso não era opção. Eu ainda teria acabado nesta situação ou pior. Porque Kazek estava certo. Sua reivindicação salvou minha vida. Aquele não foi um ciclo normal de cio, mas uma correção urgente que meu corpo forçou depois que as drogas foram eliminadas do meu organismo.

Mas em apenas vinte e quatro horas?

Isso realmente funcionava tão rápido? Ou Vanessa me preparou antes? E se ela estivesse tirando os remédios gradativamente? Tentei lembrar a última vez que ela me forneceu os comprimidos, mas o ronronar constante de Kazek interrompeu meus pensamentos.

— Escolha um novo nome — ele sussurrou.

Franzi a testa.

— O quê?

Ele subiu os dedos pelo meu braço nu até o meu ombro, traçou a base do meu pescoço até minha mandíbula e parou em meu queixo. Aplicou uma pressão sutil para inclinar minha cabeça para trás, forçando meus olhos a encontrarem os dele.

— Escolha um novo nome.

Eu o encarei, suas feições bonitas distorcidas pela minha visão embaçada.

— Não entendo.

— Você disse que a Snow está morta, que Vanessa a matou. Eu concordo. Você renasceu com uma nova oportunidade e, com isso, vem uma nova identidade. Então, quem você quer ser?

Sua pergunta se repetia na minha cabeça. *Quem você quer ser?*

— Eu... — Franzi a testa, minha loba me olhando com curiosidade.

Uma nova identidade.

Quem você quer ser?

— Ninguém jamais me perguntou isso — admiti baixinho. — Sempre fui destinada ao trono.

— E é o trono que você deseja? — ele perguntou, arqueando a sobrancelha escura.

— É meu — respondi automaticamente.

— Mas você o quer?

— Sim. — Eu não precisava pensar sobre isso. — A Vanessa o roubou de mim. Da minha família. Ela me colocou nessa situação. Eu deveria poder escolher com quem quero acasalar.

Ele não reagiu ao tom elevado da minha voz, apenas me observou atentamente.

— Você não pode mudar o passado. Eu sou seu companheiro. Você vai aceitar isso. E então vai me dizer o que quer.

— E se eu quiser poder escolher?

— Então vou te colocar de volta sobre meu joelho e te lembrar que você é minha. O destino já traçou nosso caminho. — Ele fez uma pausa, como se quisesse me dar uma chance de discutir, mas eu não queria o lembrete que ele mencionou, então fiquei quieta. — Boa garota. Agora estou te perguntando: quem você quer ser? Que presente você gostaria que eu te desse como seu companheiro? Que identidade devemos assumir juntos?

— Um nome — respondi, tentando entender o que ele queria dizer.

— Podemos começar por aí.

— Eu sou Snow Frost.

— Mas Snow está morta — ele me lembrou com gentileza. — Então, quem você é agora?

— Uma Ômega escrava de um Alfa idiota — murmurei.

Ele ergueu as duas sobrancelhas.

— Você está tentando me provocar de novo, lobinha? Porque eu juro que a segunda vez não será tão gentil quanto a primeira.

— Aquilo foi gentil?

Ele resmungou.

— Sou o Caçador, *Ômega*. Aquilo foi *muito* gentil.

Engoli em seco. Sua expressão parecia de pedra. O perigo espreitava em seu olhar, nas íris negras rodeadas por um azul safira escuro que brilhava com intenção mortal. Esse macho era um assassino e pude ter uma visão de sua alma sombria.

— Você é um assassino.

— Sim. Um assassino. E gosto muito do meu trabalho.

— Você não vai me matar.

Ele sorriu.

— Não, querida Ômega, não vou. Mas vou te punir até o ponto em que você vai implorar para que eu te mate.

Estremeci com a promessa em suas palavras.

— Você vai me destruir.

Ele balançou a cabeça, passando o polegar do meu queixo até a mandíbula e voltando.

— Nunca. Sua bravura é um afrodisíaco. Mas você precisa aprender o seu lugar. É a única forma de nos manter seguros. — Ele pressionou os lábios em minha bochecha e roçou o nariz no meu. — Tenho muitos inimigos, doce garota. Eles vão te usar contra mim se puderem.

Meu estômago se contraiu com a confissão.

— A Vanessa é minha inimiga.

Kazek recuou para me estudar mais uma vez.

— Gostaria que eu a matasse para você? — Foi uma pergunta séria, que me fez arfar.

— Você a mataria?

Ele não hesitou.

— Sim.

— P-por quê?

— Ela machucou o que é meu — ele respondeu. — Isso não pode ficar impune. Mas preciso saber o que você quer. A Snow está morta. Então, quem você é agora? O que você vai se tornar? O que deseja?

— Vingança — sussurrei.

Era a resposta certa, pois seus olhos brilharam.

— Sim. Mais alguma coisa?

— Quero meu reino de volta.

Ele me considerou por um longo momento.

— Isso pode ser mais difícil de conseguir.

— Por quê? O reino é *meu*. Ela o roubou de mim, me

escondeu, me fez pensar que eu era uma Beta sem valor por duas décadas e planejou me matar com o nó de Enrique. — Quando terminei, estava tremendo com a necessidade de vingança. — Ela destruiu minha vida. E também está destruindo meu reino. Eu o quero de volta. Quero ela fora de lá. *O Território de Inverno é meu.*

KAZEK

Aí está a minha fêmea destemida, pensei, feliz por vê-la retornar.

Não me importava com sua força quando ela direcionava a raiva para o alvo certo, mas quando ela começou a me desrespeitar, foi um problema. Falei sério: o comportamento dela refletia diretamente em mim. Se ela fosse rude comigo dessa forma em público, teríamos um sério problema em mãos. As Ômegas nasciam para se submeter a seus alfas, não para questioná-los ou gritar obscenidades com eles.

Eu a tomei sem seu consentimento? Sim. Mas isso salvou sua vida. Alfas tomavam decisões que protegiam os lobos mais fracos todos os dias. Eu tomei a melhor decisão para sua situação, e ela precisava aceitar em vez de gritar comigo por causa disso.

Além do mais, nós dois sabíamos que não era a mim que ela odiava agora. Era Vanessa, e com razão.

— Seus lobos podem não me aceitar como Alfa deles — eu disse, me referindo ao seu desejo dela de retomar o Território de Inverno. — Sou um lobo transformado, não nascido. E você mesma disse que não me escolheu. — Até resolvermos esse detalhe, não haveria vingança. Eu não podia me dar ao luxo de lutar em seu nome sem respeito e confiança mútua entre nós. E isso levaria tempo para se desenvolver.

Luxúria era fácil.

As outras coisas, nem tanto.

— Um lobo transformado? — ela repetiu, desviando o olhar para meu braço. — É por isso que você é tatuado. — Ela acariciou meu antebraço, o toque suave como uma pena. — Como você foi transformado?

Essa era uma pergunta muito pessoal, mas permiti, dadas as circunstâncias. Se ela fosse qualquer outra pessoa, eu teria rosnado e a repreendido, ou simplesmente me afastado.

Ela devia ter percebido o insulto, porque paralisou, tensionando os ombros enquanto sussurrava:

— Desculpe. Você não...

— Ludvig me transformou depois que matei outro Alfa — respondi, interrompendo-a. — Foi quando os humanos não sabiam sobre sobrenaturais. Eu também não sabia, mas entendi rapidamente quando meu rifle não foi suficiente para derrubar o desgraçado. Acabamos em combate corpo a corpo, porque ele se transformou e me farejou. Quase morri. Ludvig injetou algum remédio em mim que deveria ter me curado, mas em vez disso... eu me transformei.

Ela me encarou boquiaberta.

— Contra a sua vontade.

— Isso salvou minha vida. Eu o agradeci. — As palavras foram diretas e a fizeram recuar. Porque sim, eu entendia como era ter uma escolha tirada de mim. Mas se eu estivesse no estado de espírito certo na época, teria aceitado a opção dele. Então, qual era o sentido de odiá-lo pela oportunidade que ele me deu?

Ela tensionou a mandíbula.

— Ainda não estou pronta para te agradecer — ela finalmente admitiu. — Eu... isso é muito para aceitar.

Era justo. Concordei com um aceno de cabeça.

— Então, quem é você agora? — perguntei, guiando-a na direção da aceitação. — Snow está morta. Você quer vingá-la. Como vai fazer isso? Quem vai fazer?

— Flecha — ela sussurrou, franzindo a testa. — O Doc sempre me chamou de Flecha de Inverno, porque eu nunca erro.

— Quem é Doc? — perguntei, com meu lobo rondando na minha mente, sem apreciar a menção de outro macho dentro do santuário do meu quarto.

— Um dos meus sete — ela respondeu e olhou para o banheiro. — Preciso ligar para eles, contar o que aconteceu. Eu preciso...

Apertei o abraço em volta dela, mantendo-a no lugar enquanto a lobinha tentava escapar do meu colo.

— Um dos seus sete? — repeti entre dentes. — Sete o quê?

Ela piscou e me olhou de volta com uma careta. Imediatamente, olhou para baixo, sua loba se submetendo como resultado do que viu em minha expressão. Provavelmente fúria. Fúria *possessiva*.

— Não posso dizer — ela sussurrou, o que fez minhas sobrancelhas se arquearem em incredulidade.

— Claro que pode. Você é *minha*. O que ou quem são os sete? — Havia uma exigência em meu tom que eu sabia que a Ômega não podia ignorar.

— É um segredo de família. — Suas palavras soaram repletas de dor, o que me fez franzir a testa.

— Sou o seu companheiro, o que... me torna sua família. — Um conceito bem estranho. Eu não experimentava as obrigações de uma família há mais de um século. Meus pais e irmãos já estavam mortos há muito tempo, os descendentes deles também. O mundo foi para o inferno rápido demais para eu ajudá-los. Quando voltei para minha casa de infância, todos já estavam mortos.

— Eu nem te conheço — ela disse com a expressão tensa. — *Não posso.*

Fascinante. Ela estava lutando contra meu controle, não querendo me dar mais do que já tinha dado. Porque ela não confiava em mim. Seja lá que segredo guardava, significava muito para ela e sua família. Eu a reivindiquei como minha, mas ela não me considerava seu.

Estávamos sexualmente acasalados, mas não emocionalmente ligados. Nunca fui dado a emoções ou adepto a abraçar o conceito de amor. No entanto, algo me dizia que era isso que essa fêmea esperava.

Levaria tempo para desenvolvermos qualquer tipo de relacionamento verdadeiro. Se eu tentasse forçar agora, ela me odiaria. Embora eu pudesse viver com isso, suspeitava que ela, não.

— Tudo bem — falei baixinho, ronronando para amenizar o comando anterior. — Mas se você estiver dormindo com o Doc ou qualquer um dos outros, isso acaba agora. Eu não compartilho.

Ela arregalou os olhos.

— Dormindo com o Doc? — Ela empalideceu. — Não. Ele é como um irmão mais velho para mim.

Bem, essa reação me fez sentir um pouco melhor.

— Ótimo. Como eu disse, eu não compartilho. — Queria que ela reconhecesse essa parte.

— Então eu também não — ela retrucou, arqueando a sobrancelha como se estivesse me desafiando.

— Tudo bem. — A pequena Ômega era mais do que suficiente. Eu não via razão para ter outra.

— Tudo bem.

Esperei que ela dissesse mais. Nossos olhares estavam

travados em alguma espécie de batalha. Ela parecia estar testando minha determinação.

— Não vou me curvar a você, lobinha. E se quiser me desafiar na privacidade da minha casa, vou permitir. Mas tente isso em público e vou te disciplinar. Não posso me dar ao luxo de ser visto como fraco e, como minha companheira, você também não pode. Tenho certeza de que você sabe o que acontece quando um Alfa perde um desafio para outro Alfa.

Ela considerou por um momento antes de dizer:

— Ele ganha o direito de possuir qualquer coisa que o Alfa possui.

— Incluindo a Ômega dele — respondi.

Mas ela não parecia estar focado nisso, seus olhos brilhavam com uma empolgação inesperada.

— E o território dele.

— Sim, se o Alfa possuir um território.

— Como o Território de Inverno.

Ah.

— Você quer que eu desafie a Vanessa.

Ela balançou a cabeça.

— Não. *Eu* quero desafiá-la. É o meu reino. Ela o roubou. Eu o quero de volta.

Fiquei boquiaberto.

— Você não teria chance contra a Alfa de um Território. — Não era um insulto, apenas a verdade.

Ela se irritou.

— Você não sabe nada sobre mim ou minhas habilidades.

— É mesmo? — Eu a puxei para mais perto, atraindo sua atenção para o fato de que ela ainda estava sentada em meu colo. — Seu pequeno show de adagas foi impressionante para uma Ômega, mas eu poderia te subjugar em menos de cinco segundos.

— Eu estava entrando no cio.

Pelo menos, ela parecia estar aceitando seu status de Ômega.

— Não importa. Eu poderia fazer isso de novo agora mesmo, sem seu cio como barreira.

— Você não me viu com um arco.

E agora que ela mencionou de novo, eu realmente queria ver. Mas isso não vinha ao caso.

— Você não foi treinada para enfrentar um Alfa. Especialmente alguém tão forte quanto Vanessa. É impossível.

— Então me treine.

Meu queixo realmente caiu. Ela não podia estar falando sério.

— Você é minha para proteger, não para treinar.

Ela semicerrou os olhos.

— Com medo do desafio?

Merda. Essa fêmea ia ser minha morte.

— Eu não tenho medo de nada.

— Prove.

Jesus Cristo.

— Você é uma Ômega.

— E você é um Alfa — ela rebateu. — Um assassino. Um lobo transformado. Você tem muitos inimigos, certo? Então me treinar seria do seu interesse. Assim, posso usar essas habilidades para derrubar a Vanessa e recuperar meu trono.

Certo. Minha companheira estava delirando. Devia ser por causa das drogas.

— Em nenhum mundo de fantasia isso vai acontecer. — No entanto, sim, eu tinha uma tendência a irritar outros lobos, principalmente porque eu gostava de afirmar minha dominância e posição. Então fazia sentido garantir que ela fosse devidamente treinada no caso de alguém escolher usá-la contra mim. Mas deixá-la enfrentar a Vanessa? Não. De jeito nenhum. — Eu não vou arriscar você contra a Vanessa.

Ela ainda não tinha desviado o olhar, sua força era admirável.

— Então me ajude a derrotá-la.

— Por quê?

— Para recuperar meu reino. E então você pode governar ao meu lado.

Arqueei uma sobrancelha.

— Essa deveria ser a minha recompensa? Governar ao seu lado?

— Não é uma recompensa, apenas um fato. Sou a herdeira pelas nossas leis. Meu companheiro, escolhido ou não, é o legítimo Rei do Território de Inverno.

O que a tornava valiosa.

Snow Frost se assemelhava a uma joia inestimável que outros lobos poderiam tentar roubar de mim. Minha morte permitiria que ela tomasse outro companheiro que governaria em meu lugar.

Cerrei os dentes com o pensamento. Eu não gostaria de morrer ou de ter outro prêmio pela minha cabeça. Mas aqui estávamos.

— Escolha um nome — eu disse, voltando ao tópico original. — Você não pode existir aqui como Snow. — Poucos teriam permissão para saber seu verdadeiro nome, Ludvig estando entre eles.

Droga, que confusão.

Eu não tinha considerado todas as repercussões de salvá-la, meu lobo agiu apenas por instinto.

Merda de natureza animalesca.

Agora eu estava preso a uma princesa que queria retomar seu reino sem levar em conta as impossibilidades desse pedido. Eu poderia treiná-la dia e noite, e mesmo assim ela não seria páreo para Vanessa. Ômegas simplesmente não foram feitas para resistir a uma batalha. Eram pequenas, frágeis e destinadas a ter filhos, não irem para a guerra.

Mas ela estava certa sobre a necessidade de ser treinada. Nenhuma companheira minha poderia ser vista como delicada ou fraca. Eu precisava que ela estivesse devidamente preparada para lidar com meus inimigos, para que um deles não escolhesse machucá-la como forma de me prejudicar.

O valor de um Alfa incluía a forma como ele tratava sua companheira, tanto em proteção quanto em comportamento. Eu não podia me dar ao luxo de ser desrespeitado por ela na frente dos outros, assim como não podia permitir que ela fosse vista como um alvo fácil.

Merda.

Essa não era a vida que eu desejava.

Suspirei. Eu poderia ficar o dia e a noite toda refletindo sobre os resultados do nosso encontro predestinado ou poderia fazer algo a respeito.

— Escolha um nome — repeti. — Agora.

— Mas e quanto a...

— Falaremos sobre o resto mais tarde. Preciso que você escolha um nome para que eu saiba como chamá-la quando os outros me perguntarem a seu respeito. — Porque logo perguntariam. Eu tinha que falar com Ludvig, e o cheiro dela estava por toda parte, marcando-a como minha. Embora eu pudesse dizer a ele sua verdadeira identidade, os outros precisavam permanecer ignorantes. — Se alguém perguntar, eu a encontrei durante minha última missão. Isso é tudo que você tem permissão para dizer.

Ela franziu a testa.

— Você não quer que eles saibam quem sou.

— Não. E você também não quer, se valoriza sua vida.

Minhas palavras fizeram os pelos de seu pescoço e braços se arrepiarem.

— Você está me ameaçando? — Um tom arrogante para uma Ômega tão pequena.

Essa fêmea com certeza ia causar problemas.

Balancei a cabeça, irritado novamente.

— Se os outros perceberem quem você é, estarão mais propensos a te desafiarem. Você não é apenas uma Ômega fértil, mas também uma loba com status. Me remover abre espaço para que te tomem, junto com seu reino.

Ela fez careta, considerando.

— Ah.

— Sim. Ah. — Segurei seu rosto, a ponta dos meus dedos tocando seus cabelos emaranhados. — Seu nome, Ômega. Como devo te chamar para os outros?

Suas pupilas dilataram e sua loba reagiu ao meu tom mais suave. Gentileza não era meu forte, mas por ela, eu tentaria.

— Winter — ela sussurrou. — Me chame de Winter.

Embora isso remetesse à sua herança, eu não podia negar a adequação do nome. Sua pele clara me lembrava de paisagens de inverno, enquanto seus cabelos e olhos escuros lembravam da noite constante durante os longos meses de inverno. Era uma homenagem ao seu reino também e combinava com a paixão em seu coração.

— Winter — repeti, experimentando o nome. — Eu aprovo. — Dei um beijo em sua bochecha mais uma vez, inalando seu doce aroma misturado com meu sêmen. *Minha. Toda minha.* Encostei a testa na dela e nossas respirações se misturaram.

— Vá tomar banho, Winter. Precisamos nos encontrar com Ludvig.

Ignorei sua convocação durante boa parte dos quatro

dias. Embora ele frequentemente me desse espaço como seu segundo no comando, ele não ficaria feliz por adiar seu chamado. Se eu continuasse por muito mais tempo, ele apareceria e seria um dia muito ruim.

Dei um beijo perto de seus lábios antes de me afastar para capturar sua atenção novamente.

— Faça um favor a nós dois, linda, e se comporte hoje. Ludvig é o Alfa do Território Nórdico por um motivo, e ele não vai hesitar em te colocar em seu lugar.

Ela assentiu, com um toque de incerteza em sua expressão.

— Ele é um bom Alfa — eu a tranquilizei. — Mas *é* um Alfa. Fui muito tolerante com você, Winter. — Ela precisava saber disso. Eu tinha todo o direito de puni-la várias vezes, mas em vez disso, escolhi lhe dar algumas palmadas, o que a levou a gostar da experiência. — Ele não terá a mesma tolerância.

Eu a levantei do meu colo antes que pudesse responder, então dei um tapinha em seu traseiro que a fez pular.

— Vá tomar banho. Estarei aqui esperando. — Em grande parte porque, se eu a acompanhasse, acabaria transando com ela de novo. Embora eu fosse gostar disso, não achava que ela também gostaria. Reconhecia sua necessidade de espaço, e daria a ela.

Um presente temporário.

Algo que eu duvidava que ela entendesse ou apreciasse.

Essa lobinha precisava de treinamento em muitos níveis. Flexionei minha mão e sorri para as marcas decorando sua bunda. Humm, sim, encontraríamos formas de tornar nossas lições juntos divertidas. Eu quase ansiava por sua desobediência. *Quase.*

WINTER

— Snow Frost está morta — eu disse, me encarando no espelho. — A *Branca de Neve* não existe mais. — Não pude evitar o tom amargo com aquele apelido patético que Enrique me deu. Meu ex-noivo. Meu traidor.

No entanto, era Vanessa quem eu odiava mais.

Semicerrei os olhos ao pensar na *Rainha dos Espelhos*.

Eu teria minha vingança.

Ela pagaria.

— Você vai me chamar de Winter — decidi em voz alta, enrolando uma toalha ao no corpo para me aquecer.

O chuveiro de Kazek era como o paraíso contra minha pele, os botões controlavam o fluxo e a temperatura. Teria que perguntar a ele sobre isso depois. No Território de Inverno, usávamos fogo para aquecer nossos banhos. Ninguém tinha chuveiro. Então, levei um momento para entender como usar aquilo de forma adequada, já que não tinha uma banheira.

Rolei os ombros, satisfeita e peguei um pente para passar pelos cabelos. O condicionador fez maravilhas nos meus fios emaranhados, deixando-os limpos e macios.

Kazek entrou com uma batida na porta, trazendo uma muda de roupas.

— Aqui. — Ele as colocou na bancada de mármore.

— Talvez fiquem um pouco grandes, mas servirão para hoje. Vou encomendar um novo guarda-roupa para você esta tarde.

Peguei a blusa e a cheirei, fazendo careta.

— Isso tem cheiro de fêmea Alfa.

— Sim, pertencem a Alana.

— Alana? — repeti, arqueando uma sobrancelha. A maneira tranquila com que ele disse aquele nome me indicou que ele e Alana eram próximos. — O que aconteceu com eu não compartilho?

Ele semicerrou os olhos.

— Não compartilho. Mas não era santo antes de te conhecer. Alana e eu cuidávamos das necessidades um do outro de vez em quando.

Cerrei os dentes ao pensar nele convidando outra fêmea para o ninho.

— E você quer que eu use as roupas dela? — Será que ele tinha ideia de como isso era insultante?

— Você não era virgem, Ômega. E alguém te ensinou a chupar um pau como uma campeã, então não quero ouvir isso, princesa. Se vista. — Ele se virou com essa adorável exigência, esperando que eu cooperasse.

— Não. — Bati em suas costas. — Me dê outra coisa para vestir.

Ele se virou devagar e pude ver o predador flexionando sob os músculos abundantes em exibição. Eu queria explorar suas tatuagens mais tarde, de preferência com a língua.

O que *não* tinha nada a ver com a questão.

— Ah, eu vou te dar algo para vestir — ele disse. Avançou em minha direção, segurou meus quadris e me ergueu até o balcão. — Abra as pernas.

— O quê? Não.

Seu aperto mudou para minhas coxas, afastando-as, e

ele se posicionou entre elas antes que eu pudesse fechá-las novamente.

— Você quer algo para vestir? Vou te cobrir com meu sêmen e depois te levar nua por todo o Território.

Eu arfei.

— Kaz...

— Chega de discutir, lobinha. Eu te disse que exijo obediência, e você não fez nada além de me desrespeitar desde o momento em que acordou. Nós...

— Te desrespeitar? — eu o interrompi, cravando as unhas para tirar sangue. — Você quer que eu use as roupas da sua vadia!

— Vadia? — ele repetiu, e a fúria tomou suas feições. — Alana é uma Alfa. Sua superior. Ela não é uma vadia.

Esse não era o ponto.

— Como você se sentiria se eu te desse as calças do Grum para vestir? — questionei.

— Quem é Grum?

— O Beta com quem perdi a virgindade — retruquei antes de pensar nas palavras que saíam da minha boca. *Oh...*

— Está tentando ganhar uma transa de punição? — Kazek perguntou, e vi seu lobo dançar naqueles olhos escuros. — É disso que se trata? Você quer que eu te marque para o Território ver? Porque terei prazer em reivindicar sua bunda novamente.

Estremeci com o pensamento e meu cérebro entrou em curto-circuito com a sensação de sua ereção crescente entre minhas coxas ainda doloridas. Ele ainda estava de calça, mas isso não impediu que seu comprimento impressionante pulsasse contra meu sexo ainda dolorido.

— Kazek — sussurrei, retraindo as garras de sua pele. — Eu... eu não posso usar as roupas dela. — Isso me diminuía como sua companheira desejada. — É como se estivesse me vestindo com o guarda-roupa da sua amante.

Ele ficou boquiaberto.

— Não tenho amante. Já estabelecemos a política de não compartilhar.

Apoiei a testa em seu peito em um suspiro. Ele não entendia. E eu não era ingênua o suficiente para mencionar Grum novamente. Além disso, aquilo era uma questão de conveniência, e nenhum de nós gostou.

Fiz uma careta. Com base nas histórias que eu sabia, meu pai nunca teria feito isso com a minha mãe.

Claro, ela escolheu seu companheiro.

Eu, não.

Eu nem sabia que poderia ter um... até ser tarde demais e a decisão ter sido tomada por mim.

Kazek passou a mão pela lateral do meu corpo. Seu toque era suave, mas firme, ao passar pelo meu pescoço para segurar meu queixo. Ele parecia gostar de fazer isso. Com um pequeno puxão, forçou meu olhar para o dele, mas a fúria que vi antes desapareceu e foi substituída por algo semelhante à curiosidade.

— Você prefere usar algo meu?

Eu preferiria providenciar meu guarda-roupa, mas isso era impossível agora. No entanto, vestir as roupas dele seria uma segunda opção preferível.

— Sim, por favor.

Sua expressão suavizou consideravelmente.

— Está bem.

— Está bem? — repeti. *Só isso?*

— Não sou totalmente desagradável, Winter — ele respondeu, me tirando do balcão. — Vamos ver o que pode servir em você.

Rocei o braço nas roupas de Alana quando saímos do banheiro e me assustei. Ele olhou para elas, pegou o suéter, a calça e me levou até a lareira em seu quarto, lançando as peças dentro.

— Melhor?

Pisquei, chocada com a mudança em seu comportamento.

— Eu... sim. Obrigada.

Ele roçou os lábios na minha têmpora e me conduziu para o closet.

— Tudo aqui é meu. Juro. A única razão pela qual eu tinha aquelas roupas é porque ela geralmente vai embora na forma de lobo depois... — Ele se calou, e eu franzi a testa com a implicação do que vinha a seguir.

A ideia de Kazek com outra fêmea enfureceu minha loba.

O que não fazia sentido, já que eu não o conhecia de verdade. No entanto, ela o reivindicou durante meu cio, e agora eu parecia incapaz de afastar o instinto possessivo.

Não era uma atitude comum para mim. Enrique tinha a intenção de tomar Kari como amante, algo que todos sabiam, e, embora eu não tenha ficado empolgada com a ideia, aceitei. Ele era Alfa. Tinha necessidades que eu não poderia satisfazer como Beta. Por que ele não tomaria uma Ômega infértil como amante? No entanto, apenas a ideia de Kazek olhar para outra fêmea me deixava irritada.

Ele beijou minha nuca.

— Shh — ele murmurou. — Isso não vai acontecer de novo. Depois de hoje, todos vão saber que sou seu.

Minha loba se acalmou com aquelas palavras e meus ombros relaxaram quando ele me abraçou por trás. Eu adorava a sensação do peito dele nas minhas costas, mas a toalha nos impedia de ter a experiência completa. Parte de mim queria rasgar o tecido entre nós e me derreter nele.

— Como posso me sentir tão apegada a você? —

murmurei. — Não sei nada a seu respeito. Não de verdade.

Ele pressionou o nariz em meus cabelos, me abraçando com mais firmeza.

— Nossos lobos confiam em instintos e sentidos que não podemos compreender na forma humana. Mas aprendi há muito tempo a confiar em meu espírito animal.

— Como posso confiar no meu quando ela esteve escondida durante toda a minha vida? — sussurrei, sentindo meu coração se partir. — Sinto como se nem me conhecesse agora. — Todas as minhas inclinações eram estranhas, incluindo aquela que me instigava a confiar no homem atrás de mim. — Quem sou eu?

— Você é Winter, do Território Nórdico — ele respondeu, pressionando os lábios em meu pescoço, perto da marca que deixou em minha pele. — Você é minha companheira, e seu futuro ainda não foi determinado. — Ele me virou em seus braços, segurando minha cintura. — Vamos passar por hoje. Depois, continuaremos descobrindo quem você é, Winter Flor.

— Flor?

Ele sorriu.

— Sim. Esse é o meu sobrenome.

Franzi a testa para ele.

— Mas você não é um Alfa do Território. — Somente Alfas do Território tinham permissão para ter sobrenomes, a menos que a hierarquia do território permitisse títulos da realeza, como no Território de Inverno.

— Sou um lobo transformado — ele me lembrou. — Eu tinha um sobrenome antes da transformação, e escolhi mantê-lo.

— Isso é permitido? — Eu não sabia muito sobre a política dos lobos transformados. Eles eram incomuns.

— Acho que você vai descobrir que eu faço o que quero — ele respondeu, e piscou para mim.

— Como o Alfa Ludvig se sente em relação a isso? — questionei.

Kazek deu de ombros.

— Ele usa a seu favor quando a oportunidade convém. Sei quando mostrar respeito e quando seguir meu próprio caminho. — Ele me deu um olhar significativo, como se estivesse adicionando em silêncio: *uma distinção que você precisa aprender.* — Agora, vamos encontrar roupas para você. — Ele me conduziu, segurando meus quadris e parando quando esbarrei na prateleira de roupas no fundo do closet.

Cedro e homem envolveram meus sentidos, o que fez minha loba ronronar de prazer. Ela gostava do cheiro de seu Alfa. Devo admitir, a contragosto, que eu também apreciava a forma como seus músculos se flexionaram quando ele me soltou e começou a pegar peças das prateleiras.

Um belo lobo Alfa, pensei, admirando as costas fortes, cintura esguia e traseiro lindamente esculpido.

— Continue me olhando assim e nunca vamos sair da minha cabana — ele respondeu sem se virar.

Eu não fazia ideia de como ele sabia, mas suspeitava que fosse uma mudança no meu cheiro.

Há uma semana, eu nem conseguia produzir lubrificação natural. Agora, parecia que não conseguia parar.

Apertei as coxas juntas, odiando essa mudança na química do meu corpo. Sentia-se estranho e errado, mas não podia negar que tornou as coisas bem agradáveis nesses últimos dias.

Eu entrei no cio.

Quer dizer, mais ou menos.

Kazek disse que foi curto, que só durou quatro dias. A maioria das Ômegas ficava no cio por, pelo menos, uma semana e, com frequência, voltavam grávidas. Não foi o meu caso. Pressionei a mão contra minha barriga lisa, incerta de como me sentir sobre isso.

Continuar a linhagem Frost era a maior tarefa da minha existência. E se as drogas de Vanessa tivessem me deixado estéril? E se a linhagem real terminasse em mim?

Meu coração deu um salto com esse pensamento e fechei os olhos por instinto. *Pare. Nem pense nisso.* Kazek me chamou de Ômega fértil.

— Meu ciclo estava bagunçado por causa das pílulas de força, certo? — Abri os olhos e vi Kazek me observar, com uma camisa e calça preta nas mãos.

— Sim. Essa é a minha teoria. — Ele estendeu as roupas. — Vamos perguntar ao Ludvig se ele tem uma melhor. Seu filho é o Alfa do Território de Andorra. Eles entendem bastante de genética do X-Clan.

Ander Cain, pensei, familiarizada a linhagem.

Assenti e vesti a camisa cinza macia, que chegava aos meus joelhos. Kazek tinha pelo menos trinta centímetros a mais que eu, que media um metro e cinquenta e sete, então isso era de se esperar. Em seguida, vesti a calça, mas percebi que, na verdade, era uma bermuda com uma tira para amarrar na cintura.

Kazek contraiu os lábios enquanto eu terminava. Seu divertimento era palpável.

— Eu sei. Estou ridícula. — Não precisava de espelho para confirmar isso.

— Pelo contrário, princesa. — Kazek me olhou com interesse sem restrições. — Você parece pertencer a mim, e eu gosto disso. — Ele encontrou uma blusa para vestir, cobrindo seu torso atlético.

Minha loba quase ganiu em resposta, desaprovando

que ele escondesse toda aquela pele lisa e bronzeada. Devia ser sua coloração natural, porque ninguém nesta região do mundo possuía aquele tom de pele dourado nesta época do ano.

Ele estendeu a mão por cima da minha cabeça para pegar um par de sapatos e os deixou ao meu lado.

— As meias estão na cômoda no canto. — Ele apontou com o queixo. Algo naquela ação combinada com suas palavras me pareceu íntimo. Real. Um firme despertar de que isso se tornou a minha vida.

Sou uma Ômega.

Tenho um companheiro.

Meu nome não é mais Snow. É Winter.

Winter do Território Nórdico.

Refleti sobre os pensamentos ao pegar um par de meias de lã e enfiei os pés em sapatos que eram grandes demais para serem práticos. Isso apenas reforçava meu status de Ômega quando comparada ao enorme alfa ao meu lado.

Ainda assim, não me sentia pequena, mas segura.

— Pronta? — ele perguntou, com os pés calçados com um par de botas. Ele pegou um casaco do cabide e o colocou sobre meus ombros, me reivindicando ainda mais como sua.

Comecei a assentir, então parei.

— Preciso do meu colar. — *Alfa Ludvig precisa vê-lo.* Foi o que o Doc disse.

Kazek o tirou do bolso e balançou o pingente de pata diante dos meus olhos.

— Este aqui?

— Sim.

— Qual é o significado disso? — ele perguntou enquanto afastava meu cabelo para o lado. — Uma marca de família? — Ele fechou a corrente atrás do meu pescoço, com um olhar concentrado.

— N-não sei. Mas o Doc insistiu que eu mostrasse ao Alfa Ludvig. Disse que ele o reconheceria.

Kazek me deu outro daqueles olhares intensos, do tipo que me dizia que poucos detalhes escapavam de sua observação.

Definitivamente um assassino. Suspeitava que ele raramente sentia remorso, escolhendo a lógica sobre a emoção a todo custo. Eu não tinha certeza de como isso funcionaria para mim e para o nosso acasalamento. Provavelmente mal.

Até que ele cedeu com um único aceno de cabeça, mas sem revelar nada em sua expressão.

— Tudo bem. Vamos lá.

KAZEK

Ludwig estava sentado em sua mesa, a mandíbula se contraindo em sincronia com o relógio pendurado na parede atrás dele. Ele usava terno, seu traje preferido, sem gravata. Uma boa coisa, porque eu suspeitava que a gravata estaria estrangulando seu pescoço neste exato momento, dado os músculos salientes ali.

Dizer que ele estava furioso seria um eufemismo.

Winter sentiu, e encolheu seu pequeno corpo na cadeira ao meu lado. Até agora, ela se comportou de forma apropriada, permitindo que eu falasse enquanto detalhava minha visita ao Território Nórdico e as consequências de ela ter se escondido no avião.

Não me desculpei por reivindicá-la. Principalmente porque não teria valor. Eu não estava arrependido. Eu a queria. Eu a peguei. Portanto, agora ela era minha. Fim da discussão.

Os outros alfas ficariam furiosos com minha reivindicação? Provavelmente. Mas eu não me importava com o que o mundo pensava de mim, e Ludvig sabia disso melhor que ninguém.

— Bem. — Ludvig pausou, a tensão ainda forte. — Parece que você e o Sven tiveram uma visita interessante no Território de Inverno.

O uso do primeiro nome de seu filho me disse exatamente como ele se sentia sobre nossa *visita interessante*.

— Sim, certamente foi agitada — admiti.

Ludvig resmungou.

— Pelo menos, agora eu sei por que você não o desafiou pelo direito à garota. Você já tinha sua própria Ômega para brincar.

Eu não podia discordar desse ponto. Mandei Mick para casa com a escrava Ômega assim que percebi que Winter estava no avião.

Então, sim, escolhi a loba de cabelos escuros em vez da loira pequena.

— Não me arrependo — eu disse com honestidade.

— Aposto que não — ele respondeu. — Alguém a viu no seu caminho para cá?

— Não. Mas como eu disse, ela escolheu o nome Winter para esconder sua verdadeira identidade. É assim que pretendo apresentá-la aos outros.

Mais tensão.

Mais silêncio.

Então ele balançou a cabeça.

— Ocultar a identidade dela não vai funcionar. Não no Território Nórdico. Ela se parece muito com a mãe. Caramba, até o *cheiro* é igual.

Winter estremeceu enquanto eu franzia a testa.

Ele tinha razão, algo que eu não considerei quando falamos sobre seu novo nome. Lobos viviam de centenas a milhares de anos. Nossa espécie era incrivelmente difícil de matar. Daí nossa imunidade ao vírus que infectou noventa por cento da população humana.

Mas com essa longevidade vinham lembranças.

Eu mesmo disse que ela era a imagem viva de sua mãe.

O que significava que mudar seu nome não faria nada para esconder sua verdadeira identidade.

— Merda — murmurei, irritado tanto comigo mesmo quanto com a nossa situação.

— Sim. Merda — Ludvig concordou. — Você percebe que isso é motivo de guerra, não é? Você roubou uma mercadoria valiosa. Transou com ela. A reivindicou. E agora tem direito a um trono em outro reino. O que te torna uma ameaça direta à minha posição como Alfa do Território. Como você quer que eu reaja a isso, Kazek?

— Não importa o que eu quero, Ludvig. Você vai reagir da forma que quiser.

Normalmente, um comentário como esse me renderia um sorriso. Mas não hoje. As olheiras em seu rosto me diziam que ele não dormiu muito. Me perguntei se isso tinha a ver com o Mick. Ele exalava alguns fortes impulsos possessivos de Alfa com a outra Ômega que me chocaram na época. Se tivesse continuado esse comportamento com o pai, bem, isso não poderia ter terminado bem.

Ludvig nunca iria querer a garota para si, mas sua posição o colocava no comando do destino dela. Era seu trabalho como Alfa do Território proteger todos os lobos em seu território, e isso incluía propriedades adquiridas de outros domínios.

Ele sustentou meu olhar, sua dominância densa no ar entre nós. A maioria em minha posição teria cedido. Mas não eu. Eu não me curvava a ninguém, incluindo meu criador.

— Nós dois sabemos que não vou te desafiar por seu território — eu disse. — Sou o seu Segundo porque escolhi não liderar.

— Mas as circunstâncias agora mudaram.

— Ou eu afirmava minha reivindicação ou a deixava morrer, Ludvig. — Ele tinha que entender isso. Fazê-la minha veio com a bagagem de sua propriedade herdada, uma consequência que não considerei na época. Não que isso fosse mudar minha opinião. Complicações não me incomodavam. Se eu tivesse que assumir o Território Nórdico como resultado de minha escolha, então que assim fosse. Mas Winter seria devidamente treinada na arte da defesa primeiro.

Mais silêncio.

Mais tensão.

Sua expressão não revelava nada além de seu profundo aborrecimento com a situação.

Eu sabia que não deveria pressioná-lo por um veredicto. Passamos por problemas suficientes durante nosso século de conhecimento para eu saber o que esperar. Sua reputação de líder justo e sábio era bem conhecida, mesmo fora do Território Nórdico.

Winter se remexeu na cadeira ao meu lado. Estendi a mão para segurar sua nuca, indicando em silêncio para que ela permanecesse firme e calma. A ação atraiu a atenção de Ludvig para ela, o que o fez dilatar as narinas ao sentir seu cheiro de Ômega.

— Eu entendo suas ações, Kazek — ele finalmente disse. — O que não consigo compreender são as dela. O que você estava pensando ao embarcar naquele avião, pequena? Tem alguma noção de como isso foi perigoso para você e meus homens?

— Eu não tive escolha — ela respondeu, fazendo Ludvig arquear as sobrancelhas loiras platinadas. Ele fez as perguntas de forma retórica e não esperava que ela respondesse. Ela reforçou a resposta ao levantar o queixo e encontrar o olhar dele, de forma semelhante à maneira como me dirigiu a palavra na noite anterior em sua corte.

— Vanessa planejou me matar e acabar com a linhagem da família Frost. Fugi para cá depois de ser informada de que você é um Alfa honrado que me ajudaria. Meus conselheiros estavam errados?

Seu tom arrogante não passou despercebido por mim nem por Ludvig.

Ele me olhou para expressar o choque antes de encará-la com um olhar sombrio.

— Você se atreve a me dirigir a palavra dessa maneira depois de se infiltrar em meu Território e quase causar um tumulto no processo?

— Não, eu...

— Não terminei — ele a interrompeu de forma rude. — Você invadiu meu território como uma Ômega não acasalada e entrou no cio dentro de minhas fronteiras logo em seguida. Se o Alfa Kazek não tivesse te encontrado e levado naquele momento, seu ciclo de cio teria terminado violentamente e às custas de meus homens. Embora eu não esteja satisfeito com o resultado geral, posso perdoar a reivindicação do Kazek, já que ele agiu no seu melhor interesse. Mas seu comportamento não é tão fácil de perdoar.

— Meu comportamento? — ela repetiu, parecendo incrédula. — Não sabia que era Ômega até depois de tudo acontecer, porque Vanessa *suprimiu* minha verdadeira identidade. É a ela que você deveria culpar. Ela é quem não deveria ser tão facilmente perdoada. — A indignação de Winter cresceu a cada afirmação, me fazendo balançar a cabeça no final.

Isso não ia acabar bem.

— Você se esqueceu seu lugar, Ômega — Ludvig falou.

— Talvez porque eu não soubesse que era uma Ômega até recentemente — ela retrucou.

— Winter. — Apertei a mão em sua nuca como aviso. Não o suficiente para machucá-la, apenas o bastante para chamar sua atenção. — Você está sendo desrespeitosa.

Ela resmungou.

— Ele está agindo como se eu tivesse planejado que

isso acontecesse. Eu não escolhi ser Ômega ou ser enganada durante toda a minha vida. A Vanessa fez isso. Ela também planejava me matar. E ela claramente roubou meu reino. Então, por que estou sendo ridicularizada?

— Porque você entrou em meu Território sem permissão — Ludvig respondeu, e a raiva fez suas maçãs do rosto se projetarem um pouco mais que o normal. — Suas ações têm consequências, algo que você parece estar ignorando. Ou talvez você seja egoísta demais para se importar. É isso? Você se considera mais importante que os lobos que vivem no Território Nórdico?

— Não, eu...

— Você colocou a vida de todos em risco ao vir para cá, e não apenas porque é uma Ômega. Você abandonou seu povo sem dizer uma palavra. Eles não vão saber que você escapou. Caramba, eles podem até pensar que o Alfa Kazek te sequestrou. E então? O que devo fazer quando a Alfa Vanessa e seus lobos vierem te reivindicar? Devo lutar em seu nome? Ou entregá-la ao seu destino?

Ela paralisou e sua pulsação acelerou.

— Eu... eu não pensei...

— É exatamente isso o que estou dizendo — ele retrucou, interrompendo-a. — *Você não pensou.* A única razão pela qual ainda não coloquei seu traseiro malcriado em um avião de volta para O Território de Inverno é porque você acasalou com o meu Segundo em comando. E isso complica as coisas.

O rosnado na voz dele provocou um arrepio de medo em Winter. Uma parte estranha de mim queria abraçá-la e protegê-la. Ela passou por um inferno nesses últimos dias. Eu reconhecia isso. Mas Ludvig estava certo. Winter colocou todo o Território em risco ao embarcar naquele avião. Vanessa estaria no seu direito de iniciar uma guerra por causa disso. Os outros talvez não acreditassem em

Winter, mesmo que ela afirmasse ter partido por vontade própria. Eu pareceria igualmente culpado, em especial pela forma como a persegui no palácio após ela ter partido. Bastava que uma pessoa tivesse me visto, e o resto presumiria que a havia sequestrado.

Depois do meu embate com Vanessa, ela usaria isso como justificativa para agir. E como Ludvig disse, o Território Nórdico pagaria o preço.

— Parte disso é culpa minha — falei, travando olhares com ele mais uma vez. — Eu antagonizei Vanessa ao levar a Ômega dela. Ela vai procurar qualquer motivo para nos atacar agora, algo que Winter nunca poderia ter previsto. Não a castigue por isso.

Ele riu com desdém.

— Sven já me disse que foi ideia dele. Eu sei porque você participou.

— Gostei do banho de sangue.

— É claro que gostou. Mas nós dois sabemos que esse ainda não é o verdadeiro motivo de você ter entrado na briga. E não tinha nada a ver com a garota. — Ele manteve o olhar fixo em mim, me desafiando a afirmar o contrário. Nós dois sabíamos que eu considerava Mick um amigo próximo e que faria quase qualquer coisa para protegê-lo. Mas isso não significava que eu admitiria em voz alta.

Dei de ombros.

— Ele é o melhor piloto do mundo. Não podemos nos dar ao luxo de perdê-lo.

— Certo. — Ele suspirou e olhou para Winter, que parecia arrependida. Seus ombros estavam caídos e o olhar estava fixo nos joelhos em vez de no Alfa à sua frente. — Dito isso, ainda preciso puni-la. Ela entrou em meu território sem permissão e quase provocou um motim. Isso é inaceitável.

Eu sabia que não deveria discutir com ele sobre essa decisão. Porque ele estava certo. Winter precisava reconhecer as consequências de suas ações e, embora eu entendesse seu desejo de fugir, ela fez isso da maneira errada. No mínimo, deveria ter se anunciado no avião.

E eu ainda não sabia o que ela pretendia fazer ao pousar. Se esconder na floresta? Correr para a cidade mais próxima infestada de zumbis? Ela tinha algum plano além de mostrar o colar a Ludvig?

Todas essas incertezas só aumentaram minha preocupação. E se ela fizesse algo imprudente de novo? Não seria apenas a vida dela que estaria em perigo, mas a minha também. Nosso acasalamento nos uniu. Meu instinto de protegê-la era resoluto. Se algo acontecesse com ela, eu não teria escolha senão lutar em seu nome.

Mais uma razão para garantir seu treinamento.

— Posso falar? — ela perguntou em um sussurro suave, com os ombros ainda curvados de um jeito arrasado que eu ansiava consertar.

Troquei um olhar com Ludvig, e ele deu um leve aceno, dando sua permissão. Não que eu precisasse, mas não queria que ela corresse o risco de receber uma punição mais severa do que a que ele já tinha em mente.

— Sim, lobinha — eu disse a ela. — Pode falar.

Ela limpou a garganta, torcendo as mãos no colo.

— O que será feito sobre o Território de Inverno? É o meu reino. Ela o roubou de mim. Eu o quero de volta.

Ludvig a considerou por um momento, acariciando a barba loira-acinzentada em seu queixo com o indicador e polegar.

— Seu companheiro e eu precisaremos discutir isso antes que eu possa dar uma resposta clara.

Ele se inclinou para a frente, apoiando as mãos na maciça mesa de carvalho, o que fez seus ombros esticarem o paletó preto justo em seu corpo musculoso. Ludvig era o único Alfa no território Nórdico que poderia me vencer, e muito disso se devia à sua massa sólida. Ele era um filho da mãe intimidador quando queria ser.

— Sei porque você veio até mim, Ômega. Seu pai e eu éramos bons amigos, e ele ficaria furioso se soubesse o que aconteceu com seu reino. Não estou dizendo que não vou te ajudar, mas preciso dar o exemplo com o seu comportamento. Ser indulgente demais nessa situação não seria benéfico para nenhum de nós.

Ela mordeu o lábio e assentiu.

— Eu entendo.

Passei o polegar em seu pescoço, me sentindo dividido. Parte de mim estava satisfeita com a sua submissão. No entanto, eu também odiava ver esse lado dela tão abalado. Ela parecia ter perdido toda a esperança, e eu detestei isso.

— Ele não vai te machucar — prometi a ela. — Esse não é o estilo de Ludvig.

Ela engoliu em seco e assentiu novamente.

— Sei que minhas ações têm consequências. Mas não esperava entrar em estro. Eu nunca poderia ter previsto isso.

— E levarei isso em consideração enquanto determino sua punição — Ludvig respondeu. Ele olhou para mim. — Já pensou em como deseja anunciar a presença dela para o Território?

Soltei Winter e me inclinei para a frente, apoiando os antebraços nas coxas.

— Assim que perceberem quem ela é, serei desafiado.

— Sim — ele concordou. — Será. — Ele não vacilou. Seu olhar era conhecedor.

E, de repente, entendi o porquê. *Ah, merda.*

— Seu canalha. Essa é a minha punição, não é? Lidar com os desafiantes?

Ele deu de ombros.

— Parece apropriado. Você reivindicou uma Ômega valiosa. Embora eu saiba que agiu no melhor interesse dela, os outros não serão tão receptivos a essa desculpa. E eles merecem uma batalha. É a única maneira de manter a paz. Você sabe disso tão bem quanto eu.

Sim, no entanto, não significava que eu gostava disso. Uma série de xingamentos passou por minha mente enquanto eu assentia em aceitação.

— Eu te odeio, Ludvig.

— Ótimo — ele respondeu, e um leve indício de diversão finalmente soou em seu tom. — Isso significa que fiz meu trabalho adequadamente.

— Eu posso matar alguns deles — eu o avisei.

— Somente se eles se recusarem a ceder. Nesse caso, a culpa será deles, não sua.

Com certeza. Rolei o pescoço e balancei a cabeça novamente.

— Você é um canalha, Ludvig.

— Você já disse isso — ele sorriu. — Mas é a única maneira de fazer a alcateia respeitar sua reivindicação. E, uma vez que isso acontecer, eles também aceitarão a Ômega como um deles. Nesse ponto, se ela escolher se tornar Winter do Território Nórdico, eles a protegerão como uma deles.

Eu o encarei, a realização de sua intenção fez meu peito queimar com uma emoção estranha. Ele acabou de me oferecer lealdade em uma bandeja de prata. Se eu convencesse os outros da minha reivindicação, eles reconheceriam Winter como parte do bando, ao mesmo tempo em que me respeitariam como um superior.

O que significava que eles seriam muito mais receptivos à guerra iminente. Eles poderiam até lutar por nós.

Afundei de volta na cadeira, o peso do entendimento

me deixando desconfortável. Normalmente, Ludvig me pedia um favor e eu o realizava. Nunca pedi pagamento de qualquer tipo, optando por segui-lo por lealdade, não por necessidade. E agora ele estava oficialmente retribuindo o meu serviço com uma oportunidade disfarçada de punição.

— Você nunca deixa de me impressionar, Ludvig.

— É por isso que sou o Alfa do Território Nórdico.

Assenti, não o suficiente para mostrar submissão, mas prestando respeito mesmo assim.

— Vou anunciar nosso acasalamento esta tarde. No entanto, peço que a violência direcionada a mim conte como parte da punição dela. — Porque nós dois sabíamos que praticamente todos os Alfas solteiros do Território Nórdico iriam me desafiar. Eles seriam orgulhosos demais para não o fazer.

E quando a notícia se espalhasse para outros Territórios, eu enfrentaria ainda mais desafios.

Era a natureza de ser um lobo transformado. Ninguém me via como digno até me enfrentarem na arena. Só então eles se curvavam.

Ele balançou a cabeça.

— Não. A punição dela será ter que ouvir as lutas do arranha-céu. Ela não saberá se você venceu ou perdeu. E não terá permissão para te ajudar a se curar.

Contraí o maxilar.

— Separar um par recém-acasalado. Isso é cruel.

— Na verdade, considero um exercício de crescimento. — Ele apertou um botão na tela de comunicação flutuante acima de sua mesa.

— Sim, Alfa Ludvig? — uma voz feminina perguntou.

Alana.

Merda.

Ludvig me olhou enquanto dizia:

— Preciso que você escolte nossa nova Ômega para a suíte de detenção.

— Claro, senhor — ela respondeu.

Eu o encarei com fúria.

— Sério? — Nós dois sabíamos que ele chamou Alana de propósito. Meu relacionamento sexual com a bonita fêmea Alfa era bem conhecido. Ela não se importaria que eu tivesse tomado uma Ômega como companheira, mas Winter com certeza se importaria em ser *escoltada* pela minha ex-amante para uma cela.

A vitória cintilava nas feições de Ludvig. O idiota estava orgulhoso da sua escolha de punição. Quando terminasse esse teste idiota, eu daria um soco na cara dele. Apenas para uma boa medida.

— Como eu disse — ele falou —, é um exercício de crescimento.

— Sim. — *Idiota*. Eu o ignorei em favor de Winter, ficando de joelhos na frente dela. — Já lutei com esses idiotas várias vezes e nunca perdi. Apenas... não perca sua fé em mim. Certo?

Seus grandes olhos de obsidiana encontraram os meus, e o medo estava evidente em sua profundidade.

— E se...?

— Não pense assim. Preciso da sua fé, não das suas dúvidas. Você entende?

Ela engoliu em seco e assentiu.

— T-tudo bem.

Sim, isso não foi uma demonstração de confiança. Não que eu pudesse culpá-la. Ela mal me conhecia.

Certo.

Soltei um suspiro, me levantei e passei a palma da mão pelo meu rosto até a barba que nascia no queixo. Já fazia muitos dias desde que me barbeei com cuidado. E provavelmente levaria mais alguns dias até que eu pudesse fazer isso novamente.

Essa tarde não seria divertida, e saber que ela esperava que eu perdesse apenas me irritava mais.

— Se eu for derrotado, o Alfa Ludvig garantirá que você seja bem cuidada — murmurei, encerrando a conversa. Não havia muito mais a dizer.

Eu tinha que lutar por uma fêmea que não tinha crença ou confiança em mim, apesar de eu ter salvado sua vida. Não era uma grande realização, mas eu só podia lidar com um problema de cada vez.

Então eu afirmaria meu domínio entre os Alfas.

Depois, trabalharia nas dúvidas da minha companheira.

Como foi que a minha vida se tornou isso?

WINTER

Minhas mãos não paravam de tremer. Estar nesta sala, acompanhada por dois machos Alfas, deixou meus nervos à flor da pele. Eu quase podia sentir o cheiro da testosterona deles.

Ludvig era o maior dos dois. Seu cabelo loiro emoldurava um rosto congelado na idade de trinta anos. Mas percebi a experiência à espreita em seus olhos azuis, nas poucas vezes em que tive coragem de olhar para ele.

Antigo, minha loba sussurrava sempre que isso acontecia. *Muito antigo*.

Ele devia ter perto de quinhentos ou seiscentos anos, no mínimo. A experiência pesava muito em seus ombros e seu corpo musculoso ostentava força e confiança.

Isso me deixava submissa por instinto e me proporcionou raros momentos livres de convicção em que expressei minha opinião e quase imediatamente me arrependi.

Mas minha resposta a Kazek foi a que eu mais lamentei.

Ele pediu minha fé.

Dei uma resposta lamentável que traiu minha preocupação.

Uma reação estúpida. A habilidade e destreza de seu

146

lobo eram evidentes em cada movimento que ele fazia. Ele praticamente usava sua resiliência como escudo. Duas décadas ao lado de Vanessa e nunca senti nem de perto o mesmo tipo de letalidade que sentia na presença de Kazek. Ele envergonhava Alfa Enrique também.

Então, por que duvidei dele?

Agora, estendi a mão em sua direção, querendo me desculpar, mas a porta se abriu justo quando comecei a me mover. Um novo cheiro invadiu o ambiente, o que fez com que todos os pelos da minha nuca se arrepiassem.

Concorrente, minha loba rosnou.

Kazek colocou a palma da mão ao redor do meu pescoço, me fazendo perceber que o som de rosnado não estava apenas na minha cabeça, mas também na minha garganta.

— Se acalme — ele exigiu.

Me acalmar?, repeti, incrédula. *Me acalmar?!*

A vadia Alfa dele acabou de entrar na sala. Eu não ia me acalmar. Em vez disso, me levantei e o abracei, reivindicando meu macho, e encarei com firmeza a loira de olhos arregalados parada na porta.

Eu a desafiei com o olhar, sem me importar com seu status ou o fato de ela possuir uma energia semelhante à de Vanessa.

Fêmeas Alfa eram raras.

A única que conheci era Vanessa, e ela não era exatamente o melhor exemplo de liderança.

— Essa Ômega acabou de me desafiar? — a fêmea perguntou com as sobrancelhas claras levantadas.

Sério, não poderíamos ser mais diferentes.

Ela tinha pernas e torso longos, o que a deixava, pelo menos, vinte centímetros mais alta que eu. Seu cabelo brilhava como o sol enquanto o meu se assemelhava à noite. Nós duas tínhamos a pele clara, mas suas bochechas tinham um tom rosado que faltava nas minhas. Quadris esbeltos, peito curvilíneo, braços tonificados. Rosto muito bonito. Boca cheia.

Eu a odiei à primeira vista.

Kazek entrelaçou os dedos em meu cabelo e apoiou a outra mão em minha omoplata. Me esfreguei contra ele em resposta, satisfeita com sua afirmação clara.

— Cometi o erro de tentar dar algumas de suas roupas para ela mais cedo — ele respondeu. — Nós dois somos muito novos nessa situação.

A vadia Alfa bufou.

— Muito novos mesmo. De onde ela veio? — Ela farejou novamente e franziu a testa. — Espere, essa é...?

— A filha de Sofie e Einar — Ludvig confirmou. Havia uma leve emoção em sua voz, que eu não consegui identificar. Principalmente porque eu estava tão envolvida na força de Kazek, que mal prestava atenção a qualquer outra coisa. Ele me envolveu em um manto de certeza, com um leve ronronar que acariciava meu ouvido. Me derreti nele e minha loba cedeu às sensações antes que minha mente pudesse compreender o que isso significava.

— Ah, droga — a fêmea murmurou, interrompendo minha serenidade.

Rosnei para ela.

E ela rosnou de volta. O som provocou um arrepio na minha coluna. Esse som me dizia que não haveria competição entre nós. Mas minha loba se recusava a recuar e meus pelos se eriçaram diante da ameaça percebida na sala.

— Winter — Kazek me advertiu baixinho.

— Está tudo bem — a fêmea respondeu por mim, me fazendo rosnar em resposta. — Não vou lutar com sua pequena companheira, só estou mostrando a ela que também sei rosnar. — Seu tom era divertido, o que só me deixou mais irritada.

Kazek suspirou, me envolvendo mais em seus braços, como se temesse que eu pudesse avançar na outra mulher. E, sim, eu meio que queria. *Vadia.*

— Winter — ele repetiu, com os lábios perto do meu ouvido. — Ela não é uma ameaça. — Ele baixou a boca até a marca de mordida parcialmente cicatrizada em meu pescoço, mordiscando-a de leve. — Você usa minha reivindicação. Não ela.

— Como foi que isso aconteceu? — Ouvi a fêmea perguntar em voz baixa.

— O Alfa Kazek vai explicar tudo durante a cerimônia de batalha — Ludvig respondeu.

— Cerimônia de batalha? — ela repetiu.

— Minha punição — Kazek respondeu. — Vou anunciar que tomei uma companheira, reconhecer que fiz isso sem a aprovação do Território e permitirei que os desafiantes contestem minha reivindicação, se assim desejarem. — Ele ergueu a cabeça enquanto falava, seu olhar capturando o meu enquanto acrescentava: — E vou vencer cada batalha.

Senti a certeza nessa afirmação.

Ele não estava dizendo isso para tranquilizar a si mesmo, mas a mim. Porque eu duvidei dele. E o brilho de aborrecimento em suas íris escuras me disse que ele não gostou daquilo.

Assenti, aceitando sua crença. Esse homem exalava perigo e domínio. Ele poderia ser um lobo transformado, mas era todo Alfa.

— Você o está preparando para assumir o Território de Inverno — Alana disse. — Para conseguir que todos os lobos fiquem do seu lado para que ele possa reivindicar o trono.

— É isso que estou fazendo? — Ludvig perguntou com uma inocência no tom que não soou verdadeira. — Bem, ele precisa vencer primeiro. Vamos ver como as cartas se desenrolam à medida que avançamos.

Kazek curvou os lábios.

— Claro. Vamos ver como isso se desenrola. — Ele segurou meu rosto e passou o polegar em meus lábios. — Você precisa ir com a Alana e fazer o que ela diz. Vou te encontrar depois que tudo isso acabar, se Ludvig permitir.

— Vamos discutir isso depois da cerimônia — Ludvig respondeu.

Kazek lançou um olhar de soslaio para ele e grunhiu diante do que viu na expressão do Alfa do Território. Então ele se concentrou novamente em mim, seus olhos escuros brilhando com possessão e algo mais. Algo *letal*. No entanto, pareceu suavizar quanto mais ele mantinha o contato visual, suas pupilas se contraindo lentamente para permitir mais do azul aparecer.

O humano por trás do lobo, percebi, fascinada pelo espetáculo e sua disposição de permitir que eu sustentasse seu olhar quando a maioria teria exigido minha submissão.

Esse macho Alfa não era nada parecido com os que eu cresci ouvindo falar. Forte e dominante, sim. Mas ele me olhava com um lado mais amável que eu não sabia que os Alfas possuíam.

— Estou fazendo isso por você, Winter — ele disse, com a voz mais baixa e com um aviso sutil. — Preciso que você seja respeitosa com a Alana por mim. Certo?

Cerrei os dentes com a escolha de suas palavras, falando comigo como se eu fosse algum tipo de criança. No entanto, ele estava certo sobre tudo isso ser por minha causa. Seu Alfa queria que ele seguisse o protocolo perante todo o Território e enfrentasse adversários como resultado de me reivindicar.

Algo que não teria acontecido se eu não tivesse entrado de forma sorrateira naquele avião.

No entanto, não consegui me arrepender totalmente, porque se não tivesse escolhido esse caminho, provavelmente estaria morta agora.

Ou pior. Reivindicada por Enrique.

Será que ele sabia?, me perguntei, franzindo a testa. Não. Ele não poderia ter ideia alguma. Mas como Vanessa esperava que seu nó me matasse? Ela sabia que eu era Ômega. Ela enganou a nós dois?

— Winter — Kazek murmurou, chamando minha atenção de volta para ele. — Você pode cooperar com a Alana por mim?

— Sou adulta, Kazek — respondi, irritada novamente com sua escolha de palavras.

Ele desceu o olhar lentamente e um sorriso apareceu em sua boca deliciosa.

— Tenho plena consciência de seu status de adulta, baby. — Seus olhos escuros brilhavam de diversão quando elevou seu olhar novamente. — Estou te pedindo para não desafiar a Alfa Alana. Você já me conquistou. Lutar contra ela não vai mudar nada.

Pressionei a palma da mão em seu peito, minha loba estava satisfeita com sua declaração.

— Farei o possível para não rosnar para ela, mas espero que você vença hoje. — Minha besta interior sentia que ele deveria ser o vencedor. Ela não aceitaria nenhum outro resultado.

— Nem vai ser uma competição — ele prometeu. — Agora preciso me preparar para o que vou dizer e quero conversar com Ludwig primeiro. — Ele roçou os lábios na minha testa. — Não morda a Alana.

Considerei sua ordem e olhei para a mulher em questão. Ela parecia mais entretida do que irritada.

Vanessa já teria me dado uma punição rápida e severa pelo meu comportamento, mas Alana não parecia incomodada. Até Ludvig tinha uma expressão divertida.

Bem, uma coisa estava clara: esses Alfas não eram nada parecidos com aqueles com quem cresci.

— Vou morder de volta — Alana avisou, mas havia humor em sua voz.

O instinto de rosnar para ela persistiu, mas eu o engoli e me abstive de falar. Kazek me recompensou com um beijo na têmpora, provocando um arrepio de prazer.

Quem sou eu?, me perguntei, atônita com o quanto minha realidade mudou na última semana. *Desde quando reivindico machos?* Enrique pretendia ter uma amante, algo que eu sabia e aceitava. Claro, não fiquei animada com esse conhecimento, mas mantive a boca fechada.

No entanto, de alguma forma, a ideia desse estranho, *meu companheiro*, estar com outra fêmea me fazia querer derramar sangue. Nunca fui violenta, apenas treinei para saber como me proteger. E agora, eu queria usar minhas forças e habilidades para derrotar essa fêmea Alfa. Essa ideia desafiava toda a lógica.

— Te vejo em breve, Winter. — Kazek sorriu, expressando orgulho nos olhos escuros ao me soltar.

Orgulho porque eu estava me comportando? Ou porque reivindiquei meu lugar?

Suspeitei que fosse o último. Como Alfa, o vínculo de acasalamento devia torná-lo tão territorial quanto eu, se não mais.

Nunca entendi por que os Ômegas machos de Vanessa ansiavam por sua marca de acasalamento. Mas agora, de alguma forma, eu meio que entendia. Era a posse e a segurança que ajudavam o lobo a se sentir seguro e completo. Eles deviam estar miseráveis sem esse conforto. Então, por que Vanessa não reivindicou nenhum deles como seu? Ela era tão egoísta que não podia reivindicar outro?

— Vamos, Princesa Snow — Alana disse, interrompendo meus pensamentos. — Estou ansiosa para ver seu *Príncipe Encantado* dar uma surra em todo o Território esta tarde.

Kazek grunhiu.

— Não sou príncipe. E muito menos a porra de um herói. Então, não fique colocando essas ideias na cabeça dela.

— Certo. Assassino aterrorizante. Anotado. — Alana lhe deu uma saudação zombeteira que me fez repensar minha opinião sobre ela. Ela não parecia ter medo dele, nem mesmo quando ele rosnou em resposta. — Aterrorizante — ela disse com ironia, depois mudou o foco para mim. — Vamos, Ômega. Vou te levar até a suíte de detenção.

Olhei para Kazek e ele me deu um aceno, me encorajando a segui-la.

— Tente não sentir muito minha falta, companheira — ele disse.

— Então não demore muito — respondi, surpresa com a facilidade com que caímos nessa camaradagem familiar. Talvez algo pudesse ser dito sobre companheiros predestinados. Exceto que nunca, nem em meus sonhos mais loucos, eu teria antecipado que *ele* fosse o meu.

E algo me dizia que ele sentia o mesmo.

Dei um passo em direção à Alfa Alana após uma última olhada em Kazek. Ele parecia à vontade com a situação e sua aceitação me acalmou.

Até que cometi o erro de olhar para Alfa Ludvig. Sua franqueza quase amistosa de minutos atrás desapareceu, e aquela mesma expressão severa estava de volta. Estremeci e saí pela porta onde Alana me esperava com paciência no corredor.

Não disse nada enquanto ela me conduzia por um corredor sem janelas. Era a direção oposta de onde cheguei com Kazek. Senti um nó se formar em meu estômago, que cresceu quando ela virou em outro corredor que terminava em um enorme espaço aberto decorado com janelas.

O sol aparecia no alto, indicando que o meio-dia chegaria em breve. Pelo que entendi, essa área do mundo compartilhava um caminho semelhante de luz do dia com o meu Território natal.

Alana apertou um botão, o que fez com que duas lâminas de metal se abrissem à nossa frente.

Um elevador, pensei, intrigada com a tecnologia avançada. Não tínhamos isso no Território de Inverno.

A fêmea Alfa selecionou uma série de teclas, que fez as portas se fecharem e a caixa interior ganhar vida. Me segurei na parede enquanto subíamos rapidamente, sentindo o estômago revirar. Isso me fez lembrar do avião e fiquei nauseada com o movimento desconhecido.

— Ele vai ficar bem — Alana prometeu em voz baixa, o que me deixou chocada. — O Alfa Ludvig nunca projetaria um desafio que Kaz não pudesse vencer.

Me perguntei se ela dizia isso para meu benefício ou dela, porque eu podia sentir o cheiro de sua preocupação.

Será que ela achava que Kazek poderia perder?

Kaz, pensei, franzindo a testa. *Ela o chamou de Kaz.*

— Ludvig só está fazendo isso para provar que o Kaz é digno do posto de Alfa do Território — ela acrescentou, mas aquele tom de preocupação estava presente no ar.

— Você acredita mesmo nisso? — perguntei em voz baixa enquanto engolia o sabor amargo de seu desconforto. Seria por causa de nossa proximidade ou pelo tópico do duelo de Kazek?

Um som soou antes que ela pudesse responder, e as lâminas de metal se abriram para revelar uma parede branca.

— À esquerda — Alana indicou e inclinou a cabeça na direção, caso eu não soubesse o que isso significava. A incerteza crescente em seu aroma não ajudava em nada a me acalmar. Isso, juntamente com o movimento estranho, me sentia prestes a expelir o conteúdo do meu estômago.

O que, eu tinha certeza, incluía uma boa dose do esperma de Kazek.

Pressionei as mãos na barriga, como se isso fosse manter o conteúdo no lugar, e segui pelo corredor com piso de mármore. A luz entrava pelas claraboias acima, indicando que estávamos no topo do prédio, mas sem revelar a que altura. Só havia duas portas, uma em cada extremidade.

— A porta está destrancada — Alana disse do elevador. — Você está livre para explorar qualquer suíte neste andar, mas os elevadores deste nível só funcionam com leitura de retina autorizadas. Então, não pense em tentar sair. Alguém trará comida para o seu conforto nos intervalos das refeições. Ah, e há uma área de floresta que conecta as duas suítes. Para a sua loba.

— Você não vai...? — Minha frase ficou incompleta, já que as portas começaram a se fechar.

Alana não disse mais nada, apenas me deixou sozinha no corredor frio.

Engoli em seco.

— Ótimo. Obrigada.

Ela não apenas me deixou questionando o destino de Kazek, mas também me abandonou aqui. Talvez essa tenha sido sua forma de me punir.

Alfas não apreciavam quando Betas ou Ômegas questionavam sua autoridade.

Com um suspiro, segui para a esquerda e girei a maçaneta.

Mas congelei com o rosnado que ecoou lá de dentro.

Todos os pelos do meu pescoço se arrepiaram quando um segundo rosnado seguiu, este mais afiado. Mais alto. E claramente de um Alfa.

Voltei depressa para o corredor, correndo em direção à outra porta.

— *Pare.* — O comando cortou o ar, interrompeu meu avanço e fez meu sangue gelar. — O que é que você está fazendo aqui?

KAZEK

Estudei Ludvig, esperando que ele falasse. Ele ficou em silêncio depois que Alana e Winter saíram, e sua expressão era de profunda concentração ao se recostar na cadeira, sua aura intimidadora agora desaparecida.

Interpretei sua postura como um convite para me sentar novamente. Me acomodei com o tornozelo apoiado no joelho e as mãos nos braços da poltrona.

Ele tinha algo a dizer. Algum tipo de discurso. Não seria um voto de confiança, mas um aviso. Ao reivindicar Snow Frost, eu tecnicamente me tornei um Alfa de Território. O mundo ainda não sabia disso, mas ele sim, e isso o colocava em uma posição política particularmente complicada.

Eu respeitava isso.

E não tinha ideia do que faríamos a respeito.

Sua ideia para o desafio era adequada, pois me ajudaria a afirmar minha dominância sobre o Território Nórdico e a obter apoio para uma futura invasão ao Território de Inverno, caso eu escolhesse tomar essa rota. Eu só não tinha certeza se era o caminho que eu queria seguir ou não. Minha companheira queria recuperar seu trono, mas ela estava pronta para liderar? Ela foi uma sombra de Vanessa a vida toda, criada para acreditar que era Beta, e, como resultado, não tinha ideia do que realmente significava ser Ômega.

Ela estava vulnerável.

Não necessariamente fraca, mas também não foi treinada adequadamente.

E muito minha para proteger.

Eu não me infiltraria no Território de Inverno até me sentir confiante em suas habilidades, e não tinha ideia de quanto tempo levaria para me convencer disso. Eu não era exatamente conhecido por minha indulgência, em especial quando se tratava de treinamento de combate físico.

— Você terá trabalho — Ludvig finalmente disse, quebrando o silêncio. — Ela foi claramente criada com mentalidade de Beta e tem uma veia rebelde.

Inclinei a cabeça em concordância.

— Ela achava que os supressores eram comprimidos de força. — Eu já lhe dei um breve resumo, mas valia a pena repetir.

— Vanessa, aquela filha da mãe. — Ele passou a mão pelo rosto, com um suspiro. — Alguém vai precisar lidar com ela.

— Eu sei.

— Por você — ele acrescentou.

— Eu sei — repeti.

— Mas a sua pequena Ômega quer resolver isso sozinha. — Não era uma pergunta, mas uma observação.

Confirmei a ele mesmo assim.

— Quer.

Ele balançou a cabeça e um sorriso se formou em seus lábios.

— Bem, posso apreciar a determinação dela, assim como tenho certeza de que minha Mila também irá. Mas você vai precisar garantir que estejam prontos para o desafio que está por vir. O que acontece hoje é apenas um aquecimento. Alfas de Territórios do mundo inteiro vão desafiá-lo por ela. A única maneira de combater isso é com uma declaração e tanto.

— Fazendo uma entrada apropriada como o novo Alfa do Território — traduzi.

— Exatamente.

Apoiei a mão na parte de trás do pescoço e o apertei enquanto soltava um longo suspiro.

— Nunca desejei uma posição de liderança. Você praticamente teve que me chantagear para que eu fosse seu Segundo.

O canalha ameaçou me expulsar, dizendo que se eu não pudesse entrar na linha abaixo dele, não teria escolha a não ser me declarar um lobo solitário. Eu não apreciava autoridade como humano, e certamente não apreciava como metamorfo.

Eu preferia trabalhar sozinho.

Daí minha escolha de carreira como assassino.

— Eu não sou líder.

— Talvez não — ele concordou. — Mas Snow Frost nasceu como uma. Essa será a força dela no relacionamento de vocês, assim como suas habilidades de executor serão as suas. Só porque uma Ômega não é visto como aquela no comando, não significa que ela não esteja aconselhando das sombras.

Era uma opinião popular entre os Alfas que Ômegas eram criaturas queridas e vulneráveis, destinadas a serem colocadas em um pedestal e adoradas. No entanto, Ludvig nunca manteve essa posição. Seu filho Ander também não. E eu suspeitava que Mick seguiria um caminho semelhante, porque sua mãe, a Ômega Mila, tinha personalidade forte. Embora ela se submetesse quando necessário, Ludvig deixava muito claro que a opinião dela importava. E ele a compartilhava com frequência.

— Ela é teimosa e hábil com facas — admiti, pensando em como Winter tentou me atacar com as pequenas adagas em minha cabana. — Alguém a treinou em combate. Pelo menos, de forma elementar.

— Bem, então é bom que o Alfa que a reivindicou tenha um século de experiência paramilitar. — Ele ergueu uma sobrancelha. — Você está pronto para aplicar esse conhecimento esta tarde?

— Você percebe que vai ser um banho de sangue, certo? Eles só me respeitam porque você me nomeou seu Segundo em comando, e agora eles vão usar isso como uma oportunidade de provar que você estava errado. — Eles não teriam sucesso, é claro. Mas tentariam. E eu teria que machucar muitos deles para provar um ponto.

— Ainda bem que raramente estou errado — ele respondeu. A covinha em sua bochecha apareceu e lhe deu uma aparência mais jovem, que contrariava sua verdadeira idade. Ele empurrou a cadeira para trás, se levantou e passou as mãos pelas lapelas de seu paletó. — Preciso dar uma palavrinha com a Mila antes da cerimônia, e presumo que você precise de um tempo para se preparar. O que quer que você planeje dizer, eu aprovo.

Eu o olhei de boca aberta.

— Desde quando? — Ele odiava quando eu dizia o que pensava para as tropas porque geralmente acabava os chamando de bando de idiotas ignorantes.

— Desde que você se tornou um Alfa do Território — ele respondeu, me dando outro daqueles sorrisos. — Vamos ver como você se sai usando o chapéu de liderança, humm?

Cerrei os dentes para não rosnar para ele.

— Cretino. Isso é outro castigo. — Ele sabia que eu odiava discursos. Isso era uma tortura. — O desafio não é suficiente para você? — perguntei. — Fiz o que era certo e você sabe disso.

Ele me deu um olhar de relance.

— Sim, concordo que foi a coisa certa a fazer em relação a Snow Frost. No entanto, este castigo é por ajudar meu filho a trazer uma Ômega destruída. Ele está completamente apaixonado por ela, e você é parte da razão pela qual ele pôde mantê-la. — Ele arqueou uma sobrancelha, me desafiando a negar.

— Você preferia que eu tivesse deixado ele lidar com aquele grupo de lobos sozinho?

— Sim. Porque assim como você, ele precisa aprender seu lugar em nossa sociedade, sem depender dos outros para ajudá-lo a liderar.

— Assim como eu? — repeti. — Estou bem ciente do meu lugar, Ludvig. — Os outros Alfas raramente me deixavam esquecer disso.

— Está? — ele retrucou. — Porque há apenas alguns momentos, você afirmou que os Alfas do meu Território só te respeitam por minha causa.

— É verdade.

Ele inclinou a cabeça e seu olhar astuto me prendeu no lugar da única maneira que um Alfa de sua posição poderia fazer.

— Temos uma opinião muito diferente sobre isso, Kazek. Talvez mais tarde você entenda.

Ludvig não me deu chance de responder, pois saiu de imediato.

Merda. Passei os dedos pelo cabelo. *Merda*.

WINTER

O HOMEM loiro na porta era a cara de Alfa Ludvig. Reconheci seu rosto e cheiro como sendo do piloto daquela noite, mas não conseguia me lembrar de seu nome.

— Bem? — ele exigiu, arqueando uma sobrancelha. — O que você está fazendo aqui, Snow?

Limpei a garganta, desviando o foco para minhas mãos enquanto buscava uma explicação. Alana não mencionou que haveria mais alguém aqui em cima, muito menos um Alfa macho irritado.

— Por que você cheira como uma Ômega? — ele perguntou. O calor de seu corpo queimou o meu quando ele entrou em meu espaço pessoal. O Alfa segurou meu queixo entre o polegar e o indicador, e inclinou a cabeça para inalar meu pescoço. — *Kazek?*

Ele me soltou como se eu o tivesse queimado, e deu um passo para trás. Engoli em seco, sem saber como responder.

— Merda. Como? Ele voltou para te buscar? — Ele balançou a cabeça, sem esperar por uma resposta, quando começou a andar de um lado para o outro. — Ah, aquele idiota. Eu disse a ele para te deixar em paz, mas é claro que ele não ouviu. Quando Kazek quer alguma coisa, ele vai atrás. Incluindo fêmeas inestimáveis que estão estritamente fora dos limites.

Ele apareceu na minha frente de novo, se movendo com uma velocidade que indicava seu poder e força. Esse macho era definitivamente filho de seu pai.

— Ele te machucou? — ele perguntou.

Pisquei e franzi a testa. Não consegui encarar seu olhar ao questionar:

— Alfa Kazek?

— Sim.

— Não. — Bem, não muito, de qualquer forma. Ele foi um pouco bruto, mas minha loba parecia gostar disso. Senti as bochechas esquentarem quando as memórias dos últimos dias me vieram a mente, uma mais lasciva que a anterior. Caramba, eu não tinha mais ideia de quem eu era agora.

— Ótimo — o Alfa respondeu e se afastou novamente. — Por que você está aqui em cima?

— Alfa Ludvig me mandou para cá — respondi e pigarreei de novo. — Eu sou... Ele é...

Se controle.

Você é Winter agora.

Escolha quem você quer ser.

Mas isso era difícil de fazer com um macho viril diante de mim. Um que eu podia sentir pelo seu cheiro que não estava acasalado. No entanto, havia algo doce impregnado em sua pele. Contorci o nariz tremeu ao fungar, hesitante. E arregalei os olhos quando registrei o perfume familiar de uma Ômega.

— Kari. — Olhei ao redor, preocupada. — Ela está aqui?

Ele se irritou com o meu tom.

— Me diga por que você está aqui, Ômega. Agora.

Estremeci com o rosnado de comando de suas

palavras, odiando que meu primeiro instinto fosse me ajoelhar. Esse sempre foi minha reação primária, algo que eu pensava que me marcava como uma Beta inferior. Fazia muito mais sentido agora que eu conhecia minha verdadeira natureza.

Ômegas se submetiam.

Sempre.

— Punição — respondi. — Por entrar de forma furtiva em seu avião.

Senti o choque dele e a energia no ar zumbir ao nosso redor.

— *O quê?*

— A Alfa Vanessa ia me matar, então... me escondi nos fundos do avião. Mas quase morri mesmo assim, ao entrar no estro de forma inesperada. E, hum, Alfa Kazek acasalou comigo. — Essa era a versão resumida. Mas transmitia os eventos gerais. — Alfa Ludvig... não está feliz.

O macho ficou em silêncio. Tanto que até me perguntei se ele estava respirando.

Então ele explodiu em uma gargalhada que me fez franzir a testa.

— Estou dizendo a verdade — garanti a ele.

— Ah, não duvido que você esteja — ele falou com um sorriso, rindo com cada palavra. — É por isso que ele me deixou sair com a Kari. Ele te sentiu no avião.

Meus olhos ainda estavam no chão, mas ouvi seu cabelo dele se mexer enquanto ele balançava a cabeça. Pela breve visão que tive de seu rosto, as mechas atingiam logo abaixo das orelhas. Ele não tinha barba como o pai, mas claramente deixou de se barbear por alguns dias.

— Bom, seja bem-vinda ao Território Nórdico, *Ômega Snow.* Imagino que meu pai esteja ocupado planejando uma guerra agora?

— Winter — sussurrei. — Não sou mais conhecida como Snow, mas como Winter.

— Isso foi ideia do Kaz? — ele perguntou.

Considerei a pergunta, dividida sobre como responder. Embora Kazek tivesse me encorajado, eu acolhi a ideia. Não me sentia mais como Beta Snow. Ela morreu com as pílulas de força.

— Prefiro Winter — eu disse, olhando para os seus olhos azuis brilhantes antes de retornar imediatamente o foco para o chão.

— Winter então — ele respondeu, mudando um pouco a postura. — Onde está o Kaz? Gostaria de parabenizá-lo por quebrar uma dúzia ou mais de leis.

— Alfa Ludvig exigiu que o Kazek anuncie nosso acasalamento para o Território e aceite desafiantes esta tarde. — Apenas dizer isso em voz alta fez meu estômago revirar novamente. Eu quase tinha me esquecido a dor do elevador, mas agora voltou e só piorou com o fedor de consternação que vinha do macho no corredor.

— Ah, merda... — ele murmurou e sua preocupação aumentou a cada momento. — Isso... isso não é bom.

Eu torci as mãos na frente do meu corpo, perdendo por completo minha confiança anterior. Se esse Alfa e a Alfa Alana estavam preocupados, então eu também deveria estar.

— Merda. Preciso... — Ele se interrompeu e então se virou para a porta sem dizer uma palavra.

Ouvi um rosnado, correspondendo ao que ouvi quando cheguei.

— Ainda não terminamos essa conversa — o Alfa disse com a voz firme. — Considere isso um presente de tempo, Ômega. Você agora tem pelo menos duas horas para corrigir sua atitude.

Um bufo foi a resposta, sugerindo que ele estava

falando com alguém na forma de lobo. Cheirei o ar, notando o cheiro familiar de Kari novamente, e me aproximei, curiosa.

— Você vai comer enquanto eu estiver fora — ele continuou.

O som de ranger de dentes atendeu a essa demanda. Ela parecia irritada.

— Se privar de comida não é opção — ele rebateu. — Vou te alimentar à força assim como fiz ontem. Sua escolha, Ômega.

Olhei para dentro da sala e vi uma loba loira sentada em uma pilha de almofadas rasgadas. Ela olhava para o Alfa com raiva enquanto ele estava diante dela com as mãos nos quadris, seu tamanho muito maior que o dela.

— Duas horas — ele disse. — Coma, tome banho e esteja humana quando eu voltar.

Seu grunhido me disse que ela não tinha a menor intenção de obedecer.

Ele se agachou devagar, mantendo o contato visual o tempo todo.

— Tenho sido tolerante por causa da sua situação. Isso vai acabar quando eu voltar, e esse comportamento será corrigido de forma severa.

Ela nem se mexeu, me chocando por completo.

Só vi Kari de passagem uma vez, mas ela me pareceu aterrorizada e submissa. Essa loba não era nada disso e me fez questionar se ela possuía algum desejo de morte.

Claro, eu falei de forma semelhante com Kazek.

Mais ou menos.

O Alfa se virou, o que me fez dar um passo para trás no corredor enquanto ele avançava pela porta.

— Coloque um pouco de bom senso nela, está bem? — Ele se dirigiu para os elevadores, apertou algum tipo de painel e suspirou quando as portas se abriram. — Preciso garantir que o Kazek não mate metade da porcaria do Território.

Eu fiquei boquiaberta, com uma série de perguntas na ponta da língua, mas nenhuma delas escapou rápido o suficiente, as portas já estavam se fechando.

O que ele quis dizer com aquilo?

Ele demonstrou preocupação. Não era por Kazek? Ele estava preocupado com os outros?

Um estrondo de dentro me fez pular e a loba loira parou bruscamente no hall de entrada enquanto me olhava com irritação. Tudo em sua postura dizia que ela estava me avaliando para uma possível luta.

Quando ela rosnou, rosnei de volta.

— Não estou com disposição, Kari — disse a ela. — Mas fico feliz em ver que você está bem.

Se lobos pudessem arquear as sobrancelhas, eu suspeitaria que seria essa a expressão dela agora.

Eu a ignorei e entrei na sala para ver se conseguia encontrar uma janela em algum lugar. Alfa Ludvig havia dito que eu poderia ouvir Kazek, mas não vê-lo. Então devia haver ventilação ou algo assim.

Cortinas opacas cobriam minha visão na sala que eu suspeitava ser decorada com elegância. Mas parecia que Kari a redecorou, talvez com a ajuda de seu Alfa. Tinha uma bandeja de comida na bancada da cozinha, o espaço aberto além dela estava limpo e exibia uma tecnologia que me deu uma pausa momentânea.

Dois fornos.

Um micro-ondas.

Uma geladeira e, caramba, um freezer também?

— Uau — murmurei, só tendo visto esses itens em revistas. O Território de Inverno usava fogo, madeira e elementos naturais para armazenar e cozinhar nossos alimentos. Isso explicava minha aversão à comida de

Kazek durante esta semana. Ele estava me alimentando com coisas usando esses meios, não assando um peixe sobre o fogo.

Com um aceno de cabeça, atravessei a área de jantar, observei as marcas de garras na mesa e continuei para um quarto completamente destruído. Lençóis, cobertores, pedaços de colchão, roupas...

— Certo. — Me virei e quase esbarrei em Kari.

Ela voltou para a forma humana, seus olhos azuis estavam semicerrados.

— O que você está fazendo?

— Tentando encontrar a área externa que a Alana mencionou — eu disse.

— Ah. — Kari assentiu e me conduziu de volta pelo caos do quarto até uma porta que pensei ser um armário. Ela a abriu, revelando uma área externa repleta de árvores e grama de verdade envolta em janelas de vidro. — É uma estufa. Suponho que seja razoável para uma cela de prisão glorificada.

Ela deu de ombros e saiu para pegar a flor de uma das plantas, colocando-a atrás da orelha antes de caminhar nua em direção às janelas.

Tinham vista para o oceano, não para a terra, e tinham uma abertura no alto que permitia que o ar fresco entrasse. Minha loba ronronou em aprovação, me instigando a me transformar, mas eu neguei. Mais tarde.

— Por que você se esgueirou no avião deles? — Kari perguntou baixinho.

— Por que você não disse a eles que eu estava lá? — contra-ataquei. Ficou claro pela reação de Alfa Ludvig hoje que ele não fazia ideia de que eu tinha entrado em seu Território. E o Alfa com quem ela estava, hum, fazendo coisas, também ficou surpreso.

— Eu não tinha certeza se você era real ou não — ela

168

sussurrou, traçando o vidro com os dedos para cima e para baixo. — Ainda não estou convencida de que isso é real. — Ela se virou, seus olhos azuis brilhavam com a presença de sua loba enquanto me examinava de cima a baixo. — Eles não são homens bons, sabe? Ele não para de mentir. De me enganar. Mas não sou boba. Tudo o que os Alfas fazem é tomar e destruir, e não vou deixar que ele me destrua. — Seu queixo tremeu um pouco, traindo a convicção em seu tom.

Ela engoliu em seco e deu um passo, mas paralisou quando uma série de uivos ecoou no ar. Seus joelhos cederam e ela caiu no chão, cobrindo os ouvidos com as mãos enquanto se balançava para frente e para trás. O terror encheu minhas narinas e seu som angustiante perfurou meu coração.

Deuses, o que fizeram com ela?

— O que posso fazer? — perguntei, impelida a agir. — Como posso ajudar?

Ela não respondeu, e lá fora, os uivos ficaram mais altos.

— Eu... eu sinto muito — disse, me ajoelhando diante dela. Eu sabia que não devia tocá-la, mas esperava que minha presença ajudasse ao menos um pouco. Talvez se eu falasse com ela? Respondesse à pergunta sobre o avião? Contasse sobre minha situação?

Não tinha certeza, mas cedi ao impulso e comecei com a noite em que ouvi Enrique conversar com Vanessa. Quando cheguei à parte em que Kazek me encontrou no Território Nórdico, o tremor dela tinha diminuído. E quando falei sobre sua reivindicação e como eu fiquei apavorada, ela ficou completamente imóvel.

Terminei a explicação contando sobre o castigo de Alfa Ludvig e acrescentei:

— Acho que é por isso que estão uivando. Ele disse que eu poderia ouvir, mas não ver.

Ela não disse nada, sua respiração era o único som na sala, além do caos que se desenrolava lá fora.

Meus braços se arrepiaram enquanto a voz de Kazek ecoava em meus ouvidos. Devíamos estar a pelo menos quarenta andares de altura, mas era difícil dizer com apenas o oceano abaixo. Minha loba sintonizou no dele, captando cada palavra no vento em ordem fragmentada.

Ele declarou seu nome.

Sua posição.

Anunciou que quebrou as leis de reivindicação.

E então informou à multidão quem ele escolheu.

Snow Frost, do Território de Inverno.

Uma série de rosnados irrompeu após esse anúncio. Seguido pelas palavras que eu temia ouvi-lo dizer:

— Estou diante de todos vocês, pronto para aceitar os desafios daqueles que desejam contestar minha reivindicação. No entanto, estejam avisados, lutarei até a morte antes de me submeter. Então venham. Dou as boas-vindas ao sangue de vocês em minhas mãos.

Kari tremeu.

— *Esse* é o seu companheiro?

Engoli em seco, sentindo meu estômago se contorcer à medida que rosnados encontravam seu anúncio.

— Ah, sim. É o Alfa Kazek.

— Ele parece assustador.

Ele é, pensei. Mas, em algum momento, sua letalidade havia se desgastado para mim. Ele não me assustava. Mas provavelmente deveria.

Enquanto os sons de uma luta chegavam aos meus ouvidos, meu coração afundava no estômago.

Eu não tinha como saber quem estava ganhando, o

rosnado de Kazek era estranho para meus sentidos. Isso reforçou o quanto nosso acasalamento era novo e frágil.

— O que vai te acontecer se ele perder? — Kari perguntou baixinho.

— Serei reivindicada por um novo Alfa. — Só de pensar nisso, me arrepiei.

— Mas se ele morrer, o vínculo quebrado vai te destruir. — Seus olhos azuis me olharam com pesar. — Os vínculos devem ser inquebráveis.

— Inquebráveis? — Eu não sabia muito sobre a tradição porque não havia nenhum par Alfa-Ômega no Território de Inverno. E Vanessa se recusava a escolher um dos membros do seu harém como companheiro.

Kari assentiu.

— Sim. Eu costumava acreditar que meu pai me arruinar era uma bênção, porque Alfas não reivindicariam uma Ômega destruída. Não acasalar significa que minha alma nunca estará conectada a outra, entende? Mas descobri do pior jeito que Alfas podem me destruir de uma maneira completamente diferente.

— Seu pai te arruinou...

Um soco forte em meu peito interrompeu minha fala e me derrubou no chão com um grito de agonia quando algo se partiu em meu coração. *Kazek!*, gritei em minha mente. O golpe tirou o ar dos meus pulmões e uma escuridão tomou minha visão.

Eu não conseguia respirar. Meu corpo estava em chamas com sensações que eu não entendia.

Até que as palavras de Kari ecoaram na minha cabeça.

O vínculo quebrado vai te destruir.

Não...

Não!

KAZEK

JOEL FILHO DA MÃE!

Rosnei para ele, incitando-o a se submeter, mas o idiota arrogante não cedeu.

Ele rangeu os dentes, sem fazer nada de importante. Eu o prendi no chão, com os dentes em volta de sua garganta.

Éramos mais difíceis de matar em nossa forma de lobo, algo com que ele parecia estar contando em nossa situação atual. Ele parecia alheio ao fato de que eu tinha a vantagem, dominado por sua fúria sanguínea e pelo desejo de reivindicar uma Ômega que não lhe pertencia.

Entendi por que Ludvig enviou Winter lá para cima. Servia como uma punição, mas também a protegia. Se os Alfas sentissem seu cheiro, essa batalha seria muito mais sangrenta. Do jeito que estava, os dois primeiros desafiantes caíram em menos de um minuto cada.

Mas Joel parecia determinado a fazer isso durar.

Todos escolheram lutar como lobos, porque achavam erroneamente que era minha forma mais fraca. Eu usava isso a meu favor, me movendo com uma agilidade que aperfeiçoei tanto como humano quanto como animal.

172

Décadas de treinamento me familiarizaram com todas as suas fraquezas, permitindo que eu as explorasse. Foi assim que prendi Joel tão depressa. No entanto, eu deveria saber que não seria fácil. Nunca era com ele.

Isso realmente não tinha nada a ver com Winter e tudo a ver com me derrubar. Ele era o mais barulhento do bando sobre minha posição indigna no topo da hierarquia. Eu já sabia, antes mesmo de começar, que ele seria um dos meus desafiantes. Embora eu esperasse muito mais protestos. Apenas quatro deram um passo à frente, sendo ele o terceiro da fila. Os demais se curvaram em reconhecimento, respeitando minha reivindicação.

Ludvig não pareceu surpreso, e suspeitei que essa era a verdadeira lição. Ele queria que eu visse que conquistei minha posição por meio do respeito.

Infelizmente, Joel não possuía nem um osso respeitoso em seu corpo. O idiota provavelmente desafiaria Ludvig um dia pelo posto de Alfa do Território. Se sobrevivesse a essa luta.

Se submeta, instiguei com um rosnado baixo.

Joel rosnou de volta, se recusando, tentando cavar o chão com as garras para obter vantagem. Sua força e habilidade não eram páreo para as minhas. Ele só não percebia isso.

Eu me perguntei qual seria o gosto de seu sangue, e a noção sensual fez meu coração bater de antecipação.

Momentos como esse desmantelavam o pequeno controle que eu tinha de humanidade, me deixando sedento por violência e em sintonia com meu lobo.

Esse era o meu segredo. A razão pela qual eu sempre me destaquei.

Muitos da minha espécie interpretavam minha criação mortal como uma fraqueza. Eles falhavam em perceber que sempre fui um animal. A transformação de Ludvig só me tornou mais forte.

Contraí o maxilar, fazendo com que meus incisivos mortais perfurassem a pelagem e ameaçassem a pele frágil.

Um pouco mais, sussurrou a parte sombria do meu coração. *Sim, assim mesmo.*

Sangue.

Delicioso.

Doce.

Vitorioso.

Minha mente se entregou à selvageria da minha existência, e a necessidade de causar danos dominou meus pensamentos.

Esse macho me desafiou. Me ameaçou. Pensou que poderia me vencer. Tal insanidade não podia ser ignorada. Ele precisava ser punido, pagar pelos pecados de sua arrogância.

A fúria fervia em minhas veias, afrouxando meu controle sobre a realidade e me levando para um plano de existência onde a violência prosperava. *Hora de dançar, idiota.*

Contraí o maxilar, pronto para pôr fim à miserável existência debaixo de mim, quando algo puxou minha consciência. Um fio delicado, uma energia estranha e focada. Isso aguçou a curiosidade do meu lobo, dividindo minha atenção.

Pelo menos, até o medo permear o ar.

O doce aroma atraiu meu predador para brincar, meu desejo pela morte impulsionou meus instintos, me incentivando a *terminar isso.*

Joel não se submeteu quando teve a chance.

Agora era...

Um uivo ensurdecedor atingiu meus ouvidos e me fez estremecer.

Feminino.

Familiar.

Minha.

Soltei meu controle sobre o idiota e me virei em direção ao som, sentindo meu coração bater de forma descontrolada no peito. *Onde?*, meu lobo exigiu, procurando pela fonte de angústia. Isso me atingiu no peito, me impulsionando alguns passos à frente, apenas para ser lembrado da minha realidade na arena improvisada do lado de fora.

A neve cobria o campo. Lobos e metamorfos na forma humana estavam espalhados nas laterais, todos me observando com um aguçado senso de consciência.

E então, seus olhares se voltaram para os desafiantes.

Os quatro estavam se curvando em submissão. Incluindo Joel, com o pescoço dilacerado em plena exibição.

E o grito uivante cessou.

O que acabou de acontecer?

Pisquei para os contendores, confuso com a visão e distraído com a minha necessidade animalística de encontrar Winter. Esse novo senso de responsabilidade pesava sobre mim. Ela se tornou o ser mais importante em minha vida em menos de uma semana, tudo por causa da reivindicação de acasalamento.

Machucá-la era inaceitável, e algo a feriu nos últimos minutos. Eu só não entendia o que causou aquele grito agonizante. Agora, ela estava quieta e o fio que nos unia pulsava com vida.

— Ela te puxou de volta — Ludvig explicou baixinho ao se aproximar de mim. — Isso é o que um bom vínculo faz. Equilibra o lobo.

De forma casual, ele avaliou a multidão, observando a postura de submissão deles, algumas mais proeminentes que outras.

— Há alguém mais que deseje desafiar o Alfa Kazek em sua reivindicação? — ele perguntou com a voz baixa, mas poderosa.

Silêncio.

Apenas três?, pensei, confuso. Eu esperava pelo menos uma dúzia.

— Uma boa escolha — Ludvig prosseguiu. — Creio que é bastante evidente o quanto sua reivindicação é forte, não é mesmo?

Olhei para ele, incerto sobre o que ele queria dizer com isso. Porque eu sentia a atração dela? Sua dor? Isso não era normal para um vínculo de acasalamento? Como nunca tive um, não tinha certeza. E não era uma situação na qual eu tivesse passado muito tempo pesquisando.

— Como é habitual no Território Nórdico, o período de desafio permanecerá aberto pelas obrigatórias setenta e duas horas. No entanto, se a demonstração de hoje for indicativo de algo, diria que as chances não são boas para quem escolher participar. Mas, pelo menos, vocês sabem que ele se absterá de matá-los, mesmo que caia em uma de suas fúrias infames.

Resmunguei com a frase escolhida por ele. *Fúrias infames.* Eu gostava de matar. Não havia necessidade de uma visão romantizada disso. Mas foi interessante que eu tivesse sido capaz de me controlar. Eu raramente negava ao meu lado animal quando ele ansiava por sangue.

No entanto, Winter conseguiu me tirar desse estado de espírito.

Isso nunca aconteceu comigo antes. Eu me perguntava se Joel percebia o quanto teve sorte hoje. Tive vontade de espalhar suas entranhas pelo campo, apenas para deixar um recado. Droga, ainda queria fazer isso. Mas enquanto ele continuasse a se submeter, eu não tinha motivo para despedaçá-lo.

— Assim que os desafios terminarem, faremos uma celebração para nossas mais novas adições ao Território Nórdico e formalizaremos a reivindicação de Kazek. — Seu foco se desviou para Mick na lateral, que estava com uma expressão carrancuda.

Novas adições. No plural. Isso significava que Ludwig queria apresentar também a Ômega escrava. O olhar de Mick me disse o que ele achava disso.

O que há com a fêmea que o deixou tão obcecado?, pensei. Então, me lembrei de Winter e em minha inclinação inicial de puni-la e levá-la para o Território de Inverno. Talvez não fosse apenas a atmosfera em si, mas as fêmeas.

Alfa Alana se aproximou e me jogou um pedaço raro de carne. Peguei com os dentes, o sangue imediatamente chamou a fome interior. Eu mal comi nos últimos dias enquanto cuidava do cio de Winter. Não era a forma ideal de lutar, mas já passei por situações piores.

— Parabéns pelo acasalamento — Alana disse com um sorriso compreensivo. — Ela é uma garota feroz.

Bufei. *Feroz* era pouco.

Winter tinha um fogo dentro de si que eu não podia deixar de admirar e um senso de sobrevivência que eu entendia. Ela só precisava aprender a executar. Com treinamento, ela se tornaria formidável, e isso a tornava perfeita para mim. Submissão não era atraente. Eu preferia força e uma espinha dorsal.

Alana me deu um aceno e se afastou, um gesto que vários lobos notaram. Ela aprovava minha reivindicação, o que significava muito no Território Nórdico. Sendo uma rara fêmea Alfa, ela tinha certo status, que era fortalecido por suas habilidades naturais de liderança.

Comecei a comer a carne com gratidão enquanto os outros começaram a se dispersar.

Eu teria três longos dias pela frente. Esperar neste

campo por possíveis desafiantes seria exaustivo e estimulante ao mesmo tempo. Meu lobo caminhava excitado, a carne crua em minha língua era um afrodisíaco para a luta desejada.

Winter já era minha.

Assim como o Território de Inverno, se eu quisesse.

A falta de competidores hoje me fez repensar o que eu pensava sobre minha posição de poder. Ter autoconfiança era muito diferente de receber respeito e confiança dos outros. Foi o que aconteceu hoje. Quase todo o Território reconheceu meu domínio sem questionar.

O Território de Inverno faria o mesmo? Eles eram Betas, então eu suspeitava que sim. Mas e outros Territórios? Minha vida se tornaria uma batalha constante pelo trono, à medida que Alfas de todos os lugares tentassem tomá-lo de mim?

Ninguém desafiou Vanessa. Talvez não viessem me desafiar também.

Balancei a cabeça, engoli o último pedaço de carne e lambi meu focinho para limpá-lo antes de me sentar no chão.

Determinar o futuro exigia a contribuição de Winter. Eu também precisava de sua confiança absoluta e preparação física para tal tarefa de liderança. Ainda estávamos longe de estar prontos.

Então, eu seguiria os passos.

O primeiro, era vencer este desafio sem questionar.

A partir daí, veríamos o que aconteceria.

WINTER

Eu me encolhi em posição fetal no chão enquanto a dor diminuía, e minha loba tremia. O que senti era sombrio e devastador, como se minha alma tivesse se desprendido do corpo para se aventurar em algum lugar escuro e frio.

Me arrepiei, sentindo a garganta seca pela sensação.

— Snow? — Kari perguntou, com pânico na voz. — V-você está...?

— Estou bem — falei com a voz rouca, destruída pelos uivos que haviam forçado o caminho através da minha boca momentos atrás. Ou será que já havia passado um longo período? Eu não conseguia dizer. Minha compreensão da realidade vacilava sob uma onda congelante.

Eu acabei de sentir Kazek se desvincular de mim? Foi isso que rompeu nosso vínculo? Minha mente girava e meu coração batia loucamente no peito. *Ainda o sinto. Acho. Talvez.*

Um gemido escapou dos meus lábios e a adrenalina aumentou enquanto eu tentava separar a verdade da ficção. E se eu estivesse achando que o vínculo ainda estava lá? Como uma parte esperançosa de mim perdida em um turbilhão perpétuo de sonhos que não existiam mais?

Balancei a cabeça e me arrependi quando o mundo girou ao meu redor.

Algo não estava certo.

Algo havia se quebrado.

A menos que essa fosse a dor residual que se espalhava por minha caixa torácica.

Kari rosnou de repente, chamando minha atenção para vê-la se transformar. Franzi a testa, sem entender a reação.

Então, eu senti a mudança na atmosfera que anunciava a aproximação de um Alfa. E não era qualquer Alfa, mas um poderoso.

Ludvig

Reconheci sua essência desde o nosso encontro inicial, aquela nuvem inebriante de domínio ao seu redor girando como uma correnteza, ameaçando derrubar qualquer um em seu caminho.

Me encolhi por instinto, precisando me esconder. Ele me pegou em um momento de fraqueza, quando meu coração estava incerto sobre o meu destino.

Kari rosnou quando ele entrou na sala, e ganhou um rosnado agudo em resposta que a fez deslizar para um canto com o rabo entre as pernas.

— Não torne sua punição pior do que já é, Ômega — ele disse a ela. O aviso em sua voz me fez encolher contra a parede, e ele nem estava falando comigo. Ele a encarou, esperando por sua reação. Quando ela não se moveu nem emitiu mais nenhum som, ele mudou o foco. Seus olhos azuis cintilavam de poder quando tomou conhecimento da minha posição trêmula.

Ele suspirou, passou os dedos pelo cabelo e fez um som vibrante que fez todos os pelos dos meus braços se arrepiarem. Respirei fundo enquanto ele aumentava a profundidade da vibração, o que fez minha loba se animar e soltar um suspiro sutil.

O que é isso?, me perguntei e olhei para Kari. Ela não se moveu, mas eu sentia sua inquietação e desconfiança.

Ludvig aumentou o volume, fazendo meus lábios se abrirem com a compreensão. *Ele está ronronando.* Esse som era destinado a companheiros. Meu sangue gelou com a descoberta, o que o fez ronronar mais alto.

Minha loba se curvou à sua superioridade, se banhando no alívio calmante que seu ronronar evocava. Mas minha mente se recusou a se submeter.

— P-por quê? — perguntei, incapaz de dizer mais. *Por que você matou Kazek?*

— É meu dever como Alfa do Território fornecer alívio a quem precisa — ele respondeu e se agachou diante de mim enquanto o ronronar ainda irradiava de seu peito e me fazia estremecer. — Não se preocupe. Este não é um ronronar de acasalamento, pequena. Este é reservado para minha Mila.

Eu franzi a testa. *Tem diferença?*

— Imagino que você não esteja familiarizada, já que cresceu em uma colônia Beta, e duvido que Alfa Vanessa ronrone com frequência — ele explicou como se tivesse ouvido minha pergunta não dita. Ludvig estendeu a mão para segurar meu queixo e atraiu meu olhar para o seu. — Por que você está angustiada? É porque sentiu o Kazek se afastar?

Movi os lábios, mas as palavras me faltaram. Toda a confiança que senti antes desapareceu, me deixando em uma casca de fêmea que eu mal reconhecia. Enfrentei esse Alfa com Kazek ao meu lado, mas agora me sentia sozinha e exposta. *Fraca.* Eu odiava essa sensação. Eu não era essa mulher. *Eu sou da realeza. A herdeira do trono do Território de Inverno.*

Talvez uma nova identidade fosse má ideia.

Eu precisava que Snow voltasse.

Não. Ela também era frágil. Uma boneca usada como peão sem nunca saber a verdade.

Até Kazek.

Se ele não tivesse intervindo quando o fez, eu teria morrido. Engoli em seco, sentindo o coração bater nas costelas em um padrão caótico. *Não é verdade. Eu morri e voltei como Ômega.*

— Não é sábio ignorar a pergunta direta de um Alfa — Ludvig disse, seu tom transmitindo um pouco de paciência. — Você sentiu a ameaça à sua conexão com o Kazek?

Engoli o nó na garganta e assenti.

— Sim. — Saiu rouco, pois minhas cordas vocais ainda não estavam curadas de meus uivos.

Ele pareceu satisfeito com minha resposta.

— Imagino que tenha sido doloroso senti-lo se afastar, mas você o trouxe de volta. — Ele soltou meu queixo, mas permaneceu agachado diante de mim. — Kazek desliga as emoções quando entra em fúria. É a única fraqueza dele. Mas acredito que ele está prestes a fortalecê-la através do laço com você.

Ludvig se levantou. Suas coxas grossas se destacavam através do tecido da calça social.

— Em setenta e uma horas, você será liberada da detenção. Use esse tempo para considerar como é a separação e tente se lembrar disso daqui para frente. Talvez isso possa te dissuadir de atividades imprudentes no futuro, como embarcar secretamente em um avião para escapar do destino. Porque a agonia que você está prestes a passar é nada comparada ao que seria se você ou Kazek partissem deste mundo para sempre.

Essa é a verdadeira punição, percebi.

Ludvig queria que eu soubesse como seria existir sem meu Alfa. E como Kazek já apontou, era cruel separar um par recém-acasalado. Eu não entendia completamente o porquê, pois tudo era novo para mim, mas se sentisse qualquer coisa como a dor que já experimentei, então seriam três dias muito longos.

— Quanto a você, Ômega Kari, não tolero qualquer tipo de autoagressão neste Território, e seu comportamento será corrigido. Você vai comer. A fome não é uma opção. — Ele deu um passo para trás, mas parou na porta.

Eu não saí de meu lugar, com medo de que ele pudesse aumentar minha punição.

— O Alfa Kazek estará faminto quando terminar o desafio, e não me refiro à comida. Então se prepare, Ômega. Ele será exigente e implacável, e exigirá completa obediência. — Com essa proclamação sombria, ele foi embora.

Levei vários minutos para erguer meu olhar do chão, sentindo meu coração no estômago.

Quando finalmente olhei para cima, encontrei Kari em sua forma humana, olhando para mim com pena nos olhos.

Só isso já dizia tudo sobre o meu destino iminente.

Três dias de agonia de separação, seguidos por uma reivindicação brutal.

Eu posso sobreviver a isso, disse a mim mesma. *Não há alternativa.*

Alfa Kazek não me destruiu durante o cio, mesmo em seus momentos mais brutais. Com certeza, não me destruiria agora.

Mas o ato físico não era o que me assustava.

Não. Era a antecipação que pulsava em meu sangue, o desejo de ser consumida completa e totalmente. Eu *queria* que ele me dominasse. E pior, eu queria que fosse feito em público.

Meu, minha loba concordou. Sua existência era uma presença constante em minha mente.

Estremeci com o pensamento, sentindo meu corpo trair minha necessidade enquanto o desejo se acumulava entre minhas coxas.

No entanto, o Alfa que eu desejava que saciasse minha vontade não veio.

E foi então que percebi o verdadeiro horror da minha situação.

Minha alma ansiava por seu companheiro enquanto meu corpo o necessitava dele. Mas eu estava presa aqui, longe do macho que eu desejava. Essa era a verdadeira agonia. Minha verdadeira punição.

Fechei os olhos com um gemido. O nome de Ludvig era uma maldição em minha mente.

— *Talvez isso possa te dissuadir de atividades imprudentes no futuro* — ele disse.

— Cretino — rosnei, me enrolando em posição fetal novamente. — Cretino filho da mãe.

Jurei que o ouvi rindo das sombras. Provavelmente era apenas produto da minha imaginação, mas isso só fez com que eu o odiasse ainda mais.

Ele me condenou a três dias de angústia.

Tudo porque embarquei em um avião para buscar refúgio em seu território.

Bem, talvez não só por isso. Eu não fui exatamente muito respeitosa com ele. E ele estava certo: eu não pedi desculpas. Mas como poderia sentir remorso por salvar minha própria vida? O que ele esperava que eu fizesse? Ligasse antes?

Rosnei de irritação, sentindo o som vibrar pela minha coluna até o topo da lombar. Uma péssima ideia, pois reverberou em uma área delicada que ansiava por ser acariciada.

Kazek me viciou em seu pau.

Merda de Alfa.

Merda de genes ômegas!

Me contorci de irritação, tentando encontrar uma posição confortável na grama debaixo de mim, enquanto o ambiente semelhante a uma floresta me trazia de volta à realidade.

Minha loba concordou em assumir. Os pelos brancos começavam a surgir em meus braços e pernas, ao mesmo tempo em que iniciava a mudança na tentativa de me curar. No entanto, eu não tinha certeza do que precisava ser aliviado. Não estava ferida, apenas *possuída*.

Resmunguei e o som foi aprofundado pelo meu focinho, Me esforcei para me livrar das roupas que não consegui remover. Então, as cheirei. *Kazek. Humm.* Rasguei o tecido a meu bel-prazer, criando uma cama de algodão no chão de terra. *Perfeito.* Me enrolei dentro dela, ansiando pela familiaridade de seu calor, e afastei todas as minhas reservas. Tudo parecia certo novamente.

Casa.

Estou em casa.

Mas o macho que eu desejava estava ausente e meu ninho improvisado não estava completo sem ele.

Um uivo escapou da minha garganta, fazendo com que meus ouvidos se erguessem quando o macho que eu ansiava respondia da mesma forma. Inclinei a cabeça para o lado, ouvindo a reverberação muito mais profunda e permiti que ela me acalmasse por um momento.

Ele não estava aqui, mas eu podia ouvi-lo. E por enquanto, isso seria suficiente.

KAZEK

Andei pelo campo pela milionésima vez, com o foco no Alfa parado ali. Se ele não parasse logo, eu ia atacá-lo e rasgar a porra da sua garganta. O Criador dele que se danasse.

Estes foram os três dias mais longos de toda a minha vida. Os uivos de Winter se transformaram em choro e sua necessidade eriçou cada centímetro do meu pelo. Permaneci em forma de lobo, porque preferia os sentidos aprimorados que vinham com minha capacidade de sentir o cheiro dela.

Ludvig a manteve trancada na torre e, pelo que pude perceber, ela não saiu da sala externa que ligava as duas áreas de detenção. Sua loba pelo menos podia ouvir o meu e, provavelmente, também sentir meu cheiro. E, embora isso prolongasse nossa agonia, também nos acalmava.

Esse domínio sobre mim e minha mente era exatamente o motivo pelo qual eu não queria uma companheira. Winter pesava em meu coração e alma, e meu desejo de protegê-la e tomá-la crescia a cada segundo que passava.

Rosnei para Ludvig, deixando claro que minha paciência chegou ao fim. Minha punição acabou. Eu venci. Nem mesmo Joel voltou para uma segunda tentativa.

Lobos em forma animal e humana se alinhavam ao redor, aguardando o fim.

Eles sabiam o que viria em seguida.

Uma reivindicação muito pública.

Minhas patas abriram caminho sobre a terra enquanto meu passo acelerava. Eu precisava da minha companheira, e precisava agora.

Três dias de espera por um desafio que nunca chegou me deixaram sem saída para a violência. Derrotar Joel e os outros dois idiotas no primeiro dia não foi suficiente. Eu precisava de mais sangue. Alguém para mastigar. Algo para *destruir*.

Tudo por ela.

Para provar meu valor.

No entanto, ninguém quis tentar, e isso me irritou. Serviu como uma espécie de elogio fodido que eu não queria reconhecer.

Todos os lobos que me observavam agora me viam como um Alfa digno de meu prêmio.

Eu queria que pelo menos um deles tentasse me derrubar do trono, mas ninguém o fez. Não depois que Joel caiu.

Rosnei para eles. Rosnei alto. Tentei provocar alguém a dar um passo à frente.

Ninguém o fez.

Os covardes estavam com muito medo. Muito *respeitosos*.

O que aconteceu com aqueles que questionaram minha origem humana? E os Alfas que desprezavam minha posição como Segundo no Território Nórdico? Onde estavam agora?

Me virei, procurando no campo, e encontrei aqueles que antes questionavam meu status. Nenhum deles ousava encontrar meu olhar.

Porque eles me viam como digno.

Eles aceitaram minha reivindicação.

Bom. Porque já estava feito.

Agora, onde ela está?, me perguntei e virei para encontrar Ludvig.

Ele tinha uma expressão entediada, mas eu sentia o orgulho escondido. Ele estava satisfeito que ninguém ousava me desafiar. Se eu não tivesse toda essa agressividade acumulada dentro de mim como preparação, eu também poderia gostar. Mas eu precisava de um escape, alguém para...

Franzi o nariz e tudo ao meu redor parou. *Pronto*, pensei, focando no perfume que pairava no ar. *Minha*.

Ele não ficou em meu caminho quando avancei, procurando pela fonte de toda a minha necessidade reprimida. Seu aroma inebriante me guiou pelo focinho, me aproximando a cada passo.

Uma bela loba caminhava pela periferia do campo. Seus olhos cor de obsidiana eram familiares. Paralisei ao vê-la, me sentindo momentaneamente atordoado pela beleza de sua pelagem completamente branca. Ela parecia igualmente atraída pelo meu pelo, que era totalmente negro, combinando com meu caos interior.

Dei mais um passo em sua direção e um rosnado escapou enquanto eu exigia que ela se submetesse, retornando à sua forma humana para que eu pudesse tomá-la de forma adequada. Era o tipo de rosnado que eu poderia aprofundar para *forçar* sua transformação, mas dei a ela a opção de se transformar por conta própria primeiro.

Ela não o fez.

Em vez disso, deu meia-volta e correu na direção oposta.

Rosnei novamente, descontente com sua clara desobediência.

— Parece que ela vai fazer você trabalhar por isso — Ludvig comentou, com bom-humor em seu tom de voz. — Vá atrás dela.

Eu não precisava de sua permissão ou comentário para seguir o instinto de perseguir. Já tinha começado a correr antes mesmo de ele terminar de falar. Meu lobo interior estava furioso porque Winter pensou em fugir.

Passei três dias neste campo defendendo sua honra, e ela me recompensava fugindo? Eu ia bater em sua bunda sem piedade por isso. E depois, transaria com ela porque eu podia. Deixaria em uma agonia de necessidade sem chegar ao clímax. Eu a tomaria repetidamente, sem dar a ela minha semente.

Sim.

Era assim que eu lidaria com isso assim que pegasse a espertinha que achava que poderia me superar.

Uivei por ela quando ela gritou por mim. Eu a tranquilizei a cada passo do caminho. Como ela ousava me tentar em uma perseguição? Esperava submissão imediata, coxas abertas e escorregadias para que meu pau a penetrasse.

Não isso.

Não um passeio pela floresta.

Para onde ela estava indo? Ela deixou a praça principal, se afastou do cais e seguiu em direção às montanhas cobertas de neve. Ela pretendia se esconder atrás de uma árvore? Rosnei. Em vez disso, eu a tomaria contra a suposta barreira.

Se esconder não era uma opção.

Ela ia se submeter.

Segui seu caminho. Ela era rápida, se espremendo de propósito por entre as árvores que meu corpo maior não conseguia acomodar. Senti o respeito a cada curva em seu rastro, com meu lobo satisfeito por ela saber como fugir. Poderia ser útil mais tarde contra inimigos.

Mas usar suas habilidades para escapar de mim não era aceitável.

Rosnei e grunhi quando ela respondeu com um gemido baixo.

Se meus ruídos a incomodaram, ela teria uma rude surpresa quando eu colocasse minhas patas nela.

Ela mudou de direção mais uma vez, o que me fez erguer as sobrancelhas quando reconheci sua intenção.

A lobinha estava me levando de volta à minha cabana.

Para o seu ninho improvisado.

Algo dentro de mim se torceu em compreensão.

Ela não estava rejeitando a mim ou minha reivindicação. Ela estava *brincando*. Winter queria que eu a perseguisse de volta para ao seu ninho para devorá-la no conforto do ambiente familiar.

Ah, os lobos na praça principal ficariam desapontados com isso.

Humm. Uma nova sequência de eventos se desenrolou em minha mente quando finalmente a alcancei a cerca de cem metros da cabana. Mordi seus calcanhares, fazendo-a tropeçar na neve. Pulei sobre ela, prendendo-a com a minha forma muito maior, e rosnei de novo.

Última chance, eu estava dizendo. Porque se ela não se transformasse agora mesmo, eu a obrigaria.

Um som baixo escapou de sua garganta, algo que implicava derrota, e então ela começou o processo de transição de volta para sua forma humana. Pairei sobre ela enquanto Winter fazia a transição. Meu lobo imediatamente assumiu uma posição protetora.

Ela estremeceu. Sua pele humana não apreciou a terra congelada debaixo de seus pés.

Winter desviou os olhos negros dos meus ao mostrar o pescoço, se submetendo a mim.

Pressionei o focinho contra sua pele macia e lambi de forma hesitante. Ela não se moveu, sua respiração estava rasa com um medo ocioso.

Bom.

Ela deveria estar com medo.

Ela desafiou meu lado predador com essa pequena façanha.

Eu a lambi novamente e um rosnado suave escapou do meu peito enquanto reconhecia que ela também deveria estar orgulhosa.

Tão rápida, meu lobo elogiou. *Habilidade de manobra excelente.*

Sim, uma ótima companheira.

Mordisquei a área sensível do seu pescoço, depois me afastei para começar minha própria transformação. Ela não tentou fugir ou se mover, e manteve os olhos baixos e submissos o tempo todo.

Finalmente.

Rolei o pescoço para soltar os músculos rígidos. Minha forma humana protestou contra o meu prolongado estado de quatro patas. Isso passaria em um momento.

Senti os membros tremerem e flexionei o torso enquanto picadas de agonia disparavam por minha corrente sanguínea. A transição nunca parecia correta, talvez porque eu não tivesse nascido lobo. Eu não tinha certeza, mas a sensação se dissipou após alguns momentos, me deixando rejuvenescido e pronto para brincar com minha companheira.

Ela ainda não se moveu, o que me agradou muito.

Eu a peguei em meus braços e ronronei para ela. Ela se derreteu em mim e pressionou o nariz em meu peito enquanto respirava fundo. Sua reação me fez ronronar mais alto. Meu lobo interior aprovou sua rendição clara.

No entanto...

— Você não deveria ter fugido, pequena — eu disse, com a voz rouca e mais profunda do que o normal. — Agora tenho que te encher com o meu esperma e te exibir pela vila depois.

— Você ia fazer isso de qualquer maneira. — Suas palavras foram um sopro contra a minha pele quente, e ela arrastou o nariz em minha clavícula. Eu mal podia sentir a neve debaixo de meus pés ou as tábuas de madeira quando entrei na cabana. Todos os meus sentidos pertenciam à beleza em meus braços. Eu a desejava de uma forma que nunca experimentei antes.

Isso seria intenso. Brutal. Talvez até violento.

Meus desejos selvagens lutaram em minha mente, debatendo a melhor forma de transar com ela primeiro. Isso não era como o seu cio, onde eu a tomei por obrigação. Essa experiência era para mim e para o meu lobo.

Eu a deixei na cama e me aproximei. Ela abriu as coxas para mim, me permitindo uma visão desinibida de sua carne macia, rosada e molhada. Passei a língua devagar, adorando o sabor de sua excitação e pressionei a palma da mão em sua barriga para mantê-la no lugar enquanto repetia o movimento.

— *Puta merda* — murmurei, meu pau já estava duro como pedra.

Ela gemeu. Sua lubrificação decorava a linda boceta, preparando-a para a minha entrada.

— Não vai lutar comigo? — perguntei, surpreso por

ela estar facilitando depois de ter proporcionado uma caçada tão deliciosa.

Winter engoliu em seco e suas íris escuras encontraram as minhas.

— Você quer que eu lute?

Foi uma resposta interessante. Considerei sua pergunta por um longo momento antes de dizer:

— Sim.

— Está bem. — Ela não hesitou. Avançou as unhas em minha direção, encontrou meu braço e arranhou minha pele. Eu sibilei. A sensação era inesperada de um jeito bom.

Ela repetiu a ação em meu pescoço, o que me fez recuar em surpresa. Winter aproveitou o momento para se contorcer debaixo de mim e rolar para fora do colchão e ficar de pé.

Rosnei, irritado com a distância entre nós.

Suas coxas se apertaram, mais de sua umidade deliciosa saturou o ar. Ômegas eram programadas para responder ao chamado de acasalamento do Alfa, o que fazia seus corpos se prepararem para o sexo de todas as maneiras.

Usei isso a meu favor, rosnando novamente enquanto me aproximava dela.

Ela se encolheu visivelmente e contraiu os músculos abdominais com a ação.

— O que houve, Ômega? Estou te fazendo sofrer? — De propósito, infundi um estrondo em meu tom e apreciei a forma como isso a fez se contorcer.

E então, me lancei em sua direção.

Ela se esquivou mais rápido do que antecipei, rolando para o outro lado da cama em um movimento ágil que me impressionou. Meu lobo tanto sorriu quanto rosnou, orgulhoso e irritado ao mesmo tempo.

— Eu disse para você lutar contra mim, não para fugir — apontei enquanto considerava minha próxima jogada.

— Nós temos métodos diferentes. Esse é o meu.

— Fugir?

Ela deu de ombros, o que desviou minha atenção para a marca quase curada de acasalamento em seu pescoço. Eu precisava consertar isso com meus dentes. A ambrosia de seu sangue me chamava, me lembrando do sabor durante o cio.

Mais uma vez, meu lobo encorajou.

Mas primeiro, eu precisava pegá-la de novo.

Fingi uma investida na cama, apenas para contornar o pé dela e agarrá-la. Ela escapou por pouco de minha tentativa. Seus pés rápidos a levaram para trás, até a entrada de banheiro.

— Esse é um beco sem saída — informei.

— Então acho que é melhor você vir me pegar — ela respondeu, com um tom de provocação que me excitou imensamente.

Me lancei para frente, com a intenção de agarrar seus quadris, mas ela arranhou meu peito e bochecha com as unhas. Com um rosnado, segurei sua nuca e a puxei para mim, me contorcendo quando seu joelho atingiu minha coxa, passando perto da minha virilha. Eu a soltei por instinto. Meu pau estava insatisfeito.

— Merda, Winter.

Ela me ignorou, seus mecanismos de defesa entraram em ação com força total enquanto ela demonstrava anos de treinamento com chutes e golpes, e eu fazia o possível para subjugá-la sem causar danos reais.

Eu queria que ela lutasse.

E ela lutou.

De forma impressionante.

Corajosa.

E com muito mais precisão do que eu jamais poderia ter previsto.

Quem quer que a tivesse treinado fez um trabalho incrível.

— Chega. — Segurei sua mão e a girei em meus braços, passando meu braço em sua cintura. Ela chutou para trás, me forçando a levantá-la. — Chega — repeti.

Mas o botão que acionei parecia não querer desligar, e Winter continuou tentando me derrubar. Ela não tinha chance, o que só pareceu deixá-la ainda mais desesperada enquanto gritava e se contorcia, usando as unhas mortais para tirar sangue de qualquer parte de minha pele que conseguisse alcançar.

— Pare — eu exigi. Então a curvei sobre a cama e segurei seus braços nas costas.

Era como se ela não pudesse me ouvir. Sua raiva era contínua enquanto tentava escapar de um aperto impossível. Se ela não tomasse cuidado, a agitação poderia deslocar seus ombros. Segurei seus antebraços com uma mão, pressionei-os contra sua coluna, e afastei suas pernas.

— Você é minha, Winter. — E já era hora de ela reconhecer isso.

— Foda-se! — ela gritou, arqueando o lindo pescoço enquanto lutava para erguer o corpo do colchão.

— É exatamente o que vou fazer — respondi em tom sombrio, me posicionei sobre ela e encontrei sua entrada quente. Ela chutou, ainda lutando contra mim. Segurei seu quadril com a mão livre e a mantive exatamente onde eu queria. — Fique quieta.

Ela rosnou algo ininteligível, o que fez com que me curvasse sobre ela, aprisionando-a.

— Ah, querida e desobediente Ômega — murmurei contra seu ouvido. — Você é minha.

O calor inundou minhas veias, me impulsionando com

uma velocidade muito mais violenta do que originalmente planejei e arrancou um som gutural de sua garganta enquanto a forçava a aceitar cada centímetro meu em sua apertada entrada.

— Você é incrível — elogiei, saindo e voltando a penetrá-la com a mesma força de antes.

Ela tremia sob minhas mãos, tanto pelo choque da minha entrada quanto por seu orgasmo iminente. Eu podia sentir suas paredes se contraindo ao meu redor, implorando por mim, me instigando a penetrá-la ainda mais forte. E foi o que fiz, me apossando dela do jeito feroz que eu ansiava, como nós dois precisávamos.

Meu nome escapou de seus lábios em um som rouco. Seus pulmões não conseguiam trabalhar rápido o suficiente para lhe dar voz.

Eu me afastei, usando o chão debaixo dos meus pés para conseguir dar impulso e aumentei a velocidade, penetrando-a mais profundamente, o que arrancou mais daqueles sons hipnóticos de seus lábios.

Ela ofegou.

Gritou.

Me pediu para parar.

E implorou por mais.

Tudo no espaço de minutos, as palavras se repetindo.

Persegui meu prazer dentro dela e senti meu nó se formar na base e se elevar para encontrar seu lugar dentro da abertura. Ela gritou e a força de meu orgasmo a empurrou para a mesma sensação de êxtase.

Winter me xingou.

Soluçou.

Gemeu.

E, eventualmente, se desfez, seus ombros tremendo enquanto retomava o fôlego da explosão de luxúria e emoções que abalaram seu pequeno corpo.

Libertei seus braços e beijei seu ombro.

— Ainda não terminamos — avisei.

Ela engoliu em seco e assentiu, pressionando o rosto no colchão para esconder suas lágrimas.

Com cuidado, passei meu braço por sua barriga enquanto a outra mão permanecia em seu quadril para nos manter unidos. Ela não resistiu quando a guiei para a cama, me aconchegando atrás dela com o nó ainda pulsando em seu corpo em um orgasmo que satisfazia minha fera interior.

— Você está bem? — perguntei baixinho, aproximando meus lábios de seu pescoço até o lugar onde eu desejava reivindicá-la novamente.

Ela assentiu mais uma vez.

— Fale — pedi, precisando ouvir sua voz.

— Estou bem — ela sussurrou.

— Você não parava de lutar comigo.

— Era o que você precisava.

Eu pisquei, surpreso com o comentário. Ela estava certa. Eu precisava dominá-la por completo, e a única forma de fazer isso era através de uma verdadeira batalha de vontades.

— Como você sabia? — perguntei. Foi ela quem perguntou se eu queria que ela lutasse comigo. E depois continuou, mesmo quando eu disse para parar, o que me excitou ainda mais.

— Porque a minha loba precisava que você vencesse — ela admitiu com a voz baixa.

Ah, agora eu entendi.

— Foi por isso que você fugiu. Para testar seu companheiro.

Ela assentiu.

— Senti sua agressividade e te dei o que você precisava. O que nós precisávamos.

Encostei o rosto em seu pescoço, fascinado por ela mais uma vez. Essa fêmea era perfeita.

— Você é a minha companheira ideal — eu disse baixinho, cobrindo sua marca de reivindicação com meus lábios. — E quero que todos saibam que você é minha.

WINTER

Eu ESTAVA em chamas com o toque de Kazek. Suas mãos estavam por toda parte, seus dedos penetravam meu sexo para coletar nossos fluidos misturados e os espalhava pelo meu corpo, impregnando-o com nosso aroma combinado.

Ele começou esse ritual assim que seu nó me soltou, com uma concentração resoluta.

Primeiro, ele pintou meus lábios e língua, me forçando a engolir para revestir minha garganta.

Em seguida, passou para meus seios e minha barriga.

Depois, meus braços.

Agora, ele começou o processo de revestir minhas pernas.

— Precisamos de mais — ele disse em um rosnado baixo que fez minhas coxas se apertarem de desejo. Ele penetrou os dedos novamente, coletou minha umidade e deslizou em um novo ângulo. — Vire de bruços.

Eu sabia que não devia negar.

O homem desapareceu em seu lobo, a besta interior guiava suas ações novamente.

— Linda — ele elogiou e apertou minha bunda antes de abri-la para revelar o lugar que desejava reivindicar em seguida. Pressionou o polegar dentro de mim, me forçando a acomodá-lo. Eu me lembrava vagamente de ele ter feito isso durante meu cio, mas minha mente estava tão consumida pelo sexo que não fui capaz de sentir a dor de sua entrada.

Mas eu sentiria cada centímetro dela agora.

Deuses, minhas partes femininas ainda doíam da penetração brutal de antes. Se ele me tomasse assim, eu não conseguiria ficar sentada a noite toda, e provavelmente nem amanhã.

— Shh — ele murmurou enquanto a outra mão acariciava minhas costas. — Vou cuidar de você, baby.

Me contorci. Essa conexão entre nós me deixou desconfortável. Ele me lia tão bem quanto eu a ele, talvez até melhor. Nós sabíamos de forma instintiva o que o outro precisava, nossos corpos e almas casados de uma forma que minha mente não conseguia compreender.

Ele deu um beijo entre minhas omoplatas e a ação foi surpreendentemente terna e contrariada pelos dedos que penetravam em mim. Pelo menos ele escolheu me preparar para sua entrada, ao contrário do que fez com minha boceta. Me senti rasgar ao ser penetrada. A ardência e a dor rapidamente deram lugar ao prazer, mas aqueles primeiros segundos *doeram*.

Kazek adicionou outro dedo enquanto lambia um caminho pela minha coluna até alcançar minha nuca e mordê-la.

— Você tem um cheiro incrível, Winter. — Seu hálito quente me fez tremer, a sensação desceu até os mamilos e os eriçou de desejo. Ele sorriu contra minha pele quando a parte inferior do meu corpo se apertou, criando mais lubrificação e impregnando o ar com meu desejo.

Ele passou a mão livre por baixo de mim e seu polegar encontrou meu clitóris. Ele o circulou uma vez antes de seus dedos descerem para a minha entrada. Kazek ronronou em aprovação, acelerando o toque em minha nádega enquanto me preparava para a reivindicação.

Gemi quando ele saiu de mim, sentindo falta de sua presença enquanto também temia o que viria a seguir.

— Fique de quatro, baby.

O carinho aqueceu minha pele e me encorajou a obedecer, apesar das minhas pernas trêmulas. Ele mordeu de leve a parte de trás do meu pescoço mais uma vez e roçou a marca de reivindicação no meu ombro.

— Vou te morder de novo — ele avisou.

— Eu sei.

— Ótimo. — Ele se posicionou em minha boceta e a penetrou com um sibilar. — Tão apertada e quente. Eu poderia viver dentro de você, princesa.

Não respondi, porque parte de mim queria que ele vivesse ali. E essa parte não era confiável para falar agora.

Kazek estocou algumas vezes antes de sair e voltar para minha outra entrada. Me preparei para a dor e cravei os dedos na cama quando ele avançou apenas um centímetro para me penetrar.

Ele se inclinou sobre mim e pressionou o peito contra minhas costas, enquanto aproximava a mão da minha. Sua outra mão encontrou meu quadril, me segurando firme.

— Vai doer — ele disse, com os lábios contra minha espinha. — Mas prometo fazer com que seja bom.

— Eu confio em você. — As palavras escaparam da minha boca daquele lugar que eu silenciei antes, aquele que o adorava e faria qualquer coisa que ele pedisse, incluindo deixá-lo viver dentro da minha boceta se ele assim desejasse.

Eu suspeitava que minha loba tinha algo a ver com aquela vozinha.

Ele não se moveu nem falou por tanto tempo que me perguntei se o aborreci.

Então ele deu outro daqueles beijos carinhosos em minha nuca e me penetrou. Gritei, seus cotovelos se dobraram, o que me fez cair para frente, mas fui segurada por sua mão contra o meu estômago. Ele a moveu do meu quadril, usando-a para me segurar contra si.

Eu esperava perdê-lo para o cio, assim como antes, mas ele permaneceu parado, me permitindo ter um momento para me acostumar com seu tamanho.

Como eu pude gostar disso durante o cio?

Porque, neste momento, *queimava*, e não de um jeito bom.

Ele roçou o pescoço no meu, seu ronronar invadindo meus sentidos. Meus músculos relaxaram em resposta e minha loba foi acalmada pelo som familiar de seu companheiro.

— Isso mesmo — ele incentivou, o ronronar era uma carícia contra minhas costas. — Você pode me tomar, Winter. Sei que pode.

Eu não tinha certeza do que ele queria dizer até que Kazek começou a se mover novamente. Só então percebi que ele não tinha me penetrado por completo, seu pau Alfa era muito grande para o meu corpo muito menor.

— Kazek...

— Está tudo bem — ele prometeu. — Você me aceitou no cio e gostou. Vou garantir que também goste agora.

Eu não acreditava nele.

Essa era uma situação completamente diferente porque minha mente estava envolvida. Ele não podia desligá-la como o cio fez. O ciclo de calor era projetado para acomodar um Alfa no cio. Daí o desligamento mental. Mas agora...

Estremeci quando ele fez algo no meu clitóris.

Um toque rápido.

Seguido por seu polegar, que aplicou uma pressão sutil

e se moveu em um círculo sensual que fez meus joelhos ameaçarem ceder. Seu toque criou um incêndio no meu ventre que se espalhou por minhas veias e me deixou tremendo de forma incontrolável.

Magia, pensei. *Esse macho é cheio de magia.*

Até seus lábios pareciam chamas contra minha pele, cada beijo parecendo uma marca que me queimava até a alma e atiçava o inferno dentro de mim. Dessa vez, seu nome me escapou em um gemido e seus movimentos aumentaram de forma sutil, o que transformou aquela queimação em uma dor deliciosa.

Mas seus movimentos criaram um vazio entre minhas pernas que me fez gemer. Ele não estava me comendo onde eu queria. Seu nó não estava roçando o lugar profundo que eu ansiava. Protestei com um gemido, pois meu orgasmo iminente não tinha a conexão que eu precisava.

Ele estocou com mais força, como se para compensar a falta de sensação em minha outra entrada. Isso não ajudou. Só aumentou meu desejo por ele.

— Kazek — choraminguei, inclinando a cabeça para frente em um orgasmo que fez pouco para acalmar o turbilhão em meu abdômen.

Seu prazer seguiu o meu e jatos de sêmen banharam o meu interior na direção errada.

Não havia nó, meu ânus não era adequado para acomodá-lo.

Ele apoiou a testa em meu ombro e seu corpo tremia de êxtase.

— Preciso de mais — ele rosnou. — Preciso da sua boceta.

Gemi em aprovação e depois gritei quando ele saiu de mim. Minha pele se arrepiou com o ar frio e meus ouvidos se animaram ao som da água corrente. Será que ele pretendia que transássemos no chuveiro?

Apoiei a testa no colchão com esse pensamento, e meu corpo se recusou a se mover. Eu precisava de pelo menos cinco minutos antes de conseguir ficar de pé. Talvez até mais.

Fechei os olhos e me concentrei na respiração, sentindo o fogo subir a níveis ensurdecedores em minhas veias.

— Kazek — sussurrei. — Me carregue.

Se ele me ouviu, não me respondeu, mas voltou, e seu calor era como uma manta bem-vinda de familiaridade que me fez erguer a cabeça o suficiente para observar sua aproximação. Ele estava molhado, com o pau brilhante e exigente de desejo.

De repente, me senti muito parecida com aquela cabeça roxa furiosa.

— Você me lavou?

Ele arqueou uma sobrancelha, sem dizer nada em resposta.

Me forcei a ficar de joelhos e enterrei as unhas em seu peito para me equilibrar.

— Você me lavou, não foi? — Arranhei seu abdômen até a virilha e me inclinei para cheirá-lo. Um rosnado deixou minha garganta, e minha loba ficou furiosa com o cheiro inaceitável.

— Arrume isso. Arrume agora.

Ele curvou os lábios em um sorriso feroz.

— Ah, eu pretendo, Ômega. — Ele me empurrou para trás na cama e se acomodou entre minhas coxas, com a excitação provocando a minha enquanto ele se apoiava nos cotovelos de cada lado da minha cabeça. — Meu esperma vai estar escorrendo de você quando eu terminar.

— E você vai ficar coberto com a minha umidade.

O lobo me encarou.

— Com certeza vou. — Ele me penetrou devagar, prolongando o momento. Arranhei suas costas, querendo que ele se movesse mais rápido, mas ele permaneceu no controle, com os olhos fixos nos meus enquanto penetrava centímetro por centímetro.

— Mais.

— Não.

Eu rosnei.

Ele rosnou de volta, o que fez a minha boceta se contrair de desejo.

— *Por favor* — implorei.

— Não. — Ele baixou a cabeça em meu pescoço, cobrindo a marca de reivindicação com os dentes e a mordeu de novo, para fazer o sangue jorrar.

Eu gritei, arqueando contra ele, mas fui segurada enquanto ele me penetrava por completo e permanecia lá.

Cravei os dedos em seus ombros, fazendo-o sangrar, e deixei pequenas marcas de lua crescente que satisfizeram minha loba.

Ele lambeu a ferida em meu ombro, e sua boca estava pontilhada de vermelho quando ele se afastou. A visão me deixou com inveja. Então, me ergui o máximo que pude e lambi as marcas que deixei em seus ombros.

Ele me observou com cuidado e mil pensamentos passaram por suas íris azul-escuras.

Então, bem devagar, ele pressionou os lábios nos meus.

Eu me assustei debaixo dele, chocada com a sensação estranha de seu beijo. Transamos várias vezes, mas não fizemos isso. E a maneira como ele agiu me disse que ele não fazia isso com frequência, se é que já tinha feito. Não era que ele não fosse bom nisso, eu tinha certeza de que Kazek podia fazer qualquer coisa que colocasse na cabeça, era o jeito como ele me observava com admiração enquanto me beijava.

Ele se afastou com os olhos brilhando de emoção.

Eu olhei para ele.

Ele olhou para mim.

Então, sua boca se uniu a minha, e ele me devorou com a força de um Alfa perdido em seu cio.

Mas ele não transou comigo com a mesma ferocidade. Em vez disso, seus quadris se moviam devagar, seu pau deslizava para dentro e para fora de mim de maneira hipnótica que ele combinou com o movimento de sua língua.

Me perdi nele naquele momento.

Cada parte de mim era dele, incluindo meu coração. E tudo o que eu podia fazer era me deixar levar.

Isso durou minutos, ou talvez horas, seus lábios e língua reivindicavam os meus, assim como seu pau tomava meu corpo.

Gozei em uma onda de calor e êxtase.

Atingi o ápice novamente com tremores que me abalaram até o âmago.

Cheguei ao clímax com um grito que jurei que poderia ser ouvido até no Território de Inverno.

E caí em um abismo de esquecimento com seu nó dentro de mim.

Perdemos a noção do tempo, assim como no meu estro. Ele me alimentou com nossa excitação misturada, depois me beijou para compartilhar o sabor. Me fez chupá-lo e esfregar meu rosto em sua virilha antes de retribuir da mesma forma, se banhando em nosso êxtase compartilhado.

Meu cabelo estava uma bagunça.

Meu corpo coberto de evidências de nosso ato de amor e sexo. Havia contusões, marcas de mordida, arranhões e fluidos que deveriam ter me enojado, mas não o fizeram.

E foi exatamente assim que saímos de sua cabana.

De mãos dadas.

Nosso acasalamento claro para o mundo.

Cada passo nos aproximando das festividades do Território Nórdico.

Cada passo fortalecendo ainda mais a minha fé nele.

Alfa Kazek era meu. E esta noite, ele faria com que todos soubessem que eu era sua.

KAZEK

Uivos ecoaram no ar da noite enquanto nos aproximávamos da praça principal do Território Nórdico. Rosnados masculinos de aprovação reverberavam contra meus sentidos.

Winter ficou nua ao meu lado, sem vergonha, sua linda pele clara iluminada pela lua. Meu lobo ronronou de contentamento, aprovando seu cheiro e estado imundo.

— Você está linda — sussurrei em seu ouvido. — Eu amo que você é minha.

Ela sorriu e se moveu para os meus braços, pressionando o nariz contra meu peito enquanto buscava meu conforto. Aumentei o ronronar em meu peito para ela e beijei o topo de sua cabeça enquanto encontrava o olhar de Ludvig.

Ele inclinou o queixo em clara aprovação, assim como todos os Alfas que se aproximavam para dar suas bênçãos à união. Eles não falaram, apenas cheiraram o ar e assentiram com respeito e reconhecimento.

Minha companheira permaneceu presa em meu abraço, com o rosto pressionado contra minha pele como se tentasse inalar minha essência. Ela não estava com medo. Apenas satisfeita. O brilho pós-orgasmo em sua aparência era um espetáculo que agradava muito ao meu lobo.

Eu a fiz parecer assim.

Eu a marquei com o meu cheiro.

Eu transei com ela em uma bela submissão.

E adorei cada minuto disso.

— O Território de Inverno segue esse ritual? — perguntei a ela baixinho, me referindo ao ato dos lobos cheirarem e assentirem com aprovação.

— Não, mas acasalamentos como esse são raros — ela sussurrou contra minha pele. — Não acolhemos novos membros com frequência.

— E quanto a Enrique? — Ele não era originalmente do Território de Inverno.

Alana se aproximou, sorrindo. Ela não falou, mas sua expressão me disse que estava feliz por mim.

Winter ou não a notou ou não se importou. Permaneceu calma e satisfeita em meus braços, seu corpo se derretendo no meu.

Alana piscou e se afastou, deixando clara a sua aceitação e abriu caminho para o próximo lobo na fila. *Joel*. Ele inclinou a cabeça com relutância, mas não reagiu.

Mais Alfas se apresentaram. Aqueles com Ômegas chegaram como um par, dando as boas-vindas a Winter de forma semelhante.

Então vieram os Betas.

O ritual durou cerca de trinta minutos, com todos os membros do Território Nórdico se aproximando e dando as boas-vindas a ela na alcateia com o costumeiro aceno de cabeça. Alguns chegaram até a se curvar.

Em certo momento, Winter se virou para assistir, com as costas pressionadas contra meu peito. Apoiei o queixo em sua cabeça e mantive meus braços ao seu redor. Tudo parecia muito natural. Certo. Fui um tolo em pensar que nunca queria isso. Winter me completava de uma forma que ninguém mais jamais fez, e eu a adorava ainda mais por isso.

Mick foi o último a se aproximar de nós, com a expressão tensa ao reconhecer nosso acasalamento. Franzi a testa para ele e estendi a mão para segurar seu ombro, mas ele balançou a cabeça como se dissesse *agora, não*.

Eu sabia que não deveria pressioná-lo, então voltei a abraçar Winter e arqueei uma sobrancelha para Ludvig quando ele se aproximou do nosso lado.

— Vá se preparar para o churrasco da meia-noite. Você vai entender.

Ah, tem algo a ver com a apresentação da Ômega escrava, traduzi. Aquela Ômega parecia o estar deixando louco. Ele só me visitou uma vez no campo nos últimos três dias. Normalmente, eu não o conseguia fazer ele sumir. Agora ele parecia praticamente inexistente.

— Nos vemos em uma hora — respondi antes de baixar os lábios no ouvido de Winter. — Venha comigo, princesa.

Ela deixou que eu a levasse para fora da clareira, ainda em seu estado sonhador após nossa relação sexual. Eu já tinha visto Mila nesse mesmo estado uma vez. Ela se aninhou no colo de Ludvig em seu escritório, tornando impossível para que ele comparecesse a uma reunião. Sem cerimônia, ele me incumbiu de atender a chamada em seu lugar. Seu divertimento com o estado de sua companheira era palpável.

Eu não entendi a reação dele naquele dia.

Mas agora entendia.

Ela permaneceu ao meu lado enquanto caminhávamos pela trilha recém-escavada, com montes de neve de cada lado. Eu a abracei e sorri quando ela se aconchegou em mim com um suspiro, seus pés parecendo se mover no piloto automático.

Minha cabana ficava muito longe, então a levei para o meu apartamento. Ela não pareceu notar, mesmo quando entramos no elevador e fomos levados para um dos andares mais altos, um que era todo meu. Ludvig também morava neste prédio, assim como Mick.

Winter piscou ao ver as instalações modernas, desviou o olhar para o piso de mármore e carpete macio enquanto caminhávamos em direção à suíte master.

Ela franziu o nariz com os cheiros.

A cama e a roupa de cama eram novas. Ludvig mandou substituí-las enquanto eu aguardava um desafiante. Ele também tomou a liberdade de limpar a casa por completo. Quando ele me contou sobre isso ontem, resmunguei em aborrecimento. Principalmente porque eu estava irritado com a separação. Quando o visse mais tarde, teria que agradecê-lo pela previsão. Se eu tivesse trazido Winter aqui nas condições anteriores, ela teria sentido o cheiro de Alana nos lençóis e ficado bem irritada.

Eu raramente usava esse local, preferindo a cabana. No entanto, para os propósitos desta noite, seria mais rápido tomar banho aqui.

— Por aqui — murmurei, pressionei a mão em suas costas e a guiei para o chuveiro. Ela olhou ao redor, observando as pedras marrons e as paredes de vidro. Seu olhar foi para o grande closet no fundo, depois para as portas duplas que levavam de volta ao quarto e à cama com dossel.

— Por que estamos aqui? — ela perguntou, com a voz ainda com aquele tom sonhador.

Eu a movi gentilmente para trás até ela encostar no vidro, em seguida estendi a mão para abrir o chuveiro. A água fria bateu em minha pele, e meu corpo maior protegeu minha Ômega do frio do jato.

Seus olhos escuros encontraram os meus, a confusão se misturando com o calor em suas profundezas.

Sorri e me inclinei para apoiar minha testa contra a sua.

— É aqui que fico quando estou na cidade. Estamos aqui porque é mais perto do que a cabana e ainda não terminamos com as festividades.

— Não?

Balancei a cabeça e levei as mãos aos seus quadris.

— Não. O Território Nórdico gosta de uma boa celebração. Vai durar a noite toda até o amanhecer.

Ela estremeceu.

— Como as celebrações no Território de Inverno?

Resmunguei.

— Não. Nada como aquela abominável Rainha dos Espelhos criou. — Pressionei meus lábios em seu ouvido. — As nossas envolvem chocolate e vinho.

— C-c-chocolate? — ela repetiu e apoiou as mãos contra meu abdômen.

— Hum-hum — murmurei, e passei meu nariz em sua bochecha. — O Território Nórdico adora doces.

— O Território de Inverno não pode pagar por eles — ela sussurrou.

Sim. O Território de Inverno estava entre os territórios de lobos mais pobres deste mundo. Seu principal recurso era peixe e gelo no Círculo Polar Ártico. Bem, e prostitutas Betas. Mas eu desconsiderava esse infame "recurso". Se voltássemos para tomar o trono de Winter, essa seria a primeira indústria que eu desmantelaria.

Com um aperto em seus quadris, eu nos guiei para trás, debaixo da água mais quente e permiti que ela começasse o processo de limpeza da nossa pele. Winter inclinou a cabeça para trás e abriu a boca, bebeu a substância fresca e tremeu enquanto ela descia por sua garganta.

— Está com fome? — perguntei, percebendo que falhei em alimentá-la adequadamente após o sexo. Nem sabia se ela tinha comido nos últimos dias.

Ela assentiu, então abriu a boca e bebeu mais água.

Eu suspirei.

— Eu deveria ter te alimentado.

— Você me alimentou — ela murmurou, e seus olhos escuros se abriram e encontraram meu olhar com um brilho travesso. — Você me alimentou muito bem.

Resmunguei.

— Eu quis dizer com comida.

— Eu sei — ela respondeu e curvou os lábios em um sorriso atrevido que me deu vontade de beijá-la. — O Alfa loiro me trouxe carne enquanto eu estava em forma de lobo. Eu quis dizer que estava com fome de você.

Um ronronar soou em meu peito. Meu lobo estava satisfeito com sua resposta provocante e seu sorriso travesso. Mas eu também queria saber quem a alimentou para poder agradecer ao Alfa mais tarde.

— Ludvig te deu comida?

Ela balançou a cabeça.

— Não. O loiro que compareceu à cerimônia de noivado com você.

— Mick. — Ele realmente era um bom lobo.

— Esse é o nome dele? — ela perguntou e inclinou a cabeça para frente para molhar seu cabelo. — Ele parece ser legal, mas a Kari não gosta dele.

— Kari? — repeti.

— Aham. — Ela assentiu. — A Ômega que o Território Bariloche enviou para ser a amante de Enrique.

Ah, a Ômega escrava.

— Você a conhece bem?

— Não muito — Winter disse, curvando os lábios para baixo. — Ela não é fã de Alfas.

— Imagino que não — respondi. — Eles a transformaram em escrava por causa do nó.

Winter parou e seus ombros ficaram rígidos.

— Ludvig fará o mesmo?

— Não sei — admiti. — Ela é propriedade do Território Nórdico agora. Como Alfa do Território, ele decidirá o que é melhor para ela.

Ela não apreciou a resposta. Sua expressão não tinha mais aquele aspecto sonhador, mas sim de raiva. *Minha fêmea feroz está entrando em ação.*

— Me conte seus pensamentos — eu a encorajei.

— Você não vai gostar deles. — O rosnado baixo em seu tom me divertiu.

— Me conte mesmo assim.

Ela engoliu em seco, em seguida, encontrou corajosamente meu olhar.

— Talvez Alfa Ludvig devesse conversar com ela antes de determinar o que é melhor para ela. A menos que tudo o que ele se importe seja com o corpo dela, caso em que ele não será melhor do que a Alfa Vanessa.

Ah, eu estava feliz que ela disse isso para mim e não para Ludvig diretamente. Ele não teria gostado da acusação.

— Talvez você deva esperar para ouvir o veredito dele antes de emitir um julgamento — argumentei. — Alfas são responsáveis por proteger os fracos. Não é um fardo fácil, pequena. — Envolvi minha mão na parte de trás de seu pescoço. — É por isso que ainda não decidi o que quero fazer com o trono do seu Território de Inverno. Assumir todas aquelas vidas é uma responsabilidade pesada. Não tenho certeza se quero essa responsabilidade.

Ela semicerrou o olhar e eu a distraí do que quer que ela quisesse dizer ao virá-la para longe de mim.

— Pegue o shampoo — eu disse.

Ela obedeceu, mas seus movimentos rígidos me disseram que não estava satisfeita.

Passei os dedos por seu cabelo e desembaracei os nós causados por nossa transa intensa. Ela lentamente se derreteu em mim, me permitindo cuidar dela e adorá-la do jeito que ela merecia. Condicionei seus fios e, em seguida, peguei o sabonete e acariciei cada centímetro seu até que ela se transformasse em uma poça líquida diante de mim.

Eu adorava como ela respondia ao meu toque. Isso fortalecia minha reivindicação e me fazia sentir digno de adorá-la.

Winter apoiou a testa em meu peito enquanto eu lavava meu cabelo. Então, entreguei o sabonete a ela e a deixei explorar meu corpo o quanto quisesse. Ela murmurou de aprovação enquanto meu pau respondia a seus toques e carícias em meu abdômen.

— Continue me olhando assim, linda, e farei com que você me lave com a boca.

Ela olhou para mim de joelhos, parecendo uma feiticeira tramando sua sedução. Tocou a cabeça do meu pau com a língua, provocando um gemido profundo. Puta merda, essa fêmea ia me destruir. Não tínhamos tempo. Eu disse a Ludvig que voltaríamos em uma hora, e já havia se passado pelo menos trinta minutos.

— Me alimente — ela sussurrou contra minha carne dura. — Por favor.

— Puta merda — rosnei, já com os dedos entrelaçados em seu cabelo para guiá-la para frente.

Ela não perdeu tempo em abrir os lábios carnudos e realizar a fantasia que criei em minha mente uma semana atrás sobre sua boca sedutora. Ela já me provou várias vezes durante seu cio, um talento definitivamente aperfeiçoado por alguém em seu passado. No entanto, isso parecia diferente. Mais íntimo. Mais certo. Eu gostava de vê-la consciente e querendo fazer isso, de vê-la tomar o controle de sua própria maneira sensual.

O calor percorreu meu interior com a sensação de sua língua aveludada acariciando meu pau, sua boca aplicando pressão nos lugares certos.

Perfeição completa e absoluta.

Meus músculos se contraíram em apreciação, e bloqueei a água com as costas para evitar que Winter se afogasse. Não que ela parecesse estar prestando atenção a qualquer coisa além do meu pau em sua boca. Ela estava ocupada demais me transformando em sua próxima refeição.

Humm, eu adorava essa dança de controle. Ela queria me devorar, me levar ao limite. Podia ver isso em seus olhos enquanto ela me olhava. Minha pequena Ômega queria liderar.

Isso nunca ia acontecer.

Mas eu a recompensaria com o alimento que ela ansiava.

Depois a penetraria com força, várias vezes.

Que se danasse a festa de celebração. Sua boca bonita envolta em torno do meu pau era muito mais importante que a porcaria de uma fonte de chocolate.

Seus olhos sorriram como se ela pudesse ouvir meus pensamentos, e ela me chupou com mais intensidade. Minhas coxas se contraíram, o inferno queimava cada vez mais dentro de mim.

— Assim mesmo, Winter — eu a encorajei, minha voz soou em um rosnado baixo.

Sua garganta vibrou enquanto ela engolia a cabeça, me

levando mais fundo a cada movimento de sua boca viciante.

— Puta merda. — Essa expressão estava se tornando uma das minhas favoritas em sua presença.

Ela não recuou, moveu os lábios em um padrão hipnótico que eu não conseguia parar de observar. Suas pupilas se dilataram enquanto ela me levava ainda mais fundo, o que me fez apertar os dedos em seu cabelo enquanto meu corpo reagia a seu movimento pecaminoso.

— Engula, baby — exigi, enquanto meu prazer explodia por sua garganta. — Cada gota.

O comando não era necessário. Ela praticamente bebeu de mim, com o rosto corado de excitação enquanto eu lhe proporcionava o sabor que ela desejava.

Meu Deus, como eu poderia ter desejado viver sem uma companheira Ômega?

Vê-la agora me levou a outro estado de ser que eu nunca soube que existia. Essa pequena loba era toda minha. E ela *gostava* disso.

Eu a levantei do chão e sorri quando ela soltou um som de protesto. Ela não gostou que eu tivesse tirado meu pau de sua boca. Eu rapidamente resolvi o problema, penetrando em seu calor úmido e envolvi suas pernas ao redor da minha cintura.

Seu gemido de aprovação atingiu em cheio minha virilha, e meu nó pulsou por ela.

— Aguenta firme, baby — murmurei.

Ela segurou meus ombros e cravou as unhas enquanto eu a pressionava contra a parede.

Não dei chance a ela de comentar como queria ser tomada. Decidi por nós dois, e seus uivos de êxtase me disseram que escolhi corretamente.

Forte.

Rápido.

Urgente.

Uma reivindicação em cima de uma reivindicação. Uma forma de agradecer por ela ter me chupado enquanto também nos unia de uma forma que apenas Alfas e Ômegas podiam.

Ela gritou em minha boca, e sua língua duelou com a minha enquanto nos perdíamos naquele lugar escuro onde perdemos a noção do tempo.

Essa fêmea era como uma droga.

Eu não conseguia ter o suficiente.

Mesmo enquanto meu nó pulsava dentro dela, liberando ainda mais do meu sêmen em seu ventre, tudo o que eu conseguia pensar era em tomá-la novamente.

— Você me destruiu — admiti em um sussurro, com a testa apoiada na dela. — Eu nem sei mais quem sou com você.

Ela tremeu com minhas palavras, a respiração rápida e ofegante pela ferocidade de nosso acasalamento.

— Eu... — Ela inspirou para tentar novamente. — Eu quero que você — ela deu outra pausa para respirar fundo — seja meu rei.

Isso não era o que eu esperava que ela dissesse depois de nossa experiência, mas também não me surpreendi. Suspirei contra sua boca e ergui a cabeça para encontrar seu olhar pesado.

— Não tenho certeza se posso fazer isso, Winter.

— Por quê? — ela perguntou, com a voz rouca adorável, que indicava que eu havia feito meu trabalho bem-feito. Meu lobo se exibia em resposta enquanto eu considerava sua pergunta. Ela merecia uma resposta honesta. Alguns Alfas talvez dissessem a ela para não se preocupar, mas eu não era assim. Eu preferia ter uma parceira, semelhante à forma como Ludvig e Mila trabalhavam juntos.

O que significava que eu precisava me abrir para minha companheira.

Explicar minhas escolhas. Minha origem. Contar a ela quem eu era e como eu me tornei essa pessoa.

Assenti, decidindo que uma conversa mais longa era necessária.

Isso também era mais importante do que uma festa.

Eu precisava satisfazer a mente da minha Ômega, assim como fiz com seu corpo.

— Tudo bem. — Desliguei o chuveiro e a carreguei para a cama, sem me importar com a poça que criamos pelo caminho. Nossos corpos ainda estavam unidos, então me deitei de costas com ela sentada em cima dos meus quadris.

Ela levou as mãos ao meu peito e franziu a testa.

— Tudo bem? — ela repetiu.

— Sim. Tudo bem, no sentido de que vou te dizer por que ainda não posso me comprometer com o Território de Inverno. — Apoiei a cabeça nas almofadas atrás de mim e toquei sua bochecha, passando o polegar pelos lábios inchados. — Eu nunca fui líder. E nunca tive o desejo de liderar. Eu trabalhava sozinho como humano, e ainda o faço agora. É minha preferência.

Ela inclinou a cabeça para o lado.

— Por quê?

— Porque eu cortejo a morte, linda. É mais fácil enfrentá-la sozinho.

— Não entendo.

Curvei os lábios.

— Eu sei. Para entender, preciso te contar sobre a minha vida antes de me tornar lobo. Na época em que me chamavam de Caçador.

WINTER

A história de Kazek pintou uma imagem em minha mente sublinhada em vermelho.

Ele não era apenas letal, mas selvagem.

Um assassino de aluguel.

Um assassino rebelde.

Era chamado de *Caçador* porque esse era literalmente o seu trabalho: caçar homens. Homens maus. Em todo o mundo, em uma época em que os lobos eram um segredo.

Ele me encarava com a cabeça apoiada na mão. Depois que seu nó diminuiu, ele me virou de costas e me lambeu, depois me beijou com uma paixão que ainda pulsava em minhas veias. Suas ações eram as de um amante, não de um assassino, mas o predador espreitava em seu olhar pecaminoso. Kazek podia ter nascido como mortal, mas o macho dentro dele era todo lobo.

— Você matou um Alfa quando era humano — eu disse, nos trazendo de volta à discussão que estávamos tendo antes de ele me devorar.

Ele assentiu.

— Foi uma missão patrocinada por uma organização governamental que não conseguia rastrear o cara com suas próprias equipes. Então eles a enviaram pelos canais freelance, e como sempre gostei de um bom desafio e este me agradou, eu a peguei.

— Foi assim que você conheceu Ludvig. — Essa foi a parte sobre a qual ele começou a falar quando seu nó me libertou.

— Sim. Sem que eu soubesse, Ludvig desafiou meu alvo devido a uma disputa de território. Eu matei o cara antes que ele pudesse executar sua sentença. Desnecessário dizer que ele ficou irritado. Eu só o vi como uma testemunha que precisava ser eliminada, mas o filho da mãe se moveu mais rápido do que era humanamente possível e quase arrancou meu coração. — Ele riu e balançou a cabeça.

Kazek definitivamente não via situações de vida e morte de maneira típica.

Na verdade, nada do que ele fazia parecia *típico*.

Incluindo como ele me tratava.

— O que o impediu de concluir o assassinato? — perguntei.

Ele curvou os lábios.

— Eu disse a ele que estava grato por morrer para um oponente digno. Ele ficou chocado com a minha arrogância e surpreso com a calma com que dei o veredicto da minha morte iminente. Desmaiei antes que ele pudesse terminar e, mais tarde, acordei em um laboratório. O médico deveria ajudar a me curar. Ele escolheu interpretar essa exigência um pouco diferente do que era pretendido, e acabei me tornando um lobo Alfa no processo.

Arregalei os olhos.

— Foi assim que você se tornou metamorfo?

— Sim. Um pequeno acidente feliz. — Ele deu de ombros. — Ludvig me recrutou para trabalhar para ele logo após isso. Tenho sido seu principal executor desde então.

— E você não vê isso como uma posição de liderança porque prefere trabalhar sozinho — eu disse, traduzindo tudo o que ele me contou até agora. — Você sabe lidar em termos de morte, mas não de vida.

As pupilas dele piscaram, o lobo reagiu às minhas palavras.

— Sim. — Ele piscou. — Raramente durmo nesta cama. Sabe por quê?

Sim.

— Você prefere a solidão da sua cabana. — Isso era evidente na aparência vivida da casa em comparação com esse apartamento muito mais frio. — Você não é um animal de alcateia, mas um lobo solitário. — Ele deixou isso claro quando me levou de volta para sua cama e acasalou comigo sem consultar ninguém. Ele era um macho que fazia o que queria quando queria. Mas esse comportamento era exatamente o que o tornava um Alfa.

Todos os lobos dominantes escolhiam comandar.

Todos os Alfas reivindicavam Ômegas em seus próprios termos.

— Os Alfas são destinados a liderar — eu disse. — Mas você pode escolher seu próprio método.

— Nem todos os Alfas querem liderar. Incluindo eu.

— Não importa o que você quer. Os Alfas nascem com a responsabilidade de proteger os outros. Não fazê-lo desafia o propósito de sua existência.

Ele ergueu as sobrancelhas.

— Isso é o equivalente a dizer que as Ômegas só existem para aceitar o nó.

Eu ri.

— A maioria dos Alfas diz isso. — Ou pelo menos, era

o que eu fui criada para entender. Minha experiência com Alfas era bastante limitada.

— Você quer que eu seja como a maioria dos Alfas? — Kazek me perguntou, com um tom perigoso em sua voz. — Transar com você como minha obediente escrava Ômega e te dar uma ninhada de meus filhotes?

Estremeci com a imagem, e uma parte obscura de mim sussurrou *sim* para suas perguntas.

Ele semicerrou o olhar.

— É isso que você quer? — ele pressionou, usando a mão livre para segurar minha garganta enquanto ele se movia sobre mim. — Você quer que eu te use, Winter? Que transe com você até o clímax? Que acasale sempre que a necessidade surgir? — Seus quadris encontraram os meus, e minhas pernas se abriram automaticamente para acomodá-lo.

Gemi com suas palavras, odiando a fraqueza que se agitou dentro de mim. Ele estava me ameaçando. Eu podia ver isso em seu olhar, na intenção selvagem por trás de suas palavras. Uma confirmação minha e ele me prenderia em sua cama. E uma voz traiçoeira em minha cabeça queria que eu permitisse.

Seria tão mais fácil depender dele, me esquecer de mim mesma e me tornar apenas a Ômega dele.

Prazer por dias.

Cuidar de filhotes.

Viver uma vida dentro do meu ninho, esperando meu Alfa voltar e brincar.

— Merda, Winter — ele sussurrou, parte da expressão sombria deixou suas feições quando ele apoiou a testa contra a minha. — É isso que você quer de mim?

Era? *Sim. Não.*

— Não sei.

Seus lábios tocaram os meus. Doce. Casto. Gentil. Não era nada do que eu esperava dele.

— Eu gosto da sua luta, Winter.

Ele capturou uma das minhas mãos e a puxou sobre a minha cabeça.

— A maioria dos Alfas desejaria acabar com seus hábitos desobedientes — ele murmurou.

Segurou meu outro pulso e o levantou para se juntar ao outro, me prendendo por completo debaixo dele.

— Mas eu ficaria entediado com uma companheira obediente. — Ele arrastou os lábios pelo meu rosto até minha orelha. — Eu preciso de um desafio. Isso torna a recompensa muito mais doce. — Ele mordeu meu pescoço e saiu de cima de mim.

Ofeguei com a perda de seu calor.

Ele riu e balançou a cabeça.

— Você é uma coisinha insaciável, mas já estamos atrasados. Vamos para as festividades. Discutiremos minha falta de desejo de liderança depois. — Seus íris escuras capturaram as minhas mais uma vez. — Tire esta noite para pensar no que você quer de mim, Winter.

Franzi a testa quando ele se virou, com o coração batendo loucamente em meu peito.

Como passamos de discussões sobre retomar meu reino para eu não saber o que queria dele? *Porque ele acabou de oferecer uma alternativa*, aquela voz sombria sussurrou em minha cabeça.

— Como seria a vida se ficássemos no Território Nórdico? — perguntei, me sentindo atordoada só de considerar a possibilidade de permanecer aqui. Fugi com a esperança de encontrar ajuda. Mas nunca pensei além daquele momento ou em como exatamente planejava implementar essa assistência.

Para retomar o Território de Inverno.

Reclamar meu trono.

Matar Vanessa.

Mas a maioria dessas ideias eram recentes, derivada da percepção da forma horrível que a Rainha dos Espelhos me enganou.

E se eu a deixasse vencer e ficasse aqui? O que isso significaria para mim e Kazek? O que isso faria com os meus sete protetores?

— Venha para a festa comigo e descubra — Kazek respondeu ao colocar uma caixa na cama. — Seu nome está aqui. Acredito que o vestido dentro seja um presente da Ômega Mila, companheira de Ludvig. — Ele disse o nome com uma ternura que me irritou.

Kazek deve ter percebido, porque ele sorriu.

— Sua possessividade me intriga. — Ele se inclinou sobre mim para dar um beijo em minha boca. Em resposta, mordi seu lábio, irritada com o comentário. — Humm, aí está minha lutadora.

Ele me lambeu e sua língua dominando a minha de uma forma que me deixou tremendo debaixo dele mais uma vez.

Como era possível que alguém controlasse meu corpo com tanta habilidade? Um simples toque me incendiava. Um beijo destruía minha capacidade de processar o pensamento.

Quando ele se afastou e me disse para colocar o vestido, eu obedeci. E só quando ele terminou de pentear meus cabelos que a realidade começou a voltar à minha mente.

— Você é como uma droga — murmurei, engolindo em seco.

Ele riu e mordeu o ponto de pulsação em meu pescoço, seus dentes provocando uma onda de deseja por minha espinha até o ápice entre minhas coxas. Me contorci e a seda do vestido sussurrou sobre minha pele em resposta.

— Você está linda — ele disse contra minha orelha, com o peito pressionado em minhas costas. Em algum momento, ele vestiu calça preta e camisa social. Nossa aparência no espelho do chão ao teto era elegante, mesmo com o brilho atordoado em meu olhar.

— Por que sinto que estou sonhando?

— É a névoa do acasalamento — ele explicou. — Ou um humano provavelmente diria que você se perdeu no subespaço.

— Subespaço? — repeti.

— O local para onde um submisso vai mentalmente durante o sexo.

Franzi a testa.

— Não estamos transando.

— Infelizmente, não. — Ele sorriu para mim no espelho e me abraçou por trás. — É como os humanos do meu mundo comparariam isso. Mas somos lobos. Não precisamos de sexo para ter certas sensações.

— Você não está afetado — apontei enquanto me derretia contra seu peito. A camisa macia acariciou minha espinha, me mantendo aquecida no vestido delicado. Era preto, com as costas abertas e um decote profundo em V. A saia tinha fendas nas duas pernas até o meio das coxas, tornando-a uma das roupas mais sensuais que já usei.

Vanessa teria um ataque se me visse agora. Ela preferia que eu estivesse quase totalmente coberta. Apenas a Rainha dos Espelhos poderia usar roupas tão eróticas como estas.

Kazek pressionou a ereção em minha bunda.

— Ah, eu estou afetado, linda. Confie em mim.

— Mas não está atordoado.

— Não. Apenas Ômegas experimentam essa parte do

êxtase do acasalamento. Suspeito que seja resultado do seu ciclo de estro incompleto. Você deveria ter ficado no cio por uma semana, não por quatro dias. — Ele pressionou os lábios em minha têmpora e me soltou para colocar o pente de volta na bancada. Nem percebi que ele ainda o segurava.

Ele voltou um momento depois com um par de sapatos de salto.

— Parece que a Mila pensou em tudo.

Em vez de entregá-los a mim, ele se ajoelhou e os colocou em meus pés, fechando as tiras em volta dos meus tornozelos com dedos ágeis. Ele passou os dedos pelas minhas pernas ao se levantar e o tecido preto como azeviche se abriu para ele no caminho.

— Saber que você está nua por baixo disso vai me deixar louco — ele admitiu baixinho.

— Eu estava nua para a cerimônia — apontei.

— E encharcada do êxtase do sexo comigo. — Ele segurou meu pescoço para me puxar para perto. — Agora você está vestida de seda e exposta para o mundo admirar. Vai exigir muito autocontrole para não te comer na frente de todos. — Ele me presenteou com um beijo rápido e um sorriso lupino. — Posso não experimentar o êxtase do acasalamento, mas estou me afogando em desejos possessivos, baby.

Meu ventre deu uma pequena reviravolta.

— Eu também me sinto possessiva.

— Eu sei. — Seus lábios se curvaram. — Você rosnou quando mencionei a companheira de Ludvig.

— Mesmo?

Ele assentiu, com o olhar brilhando de diversão.

— Sim. E eu gostei.

Minhas bochechas coraram com a confirmação da minha reação e a maneira como ele me elogiou por isso.

Esse negócio de acasalamento era uma forma de vida completamente nova. Eu só precisava descobrir como navegar corretamente por isso.

— Vamos — ele disse.

Todos os móveis modernos de seu apartamento passaram em um borrão enquanto ele me conduzia para fora, até o elevador. Eu tinha lido sobre muitos desses móveis, mas ver tudo isso era totalmente diferente.

Meu estômago se revirou com o movimento do elevador, mas rapidamente se acalmou assim que Kazek me guiou para fora. A lua brilhava no céu, a falta de iluminação no território permitia um belo brilho que agradava minha loba. O Território de Inverno era semelhante, nossa lua sempre era uma esfera brilhante na noite estrelada.

Seguimos por caminhos pavimentados, com a neve cintilando nas paisagens de prédios coloridos. Quando passamos pela praça vazia da cidade, franzi a testa.

— Não vamos nos encontrar aqui?

— Não. Temos um local mais quente para grandes eventos. — Sua palma queimava contra minha lombar, seu passo longo e seguro ao meu lado. — Imagino que Ludvig queira nos anunciar quando chegarmos.

Isso fazia sentido. Vanessa sempre exigia ser anunciada ao entrar em um evento. Sempre era "Alfa Vanessa, Rainha dos Espelhos". Ela até usava a coroa da minha mãe.

Cerrei os punhos.

Ela não merece aquela coroa.

Mas eu não poderia recuperá-la dela sem a ajuda de Kazek. Não porque eu temesse sua força, havia outras maneiras de derrubar uma Alfa arrogante, mas porque não poderia ir ao Território de Inverno sem ele. Os últimos três dias me mostraram o que aconteceria se nos separássemos, e nem estivemos muito longe um do outro.

O que significava que eu precisava que ele me acompanhasse voluntariamente.

No entanto, ele não queria liderar. Isso seria um problema, porque o Território precisaria de um novo líder sem Vanessa. E se não assumíssemos o comando, outra pessoa o faria.

Eu não podia permitir que isso acontecesse com o meu reino.

Também não poderia ficar aqui e permitir que Vanessa continuasse a governar.

Parei de andar, o que fez com que Kazek vacilasse no meio do passo e se virasse para mim com uma sobrancelha arqueada. Estávamos do lado de fora de um prédio enorme decorado com vidro e painéis coloridos. Vozes e música baixa reverberavam lá dentro, sugerindo que este era o nosso destino.

— Winter? — meu companheiro chamou, com a expressão exalando paciência e um toque de preocupação. Me perguntei se isso era uma emoção nova para ele.

Kazek me parecia o tipo que raramente sentia emoção por qualquer coisa ou pessoa. No entanto, era óbvio que ele se importava comigo. Eu sabia que era o vínculo que o forçava a sentir, mas isso não impediu a sensação de calor dentro do meu coração. Esse Alfa perigoso e letal me escolheu. Me reivindicou. E, à sua maneira, também estava me respeitando.

Foi o que me deu coragem para dizer a ele:

— Quero meu reino de volta.

KAZEK

As PALAVRAS de Winter foram uma adaga em meu coração. Mesmo depois de tudo o que compartilhamos, ela ainda queria que eu assumisse a responsabilidade de seu antigo lar.

Cada ação carregava consequências.

Acasalar com ela exigia que eu reconhecesse a bagagem que a acompanhava. Um bom Alfa tomaria de volta o trono e reivindicaria seu direito de primogenitura. Mas eu nunca me considerei bom. Na verdade, me considerava exatamente o oposto.

— Sou um lobo solitário — eu a lembrei. — Não quero liderar. — Já era difícil o suficiente tê-la dependente de mim. Um reino inteiro? Não, obrigado.

— Você me pediu para dizer o que eu quero. Então estou dizendo. Eu quero que a Vanessa pague pelo que fez. Quero proteger o meu povo. Quero viver o meu legado como Rainha do Território de Inverno. E quero que você se torne o rei.

Uma declaração muito pesada.

— Você está me pedindo muito — eu disse.

Ela assentiu.

— Eu sei. Mas Alfas foram feitos para carregar o fardo.

— E as Ômegas foram feitas para receber o nó —

retruquei, irritado com essa discussão. Já passamos por isso. Se ela queria viver de acordo com as expectativas da sociedade, isso deveria funcionar nos dois sentidos.

— Sim. E recebi o seu nó várias vezes esta semana. Agora é a sua vez de fazer o seu trabalho. — O fogo em seu olhar me excitou e enfureceu ao mesmo tempo.

— Eu salvei sua vida, Ômega. Eu a reivindiquei na frente do meu Território. Não me pressione por mais. Não agora.

— Você age como se isso fosse um sacrifício. Nós dois sabemos que você gostou. Agora que estou te pedindo para fazer algo difícil, você está se recusando.

Arqueei as duas sobrancelhas.

— Você está tentando me provocar para uma briga?

— Não. Estou tentando fazer você entender que o que estou te pedindo é a coisa certa a se fazer. A Vanessa não pode ter acesso total ao meu trono. Precisamos removê-la.

— Você quer dizer que eu preciso removê-la. — Tirei a mão das costas de Winter e me afastei dela. — Não adoce a situação, linda. Você quer que eu entre e destrua a Alfa do Território, depois assuma o controle e lidere. É uma tarefa difícil.

— É o seu dever.

— Então faça o seu dever, tire esse vestido e se incline.

— Não. — Ela cruzou os braços e me olhou com raiva. — Fiz a minha parte por uma semana. Agora é a sua vez de fazer a sua.

Fiquei boquiaberto.

— Você acabou de me negar?

— Sim. E eu continuarei te negando até que você faça o seu trabalho.

Ela estava brincando com fogo. Agarrei sua nuca e a puxei para perto.

— Um grunhido e você se entregará completamente a mim.

Ela não recuou.

— Me force e começarei a te odiar.

— Não vai importar desde que o seu corpo me receba — respondi, passando a mão livre por sua perna para segurar sua boceta. — Você quer jogar pelas regras da sociedade? Então isso é meu. — Passei dois dedos em sua umidade e quase sorri quando suas pupilas dilataram. — Vou te dar o nó dia e noite. Te forçar a se ajoelhar e me lamber até ficar limpo. E vou te deixar sozinha em seu ninho enquanto seu ventre cresce com a minha semente. É isso que você quer?

— Se isso significa que você vai assumir o Território de Inverno e o liderará, então, sim. É o que eu quero.

Merda!

— Você não tem o direito de me dizer o que fazer ou como fazer, Ômega — grunhi. — Posso te prender em uma cama aqui no Território Nórdico e te comer quando eu bem entender. E não há nada que você possa fazer a respeito.

Essa atitude malcriada precisava acabar. Tentei conversar. Abri meu coração para ela de uma maneira que não fiz com ninguém. E mesmo assim, ela continuava me desafiando.

— Você. Não. Está. No. Comando. — Penetrei os dedos em sua boceta molhada com cada palavra contra seus lábios. — Eu sou seu dono, Winter. Não o contrário.

Ela não disse nada, seu olhar se prendeu ao meu com ousadia. Mas percebi o leve tremor de seu lábio inferior. O único indício de derrota tumultuando em sua mente.

Tão teimosa.

Tão majestosa.

Tão bonita que doía.

Eu queria uma lutadora, e ela estava provando a cada segundo que era exatamente o tipo de fêmea que eu ansiava. E aquela rigidez em sua postura só me fazia desejá-la ainda mais.

Eu poderia ameaçar o dia todo torná-la minha submissa e dobrar sua vontade à minha, mas não era o que eu queria. Não de uma parceira de vida.

Mas também não podia permitir que ela controlasse a situação ou tentasse me manipular me negando o acesso ao seu corpo. Esse tipo de impertinência não funcionava comigo. Era infantil e contraproducente.

Ela tinha todo o direito de dizer não.

Mas fazer isso com o único propósito de me irritar não era certo.

Pressionei a boca na sua e fiz uma careta quando ela mordeu meu lábio inferior.

— Você está me provocando de todas as maneiras erradas, linda — avisei enquanto a conduzia para trás, encostando-a na parede do prédio.

— Eu quero meu reino de volta — ela repetiu. — Se você está com medo de assumir a posição que reivindicou, então me entregue a outro Alfa que não tenha medo.

Rosnei.

— Cuidado, Winter.

— Ou o quê? Você vai me estuprar? — Ela riu sem humor. — Faça isso. Me destrua, Alfa. Prefiro um estado mental destruído a estar consciente e saber que meu reino está sofrendo porque meu companheiro não é Alfa o suficiente para liderá-los.

Foi preciso muito esforço para não estrangulá-la.

Retirei os dedos de sua intimidade, decidindo que um orgasmo de castigo não seria suficiente.

Ela precisava ser repreendida de uma maneira completamente diferente por sua falta de respeito.

Depois de tudo o que fiz, ela escolheu me atacar aqui e agora?

Era inaceitável.

Entrelacei os dedos em seus cabelos enquanto apertava de leve sua garganta, apenas o suficiente para impor domínio.

— Você tem muita sorte de ninguém ter ouvido essa pequena explosão, Winter. Porque então eu seria obrigado a repreendê-la publicamente. Sugiro que você se comporte durante a próxima hora lá dentro. Talvez isso me convença a discipliná-la de forma menos severa depois.

— Isso vai te fazer se sentir mais Alfa? — ela retrucou, com o queixo erguido.

— Winter...

— Isso vai ajudar a aliviar o peso de saber que você falhou comigo e com meu povo? — ela interrompeu. — Dominar a Ômega que você já possui?

Rosnei, meu lobo furioso com sua contínua desobediência.

— Se esta é a sua maneira de me convencer a fazer o que você quer, não está funcionando.

— Porque estou apontando suas fraquezas?

— Não. Porque você está sendo desrespeitosa com o Alfa que salvou sua vida. Fiz tudo o que estava ao meu alcance esta semana para te ajudar, e você está agindo como uma pirralha ingrata. — Eu a soltei, furioso e lutando para me controlar.

Talvez ela precisasse de outra pausa. A que Ludvig a submeteu claramente não foi suficiente.

Merda, ela estragou uma noite que seria perfeita.

Andei de um lado para o outro, incerto sobre o que fazer em seguida.

Eu não podia levá-la para o evento naquele estado de espírito. Os Alfas lá dentro a devorariam e esperariam que eu a mantivesse sob controle. Parte de mim queria deixá-los fazer isso. Ela odiaria isso, ter as mãos de outros machos nela. Eu também odiaria, mas era óbvio que minha dominância não era suficiente para ela.

Merda, se ela queria experimentar os outros, testar suas capacidades e ver se algum deles era mais Alfa, então que fosse.

Me afastei dela sem dizer uma palavra.

Não confiava em mim mesmo para falar.

— Kazek — Ludvig me chamou, me parando depois de dar apenas dez passos.

Devagar, encarei-o e notei a preocupação em sua expressão. Ele ouviu a birra de Winter? Ela parecia estar se perguntando a mesma coisa. Winter baixou os olhos para o chão enquanto se submetia à sua presença.

Um rosnado ficou preso em minha garganta com o gesto.

Como ela ousava se submeter a ele e não a mim?

— A Ômega Winter quer outro Alfa — disse a Ludvig, furioso. — Alguém que não tenha medo. Fique à vontade para apresentá-la aos outros. Vamos ver como ela se sente sobre o seu destino depois disso.

Ignorei o estremecimento dela e me virei, mas fui parado pelo grunhido de Ludvig.

Olhei por cima do ombro e arqueei uma sobrancelha.

— O quê?

— Não vim aqui para resolver sua disputa doméstica. A Vanessa acabou de enviar um comunicado que vocês dois precisam ver. Sugiro que coloque sua Ômega no lugar dela e nos encontre na sala de entretenimento. — Ele se virou e nos dispensou.

Um comunicado? Ótimo. Era exatamente o que eu precisava.

— K-Kazek — Winter gaguejou, ainda focada no chão. — E-eu não quero outro Alfa.

Bufei.

— Não me importo com seus desejos agora, Ômega.

Ela tentou me tocar quando passei por ela. Eu me afastei, sem interesse em seu toque ou suas palavras.

— Me siga ou não — eu disse, indo atrás de Ludvig. Se ela se comportasse mal na frente da multidão, eu lidaria com isso da forma adequada. Para seu bem, esperava que ela cooperasse.

Aromas doces invadiram minhas narinas quando entrei na sala ampla. As mesas estavam espalhadas ao redor do enorme espaço de entretenimento, todas repletas de uma variedade de sobremesas e vinhos. O Território Nórdico adorava itens de confeitaria, sendo o chocolate uma de nossas especialidades. Ludvig importava tudo de vários territórios ao redor do mundo.

Normalmente, eu gostava de provar todos os bolos.

Esta noite, nem tanto.

Eu só queria ouvir o comunicado e ir embora.

A mão de Winter roçou minhas costas quando ela veio para ficar atrás de mim. Como não me afastei de imediato, ela tomou isso como um convite para se aproximar mais. Parte de mim queria rosnar e mandá-la se ferrar, mas o crescente interesse ao nosso redor me mantinha refém.

Merda. Eu não tinha ideia do que fazer com ela. A ideia de outros Alfas se aproximarem dela fez meu lobo rugir em minha cabeça, mas ela insultou o meu orgulho. Eu entendia seu objetivo, só não sabia como ela pretendia alcançá-lo.

Ela insinuou que eu era fraco por não querer liderar.

Ela afirmou que queria um lobo mais digno, que não tivesse *medo*.

Ela desrespeitou nosso vínculo, insinuando que só

dormiu comigo por dever e agora esperava que eu retribuísse o favor.

Só de repetir suas palavras na minha cabeça, me enchia de raiva. Eu mal conseguia me concentrar no que estava ao meu redor, não percebi Ludvig se aproximar de mim com uma expressão séria e falhei em responder ao que quer que ele disse. Algo sobre o comunicado.

— Toque isso — eu disse, querendo acabar logo com aquilo.

Winter cravou as unhas em minha camisa, me fazendo afastar dela com um arrepio.

Ludvig franziu a testa.

— Isso não é lidar com a situação — ele murmurou.

Eu apenas olhei para ele e repeti:

— Toque isso.

Ele deu de ombros.

— Você é quem sabe.

Sim, eu é quem sabia. Que seja. Eu aceitaria qualquer desafio que esse vídeo pudesse proporcionar.

A sala ficou silenciosa quando Ludvig colocou o comunicado para todos do Território Nórdico assistirem. Era um comunicado destinado a todos os Territórios do X-Clan no mundo. O que significava que a Rainha dos Espelhos queria que todos ouvissem o que quer que ela tivesse a dizer. Eu não tinha dúvida de que era sobre Winter.

A eletricidade estática percorreu minha pele quando as feições de porcelana de Vanessa apareceram em vários pontos da sala, projetadas em diversas telas, como os nossos relógios. Deixei o meu na cabana, então vi no que pairava sobre o pulso de Ludvig.

Vanessa apareceu toda arrumada para a ocasião, com os lábios vermelhos pintados à perfeição. A maioria a consideraria uma mulher bonita, mas eu via a vilã viúva-negra espreitando em seus olhos escuros. Nunca simpatizei com ela, e sabia que Ludvig sentia o mesmo.

— Nação X-Clan, venho até vocês com notícias solenes do Território de Inverno. A única herdeira da família Frost desapareceu. — Ela fez uma pausa para efeito dramático, e um brilho enevoado assumiu suas íris, o que me fez revirar os olhos.

Winter ficou ao meu lado, me distraindo momentaneamente com a curva derrotada de seus ombros. Eu me recusava a ceder ao desejo de confortá-la e, em vez disso, dei um passo para longe dela, não desejando me alinhar com a fêmea que admitiu abertamente sua falta de respeito por minha reivindicação.

Minha distância pareceu feri-la ainda mais e seu lábio inferior tremeu de leve.

Eu a ignorei em favor da tela, onde Vanessa fingiu suspirar.

— Passei os últimos sete dias tentando localizá-la e cheguei a duas possíveis conclusões. Ou alguém a levou na noite das festividades de noivado organizada pelos grandes Betas do Território Inverno, ou... — Ela deu outra suspiro e suas feições paralisaram no processo. — Ou Snow Frost desertou de forma deliberada de nosso amado Território.

Winter parou de respirar.

Vários olhos na sala se fixaram nela, e eu esperei com eles para ver sua reação.

Duas manchas vermelhas surgiram em suas bochechas, mas ela não reagiu de outra forma além de respirar fundo quando Vanessa continuou.

— O objetivo deste anúncio é informar a todos que o Território de Inverno irá realizar uma busca internacional por nossa princesa. Se descobrirmos que ela foi levada contra sua vontade, a justiça será feita. Se descobrirmos que ela nos abandonou, o Território de Inverno decidirá seu destino. E qualquer pessoa que for conhecida por tê-la ajudado será punida de acordo com a lei do Território de Inverno. Se você sabe de algo, se apresente agora. Caso contrário, minhas equipes de segurança entrarão em contato. Fim da transmissão.

Silêncio.

Troquei um olhar com Ludvig antes de olhar para Winter mais uma vez.

Ela queria estar no comando de seu destino. Agora era a hora. Passei a maior parte da semana ajudando-a. Na minha opinião, ela poderia se ajudar agora.

Talvez isso fizesse de mim um idiota.

Eu preferia pensar nisso como o castigo ideal.

Com os braços cruzados, esperei que ela falasse.

Ela limpou a garganta e tentou uma, depois duas vezes, mas sua voz parecia estar falhando.

— O que há de errado com você? — Alana sussurrou por entre os dentes, a Alfa fêmea parecendo surgir do nada ao meu lado. — Ela é a sua companheira, Kaz.

Winter nos olhou. Ela estava perto o suficiente para ouvir as palavras. A dilatação de suas narinas me disse que ela não gostava de ver Alana ao meu lado. Provavelmente porque ignorei as tentativas de Winter me tocar, mas permiti que Alana sussurrasse no meu ouvido e tocasse meu ombro no processo.

Ludvig limpou a garganta e arqueou uma sobrancelha para mim.

— Alfa Kazek?

Um músculo tensionou em minha mandíbula.

Certo. Parecia que todos iam me forçar a liderar.

Eu tinha pensado em sair e não olhar para trás. Não gostava desse negócio de falar para o Território. Mas se eu fosse embora agora, Winter teria que lutar por si mesma, e eles provavelmente votariam para mandá-la de volta. Sem o respeito e o apoio de seu companheiro do Território Nórdico, ela seria vista como uma estranha.

Embora eu estivesse zangado, não podia, em sã consciência, sujeitá-la a tal destino.

Então limpei a garganta e contei a eles a história de como Snow Frost se tornou Winter. Houve rosnados de desaprovação quando mencionei os supressores e alguns rosnados a mais quando falei do plano para a morte dela. No entanto, no final, eles ficaram em silêncio. A raiva deles era palpável.

Aguardei o julgamento sem olhar para Winter.

Por sua vez, ela permaneceu em silêncio, me dando todo o controle de seu destino e do meu. Pelo menos, ela tinha confiança suficiente em mim para contar a verdade em seu nome.

— Há alguma pergunta ou moção? — Ludvig perguntou, quebrando o silêncio da sala.

Mais silêncio, o que me chocou. Ninguém queria nos entregar para Vanessa? Isso basicamente incriminava todos os membros do Território Nórdico, já que eles estavam tecnicamente escondendo a presença de Winter da Rainha dos Espelhos.

— Nós a reconhecemos como parte de nossa alcateia — uma voz masculina se manifestou do fundo da sala. Joel.

— Isso torna Winter nossa. Reporto-me a você como Alfa, Ludvig. Não a Alfa do Território de Inverno.

Vários murmúrios de concordância se seguiram.

— A Rainha dos Espelhos deve pagar por ameaçar a vida de uma Ômega, ainda mais uma com uma linhagem tão forte. — Isso veio de Alana. Como Alfa fêmea, ela tinha muitas palavras para dizer sobre Vanessa ao longo dos anos, especialmente sobre sua tendência de manter todos os Ômegas machos só para si.

A aprovação irradiou da multidão, e mais vozes se

destacaram acima das demais, todas ecoando os comentários de Joel e Alana.

Alguns até pediram guerra.

Ludvig levantou a mão para acalmar a sala, com a expressão indecifrável. Mas Mila estava ao lado dele, irradiando orgulho. Ela sempre apoiava seu Alfa, e a dupla formava uma equipe formidável.

Eu queria isso para mim e Winter, mas ela estava a vários metros de distância, parecendo sozinha como sempre. E ainda assim, não pude ir até ela, pois minha raiva ainda era muito presente.

— A decisão de como lidar com o Território de Inverno será deixada a critério do Alfa Kazek, conforme é seu direito como companheiro de Winter.

Observei Winter para ver sua reação. Ela não disse nada, manteve seu olhar no chão de uma forma derrotada que corroeu meu interior. Essa quietude obediente não era o que eu desejava dela. Deveria haver algum tipo de meio-termo em que ela exibisse força de maneira respeitosa. Eu só não tinha ideia de como incentivar isso.

— Excelente — Ludvig continuou depois de várias rodadas de acenos de cabeça pela sala. — Estou satisfeito por estarmos todos de acordo com o direito do Alfa Kazek de decidir, bem como com sobre como proceder em relação à permanência de Winter no Território Nórdico. Especialmente porque acabei de ser notificado por Vanessa de que o Alfa Enrique nos fará uma visita amanhã para discutir o paradeiro de Snow Frost.

Ergui a cabeça para encontrar seu olhar.

— O quê?

— Sim, parece que ele também quer debater os direitos de propriedade da Ômega Kari — ele acrescentou.

— Por cima do meu cadáver — Mick rosnou,

provocando suspiros na multidão. Ele estava de pé, sozinho, usando um terno.

Eu franzi a testa. *Achei que ele deveria apresentar Kari à alcateia hoje à noite.*

— Como a Ômega Kari claramente não tem o desejo de se juntar ao Território Nórdico, Alfa Enrique está no direito dele de negociar sua libertação — Ludvig disse com a voz fria e dominante. — Não estou acostumado a forçar Ômegas a permanecerem em meu território quando elas desejam partir.

Mick xingou baixinho, sua raiva palpável, mas ele manteve a boca fechada. Ele não tinha direitos sobre a Ômega, especialmente porque ela não podia acasalar com ele. Sua esterilização alterou o seu estro, tornando impossível dar a mordida de reivindicação.

— Como você deseja proceder? — Ludvig me perguntou. — Você vai precisar participar da reunião, e matá-lo não será bem-visto pelos Territórios Bariloche e Território de Inverno.

Eu rosnei. Como se eu desse a mínima para os outros Territórios. Mas eu me importava com a forma como Winter começou a tremer com a menção da chegada iminente de Enrique. Será que ela pensava que eu poderia entregá-la? De jeito nenhum que isso aconteceria.

— Quando ele deve chegar? — perguntei.

— Em quinze horas.

Considerando que já passava da meia-noite, isso significava que ele pretendia nos encontrar para o jantar.

— Vou te dar uma resposta sobre como quero lidar com a situação até o meio-dia.

Ludvig assentiu, aceitando minha necessidade de pensar sobre isso.

— Entendido.

Olhei para Winter.

— Vamos. — Eu não estava com vontade de socializar. Ela poderia conhecer melhor a alcateia mais tarde.

Não esperei que ela respondesse.

Apenas saí.

Caberia a ela me seguir.

WINTER

Meu sangue gelou com a dispensa de Kazek. Ele caminhou rapidamente, sem reconhecer minha presença. Mas devia saber que eu estava atrás dele.

Eu não sabia o que dizer ou por onde começar.

Devia a ele um pedido de desculpas por insistir, mas não estava certa se conseguiria me expressar de forma adequada, porque eu mantinha minha declaração. Talvez não a parte sobre "outro companheiro". Eu podia admitir que fui longe demais.

Esteja à vontade para apresentá-la aos outros. Veremos como ela se sente sobre seu destino depois.

O comentário de Kazek para Ludvig ecoou em meus pensamentos, o que provocou calafrios na minha pele. Ele não poderia ter falado sério, certo?

Engoli em seco. *Sim. Sim, ele poderia.*

Fiz tudo da maneira errada, falando antes de considerar o significado de minhas palavras ou como elas seriam percebidas. Mas sua relutância me deixou fora de mim.

Kazek era um Alfa com potencial de liderança. Vi isso na maneira como ele lidou com a multidão esta noite, mas ele parecia completamente alheio ao seu poder. Suspeitei que sua criação humana tivesse algo a ver com isso. Nossa sociedade o forçou a trabalhar muito mais por respeito como lobo, mas era óbvio que conquistou esse status em sua alcateia. Como ele não via isso estava além de mim.

Eu queria pressioná-lo, fazê-lo entender a importância de seu papel em minha vida, mas o fiz da maneira errada.

Foi ele que perguntou o que eu queria. Não era minha culpa que ele não gostou da minha resposta.

Seus ombros permaneceram rígidos quando chegamos à porta da cabana. Queria passar os dedos por suas costas para relaxá-lo, mas ele negou meu toque hoje à noite. Isso doeu mais do que eu podia admitir. Ele ficou ao lado de outra mulher, sua ex-amante, em vez de ficar ao meu lado. Em vez de sentir raiva de sua postura, me senti rejeitada, o que era pior.

Eu merecia depois de algumas das coisas que disse a ele. No entanto, isso não tornou meus sentimentos sobre o assunto menos verdadeiros.

Kazek era um Alfa. Sua espécie foi feita para liderar. E eu precisava que ele abraçasse essa posição.

Ele desapareceu no banheiro, deixando as portas abertas atrás dele. Eu me apoiei na parede do quarto, sentindo o coração na garganta.

— Eu...

— Não — ele disse de dentro do closet, que ficava escondido além da área do banheiro.

Não o quê?, eu me perguntei. *Não me desculpar? Não falar?*

Ele voltou com um cueca boxar e uma camiseta branca. Em vez de me entregar, ele as jogou em direção ao ninho.

— Vá para a cama. Vou correr.

— O quê? — Me virei atrás dele, incomodada com seu tom frio e movimentos igualmente gélidos. — Kazek...

— Alfa — ele corrigiu de forma brusca. — Não estou com vontade de te dar o nó esta noite, Ômega. Então vá dormir em seu ninho. Voltarei quando quiser te comer de novo.

Entreabri os lábios. Sua fúria foi como um chicote nos meus sentidos. O homem que me abraçou horas atrás e me contou tudo sobre seu passado estava perdido nessa máscara de raiva. Eu não sabia o que dizer ou como reagir. Um pedido de desculpas se formou e morreu em meus lábios enquanto ele tirava a camisa e os sapatos pretos.

Vi as ondulações de seus músculos, o seu braço tatuado refletindo uma série de padrões na luz que me atraiu para a força sob sua pele. Eu queria lambê-lo. Reivindicá-lo. Marcá-lo como meu e remover essa nuvem negativa que pairava sobre nossas cabeças. Mas ele nem me olhava.

Dispensada. Era isso que sua linguagem corporal dizia. Ele me dispensou.

Eu precisava dizer algo. Fazer algo. Pedir desculpas. Implorar. Não tinha certeza, mas não podia deixá-lo se afastar de mim nesse estado. Apesar de estar com raiva, ele me defendeu esta noite. Ele pensou em não dizer nada. *Senti* quando ele hesitou. Mas no final, ele me apoiou, assim como um companheiro Alfa deveria fazer. Eu devia a ele minha gratidão e uma explicação.

— Kazek, por favor...

Ele rosnou e o som me fez recuar alguns passos.

— Fiz minha parte como *Alfa* esta noite — ele grunhiu por cima do ombro. — Agora faça o seu trabalho como Ômega e obedeça aos meus comandos. Não me chame pelo meu nome de batismo. Você não tem esse direito.

Eu o encarei, e ele me lançou um olhar de desdém.

— Foi você que quis seguir as normas sociais, Ômega. Então vá dormir. Te vejo novamente quando quiser acasalar. — Ele bateu com a porta do quarto atrás de si, encerrando a conversa.

Um calafrio percorreu minha coluna.

Ele só está com raiva, eu disse a mim mesma. *Você o pressionou demais.*

Eu não deveria ter dito nada.

Kazek era um Alfa. Eles tomavam decisões em seu próprio tempo. O controle era importante para eles. Insultei seu orgulho, insinuando que ele não era Alfa o suficiente para liderar. E eu nunca deveria ter sugerido que ele me entregasse para outro macho.

Mas ele me deixou irritada com suas reações teimosas. Como não conseguia ver o destino que se apresentava diante dele?

Embora eu reconhecesse que ele só me reivindicou para salvar minha vida, pensei que agora entendesse as repercussões dessa decisão. Minha linhagem complicava as coisas. Eu não era uma Ômega qualquer, mas a herdeira do trono do Território de Inverno.

E se ele nunca mais quiser voltar?, pensei. *E se ele exigir que fiquemos aqui?*

Outro arrepio percorreu meu corpo, seguido de uma enxurrada de visões do meu reino sofrendo. Ficar aqui não era uma opção.

Eu só precisava convencer Kazek a fazer a coisa certa, que eu acreditava ser a liderança dele. Mas talvez... talvez eu precisasse que ele me deixasse ir.

Minha loba resistiu à ideia, se recusando a considerar tal possibilidade. No entanto, a liderança exigia sacrifício. Se salvar meu povo exigia que eu vivesse em desconforto por causa de um vínculo quebrado, então eu faria isso.

Vanessa não podia continuar no comando.

Alguém precisava derrubá-la.

E se Kazek não fizesse isso, eu não teria escolha a não ser fazer por conta própria. De alguma forma.

Deixei o vestido cair no chão, me deitei no ninho e me envolvi nas cobertas que tinham o cheiro de Kazek. Isso fez pouco para me confortar enquanto meu coração se partia.

Eu esperava que meu companheiro voltasse pela manhã.

Se não, começaria a fazer planos.

Eu tinha que fazer isso.

Era minha única opção.

KAZEK

Tentei correr, mas não conseguir me afastar mais do que cem metros de minha cabana. Deixar Winter desprotegida ia contra a natureza do meu lobo, sua obstinação facilmente derrotou minha fúria.

Então me deitei debaixo de uma árvore e dormi com um olho aberto a noite toda.

Ao nascer do sol, ainda não conseguia encará-la. Eu não confiava no meu temperamento. Machos morreram em minhas mãos por me insultarem menos do que ela fez ontem à noite.

Foi a ameaça de ela encontrar um macho mais digno que realmente me afetou. O resto, eu poderia aguentar. Ela queria recuperar seu reino e precisava de um Alfa para liderar ao seu lado. Eu entendia isso. No entanto, sua maneira de colocar as coisas foi péssima. Isso não me motivou tanto quanto me irritou, e eu não estava pronto para retomar a discussão com ela. Não com a chegada iminente de Enrique.

Com um suspiro, me levantei e estiquei as patas dianteiras, depois as traseiras, e sacudi a neve do meu pelo.

Já que conversar com ela estava fora de questão no momento, só havia uma coisa que eu podia fazer.

Trotei até a varanda e voltei para a forma humana.

Digitei um código no teclado ao lado da porta. A eletricidade zumbiu ao meu redor, trancando o interior.

Winter ficaria irritada, mas pelo menos estaria segura. Discutiríamos os detalhes mais tarde.

Voltei à forma de lobo e corri de volta para o meu apartamento para tomar um rápido banho e vestir algo apresentável para minha reunião com Ludvig. No momento em que cheguei, ainda não tinha um plano sólido, e ele percebeu isso em meu rosto assim que passei pela porta usando calça social e camisa de botão.

— Você é novo nisso, então vou te dar um conselho que sugiro que não ignore. — Essa foi sua saudação enquanto eu me sentava na cadeira em frente a ele. — Deixar as brigas entre você e sua companheira se intensificarem só vai piorar o resultado. Não importa o que mais esteja acontecendo no mundo, ela deve ser sempre sua prioridade.

— Ela é a minha prioridade — argumentei enquanto apoiava o tornozelo no joelho. — Estou aqui para falar sobre como lidar com Enrique, o que envolve a segurança dela.

Ludvig suspirou.

— Você sabe que não é isso que eu quis dizer.

Eu o encarei.

Ele me encarou de volta.

— Ela vai ficar bem.

— Será? — ele retrucou. — Ela parecia bastante abalada ontem à noite quando você ficou ao lado da sua ex-amante em vez de ao lado dela. — Ele arqueou uma sobrancelha. — Isso foi para puni-la? Porque eu diria que funcionou, e Winter se comportou de maneira admirável como resultado.

— A Alana veio até mim.

— E você escolheu ficar ao lado dela em vez de

mostrar solidariedade à sua companheira. Até Alana percebeu seu deslize.

Eu ri, me lembrando de como Alana me incentivou a falar em defesa da minha companheira.

— A Winter desafiou minha opinião sobre liderança e me disse para encontrar outro companheiro para ela que não tenha medo de ser Alfa. — Não foram suas palavras exatas, mas o ponto era mais ou menos o mesmo. — Me perdoe por ficar chateado com a abordagem dela.

— Talvez fossem as palavras que você precisava ouvir — ele sugeriu. — Ela abraçou seu lado Ômega sem muita resistência, apesar de anos acreditando ser Beta. Enquanto isso, você é muito teimoso para perceber seu potencial. Ela está dentro dos direitos dela de te pressionar.

— Não da maneira como fez ontem à noite.

Ele assentiu.

— Talvez, mas essa é uma discussão de aprendizado para vocês dois. Algo que você negou a ela ao dormir do lado de fora ontem à noite.

Arqueei uma sobrancelha.

— Você está me espionando agora?

— Não. Não preciso. Você entrou aqui com a expressão de um macho que não dorme bem há uma semana, o que me diz que você não cedeu ao seu instinto de acasalamento e compartilhou a cama com sua Ômega ontem à noite. E sei que você não a deixaria desprotegida. Caramba, ela provavelmente está trancada em sua cabana agora mesmo.

Apertei a mandíbula. Eu odiava como ele me entendia tão bem.

— Sim, foi o que eu pensei. — Ele me observou por um longo momento, e eu senti que ele estava avaliando suas opções sobre o que dizer a seguir. — Olha, não vou dizer como lidar com sua fêmea ou com a oportunidade diante de você. Nós dois sabemos que você é muito teimoso para me ouvir.

Reprimi uma resposta e o incentivei a continuar falando, pois sabia, por experiência, que ele ainda não tinha terminado.

— Porém...

E aí está, pensei. *Hora da lição do Alfa Ludvig.*

— Sugiro que você considere os eventos da última semana e o que eles realmente significam. Muitas vezes, você pensa que os metamorfos estão te julgando por suas origens humanas. Mas já considerou que é você quem se julga? — Ele ergueu uma sobrancelha com a pergunta. — O Território Nórdico te respeita muito mais do que você percebe. Acho que está na hora de aprender a se respeitar. Talvez assim você finalmente perceba seu potencial. E acredito que você vai ter uma dívida de gratidão com sua pequena Ômega como resultado.

— Ela insinuou que eu tenho medo.

— Porque você está agindo com medo — ele retrucou. — E não negue isso. A ideia de liderar o Território de Inverno te aterroriza. Toda essa responsabilidade por alguém além de você mesmo é uma tarefa assustadora. Você tem o conhecimento e a história para assumir. A questão é se você irá se permitir buscar esse potencial ou o irá desperdiçá-lo atrás de um muro de egoísmo.

— Você está tentando me irritar? — perguntei e vi os nós dos meus dedos ficarem brancos ao apertar os braços da cadeira.

— Você entrou aqui irritado, Kazek — ele jogou de volta para mim. — Só estou te dizendo as palavras que você precisa ouvir. O que, imagino, é o que sua Ômega estava tentando fazer na noite passada. Ela te insultou? Provavelmente. Mas era um bom motivo para ignorá-la em um momento em que ela precisava da sua proteção e confiança? Se você acha que a alcateia não percebeu, está enganado.

Eu sabia que eles perceberam. Eu só não me importava, porque não era problema deles. Pelo menos, essa foi a minha narrativa ontem. Olhando agora pela perspectiva dele, pude ver o erro no meu julgamento.

Winter pareceu tão pequena com os ombros curvados e o lábio inferior tremendo enquanto lutava para se manter firme. Enquanto isso, fiquei à parte com uma indiferença que devia ter doído.

Porque ela feriu o meu orgulho. Ela não parou de me pressionar. Eu não estava acostumado a isso.

Quando alguém questionava meu status ou decisões no passado, eu mostrava minha força e provava que estavam errados. Alguns até foram punidos com a morte.

Mas eu não podia reagir dessa maneira com Winter.

Principalmente porque, no fundo, suas palavras eram verdadeiras.

— O Território de Inverno poderia ter alguém muito melhor que eu como líder — falei, estremecendo com o quanto essa frase soou fraca.

— Eu concordo — Ludvig respondeu, me chocando.

— Vá se foder.

Ele sorriu.

— Você acha que eu era um líder perfeito quando assumi o Território Nórdico? Eu, com certeza, não queria a posição, mas você me forçou a isso ao matar o mestre anterior do bando.

— Você ia matá-lo de qualquer jeito.

— Sim. Em meus próprios termos. Mas um idiota arrogante me forçou a agir. — Ele me encarou com firmeza.

— E daí? Essa é minha punição por aceitar um trabalho há mais de um século?

— Não. É minha maneira de dizer que merdas acontecem e as coisas nem sempre saem do jeito que queremos, mas temos que lidar com o destino que nos é dado e provarmos para todos aqueles idiotas que duvidam de nós que estão errados. Então vá provar que estou errado e assuma o manto do Território de Inverno. Seja o líder que eles merecem.

— E se eu não quiser? — questionei, ciente de que soava como um idiota mimado. Winter com certeza teria algumas palavras bem escolhidas para mim agora.

— Então vou te chamar de filho da puta que não tem coragem para seguir um projeto até o fim. Você mordeu a Snow Frost. A reivindicou. Agora enfrente as consequências e pare de reclamar delas.

Lá estava o Ludvig que todos nós adorávamos odiar.

— Você é um mentor péssimo — informei a ele.

Ele grunhiu.

— Eu nunca quis ser mentor.

— No entanto, aqui está você — apontei, gesticulando para ele.

— Porque fiz meu trabalho como Alfa — ele retrucou.

— Agora faça o seu e me diga como vamos lidar com o Enrique quando ele chegar.

— Eu voto para matá-lo — eu disse de forma displicente. O olhar de Ludvig me mostrou que ele não achou minha sugestão engraçada. Era óbvio que toquei em um ponto sensível, provavelmente quando não fiquei ao lado de Winter. O que, agora eu podia reconhecer, foi um grande erro. Então, sim, eu devia a ela um pedido de desculpas. E provavelmente muitas outras coisas agora.

Ter uma companheira era um saco.

— Pare de sentir pena de si mesmo e seja o Alfa que sei que você é por dentro — Ludvig retrucou.

— Você tem sorte de eu gostar de você — resmunguei

enquanto meu lobo se revoltava em meus pensamentos e exigia que ele pagasse por aquele comentário com sangue.

— Você se submeteria — Ludvig respondeu. — A contragosto. Mas você se submeteria.

Considerei o resultado de uma luta entre nós, calculei cada movimento que sabia que ele faria e balancei a cabeça devagar.

— Não. Acho que não.

Ele sustentou meu olhar, e eu o encarei sem piscar, a tensão entre nós palpável.

— É por isso que você precisa do seu próprio Território — ele disse após um longo e intenso momento. — Uma década atrás, você teria cedido.

— Talvez — admiti. Só porque eu não via motivo para lutar contra ele. No entanto, agora eu tinha vontade de dar um soco em sua cara.

— Você teria cedido — ele repetiu, convicto. — Não por ter medo de mim. Não porque você realmente teria perdido. Mas porque você gostava daqui e queria ficar. Essa sempre foi nossa dinâmica: você servia como meu Segundo por lealdade e por não ter nada melhor para fazer. Isso mudou quando você mordeu a Snow Frost.

— Ainda sou leal a você — assegurei.

— Sim, mas não é isso que estou apontando, não é? — Seu tom me desafiou a negar, mas eu não podia.

Ele estava certo.

Eu tinha algo, uma nova responsabilidade, que desviava meu foco do Território Nórdico.

Não havia mais nada para discutir sobre meu futuro. Nós dois sabíamos o que eu tinha que fazer. Dependia de mim aceitar meu destino, não ele. Não valia a pena ficar pensando nisso.

Afastei o tornozelo do joelho e me inclinei para frente, apoiando os antebraços nas coxas.

— O Alfa Enrique conspirou com a Rainha dos Espelhos para matar a Snow Frost. Esse crime seria punível pela lei do Território de Inverno, mas não pela do Território Nórdico. A menos que ele soubesse que ela era Ômega.

Ludvig relaxou visivelmente com minha mudança de assunto, parecendo satisfeito com isso.

— Você acha que ele sabia?

Balancei a cabeça.

— Não.

Não havia como saber. Nenhum macho Alfa em sã consciência deixaria escapar a oportunidade de acasalar com uma herdeira Ômega. Também ia contra a natureza prejudicar alguém tão valioso.

Ômegas eram reverenciadas pelos lobos do X-Clan. Matar uma era inaceitável em qualquer circunstância.

— Imagino que ele ficará furioso ao saber que Vanessa tentou usá-lo para cometer um crime internacional — acrescentei. — Devemos dar a ele uma oportunidade de reagir. É assim que vamos descobrir a verdade da situação.

— Você quer apresentar sua companheira a ele.

— Sim, mas depois que ele estiver mais calmo. — Queria ter a oportunidade de observá-lo primeiro e testar seus níveis de agressividade. Isso me ajudaria a determinar a probabilidade de um desafio. Eu não estava bem descansado e precisava estar em plena forma para enfrentar um Alfa como Enrique. Também queria a chance de resolver as coisas com Winter antes de enfrentá-lo.

— Justo — Ludvig respondeu. — Vou preparar os aposentos de hóspedes para ele. Vamos usar as discussões sobre Kari como desculpa para mantê-lo durante a noite.

Curvei os lábios para o lado.

— O Mick não vai gostar disso.

— Estou ciente. Mas esse é um problema dele. Vou montar o cenário, e ele pode agir como achar melhor.

Outra oportunidade de ensinar.

— Para um Alfa que afirma não querer ser mentor, você é bom em organizar situações para seus lobos aprenderem — apontei de forma casual.

— Me faz questionar que tipo de Alfa de Território você se tornará — ele respondeu. — Alguma outra coisa em relação ao seu plano?

— Devemos entretê-lo com um jantar. Distraí-lo. Isso vai me ajudar a ver em que humor ele está. — Como Alfa cuja noiva fugiu, imaginei que ele estivesse furioso. Mas eu queria testar os limites desse furor com alguns jogos de palavras. — A Kari também deve comparecer. Talvez ver o homem que pretendia mantê-la como escrava ajude no caso do Mick.

Ludvig sorriu.

— Viu? Você já está seguindo o roteiro. Você será um excelente Alfa de Território.

Semicerrei o olhar.

— Ainda não aceitei a posição.

Seu olhar brilhou enquanto ele me observava.

— Pelo contrário, Kazek. Você aceitou o trabalho há uma semana. Você só está colocando a papelada em dia agora.

Não me dei ao trabalho de responder.

Nem ele esperou por uma resposta.

Em vez disso, abriu uma gaveta e pegou um envelope que empurrou pela extensão da madeira escura da mesa.

— Encontrei isso na suíte lá em cima. Suspeito que caiu de Winter quando ela se transformou em loba.

Dei uma olhada e notei o brilho de prata.

— O colar.

— Pertenceu à mãe dela — Ludvig respondeu e sua

expressão mudou apenas o suficiente para me alertar sobre algum valor sentimental por trás do comentário. — Imagino que ela o queira de volta.

— Sim. Ela insistiu muito para que você o visse. — Franzi a testa. — Alguma ideia do porquê?

Ele olhou para a mesa e assentiu.

— Sim, eu sei o motivo. — Seus olhos se ergueram lentamente para os meus, com uma tempestade de emoções em seu olhar. — Dei esse colar para Sofie no seu décimo sexto aniversário. Mas duvido que Winter esteja ciente disso. Então quem quer que tenha dito para ela usar o colar sabia quem deu a Sofie aquela pegada de lobo.

— Você deu um colar para Sofie? — perguntei, chocado. — Como a Mila se sentiu sobre isso?

Ele engoliu em seco e piscou os olhos azuis.

— A Mila escolheu o pingente — ele disse em voz baixa e curvou os lábios em um sorriso triste. — Na verdade, foi tudo ideia dela.

— O que você não está me contando? — perguntei, sentindo como se tivesse perdido alguma peça secreta do quebra-cabeça.

E o olhar que ele me deu agora confirmou isso.

— Por que você acha que te enviei para visitar o Território de Inverno, Kazek? O convite era para mim e para Mila, mas não confiei em mim mesmo para ir.

Franzi a testa para ele.

— Você enviou a mim e a Mick para investigar as festividades em busca de algum jogo sujo.

Ele assentiu.

— Sim. Porque não confio na Rainha dos Espelhos.

— Você acha que ela matou Sofie e Einar Frost — traduzi.

— Sim — ele repetiu. — Acho.

— E não confiava em si mesmo para não puni-la por isso.

Ele assentiu mais uma vez.

— Por quê? — perguntei. — Alfas guerreiam pelo poder o tempo todo. Claro, a Vanessa fez isso de maneira covarde, mas por que você ia quer puni-la por isso e não os muitos outros idiotas que lideram ao redor do mundo?

— Porque os outros idiotas não mataram minha irmã mais nova — ele respondeu, com as palavras revestidas de gelo. — Então quem quer que tenha dado aquele colar para Winter usar sabe o que sou da Sofie. É a única razão pela qual ele ou ela se sentiria confiante o suficiente para colocá-la em um de nossos aviões e mandá-la para cá.

— Sofie Frost era sua irmã? — não consegui conter o choque em minha voz. — Como eu não sabia disso?

Ele sorriu com tristeza.

— Todos temos nossos segredos, Kazek. Este é um dos meus. Prove para mim que você é digno e talvez um dia eu te conte a história. Por enquanto, descubra quem deu a ela o colar. Essa pessoa é claramente uma aliada.

WINTER

Que. Merda. Era. Essa?

Todas as janelas e portas estavam trancadas. Tentei cada uma delas várias vezes e nada. Os trancas sendo fechadas foi o que me acordou de um sono agitado. Não entendi o que era até ser tarde demais, e agora eu estava presa nesta cabana que cheirava a sexo com o Kazek.

Rosnei, baixo e significativo.

Ele não podia me manter aqui, não com a chegada iminente de Enrique. O Território de Inverno era minha casa. O decreto que Vanessa deu ao povo dizia respeito a mim. Não concordei em ser escondida como um fardo secreto. Talvez ele pensasse que estava me protegendo, mas isso parecia mais uma punição.

— *Foi você que quis seguir as normas sociais, Ômega. Então vá dormir. Te verei novamente quando quiser acasalar.*

Estremeci com a lembrança de suas palavras e meu estômago doeu com a percepção de que ele falou sério.

Será que isso significava que ele planejava ajudar o Território de Inverno? Ou me manter aqui como algum segredo incômodo enquanto Vanessa continuava no poder?

Não havia como saber suas intenções sem conversar com ele.

E isso não parecia estar em sua mente.

Murmurei um palavrão e tomei um banho, tentando passar o tempo.

Às três da tarde, ele ainda não tinha voltado. Tentei me lembrar que horas Ludvig disse que Enrique chegaria, mas os eventos da noite passada criaram um quebra-cabeça em minha mente que eu não conseguia resolver. Minha briga com Kazek estava firme na frente e minha irritação com ele aumentava a cada minuto que passava.

Sim. Eu agi mal e disse coisas sem pensar. Mas isso não significava que ele poderia simplesmente me prender em um canto. Não com meu reino em jogo.

O Território de Inverno era minha responsabilidade.

O anúncio dizia respeito a mim e ao meu desaparecimento.

Me esconder não era uma opção.

Eu precisava enfrentar Vanessa e retomar meu trono. Mostrar a todos o que ela fez comigo e finalmente determinar a verdade sobre como meus pais realmente morreram. Porque eu suspeitava que ela os matou. Só precisava provar isso. E não podia fazer isso trancada em uma cabana esperando meu companheiro teimoso voltar.

Ele deixou sua posição clara em relação à liderança. Ele não queria ter nada a ver com a posição de apoiar o meu reino. Tudo bem. Então eu teria que fazer isso sem ele.

Iria doer. Eu odiaria ficar longe dele. Mas a liderança exigia sacrifícios, e este seria o meu.

Procurei entre suas coisas por minhas facas e o telefone que trouxe comigo. Já estava na hora de ligar para Doc, só precisava encontrar minhas coisas.

Vamos lá. Vamos lá. Vamos lá.

Tem que estar aqui em algum lugar.

Revirei a sala de estar, o quarto, a cozinha e os dois

banheiros. Abri todas as gavetas. Procurei em todos os armários. Olhei embaixo de pias, armários, debaixo das almofadas e até tentei encontrar tábuas soltas no chão que pudessem conter objetos escondidos.

Nada.

E o relógio continuava marcando meu destino sem nenhum sinal de Kazek.

— Argh! — Me sentei nua, furiosa e sentindo como se minha execução fosse iminente. Eu tinha que fazer alguma coisa. Não podia apenas esperar. — Tem que haver uma saída.

Mudei o foco para procurar saídas.

As portas e janelas estavam fora de questão.

Exceto pela pequena janela no banheiro que também funcionava como respiradouro.

Considerei o tamanho em comparação com a minha largura e a empurrei o máximo que pude. Um olhar para fora mostrou que levava à neve.

Era muito estreita para eu passar, mas se eu abrisse a borda de metal e removesses a própria janela, talvez eu conseguisse.

— Espere... — Abri a porta embaixo da pia e olhei para o cano.

Kazek ia me matar por isso, mas eu não me importava. Ele me trancou nesta cabana, e eu estava cansada de esperar.

Ajoelhei e puxei o cano com toda a força, estremecendo com o som agonizante em resposta.

De novo.

Mais forte.

Com mais intensidade.

O suor escorria da minha testa enquanto eu inclinava o corpo para usar minhas pernas como alavanca. Com os pés descalços contra a parte de trás do armário embaixo da pia, envolvi os dedos ao redor do cano novamente e puxei.

Caí para trás quando a peça se desmontou, me dando um objeto de metal sólido para usar contra o...

Arqueei as sobrancelhas.

— Ah! — Outra ideia me atingiu, e xinguei minha estupidez. Eu não precisava passar pela janela do banheiro. Eu poderia usar isso para quebrar uma das outras, maiores. — Idiota.

Considerei minhas opções e escolhi a da sala de estar que dava em um monte de neve do lado de fora.

— Perfeito — elogiei a mim mesma e depois procurei algo para vestir. Por mais que preferisse minha pelagem para isso, eu não podia falar em forma de lobo e precisava de roupas.

Todas as roupas de Kazek eram grandes demais, mas encontrei short de corrida com cordão na cintura e camiseta. Meias de lã cobriam meus pés. Não era o mais prático para a neve, mas caminhei nua por ela ontem e sobrevivi muito bem.

— Tudo bem — murmurei, olhando para a janela mais uma vez. — É agora ou nunca.

Meu companheiro já estaria furioso com a pia, então eu poderia muito bem seguir com esse plano louco agora. Não que eu realmente tivesse um. Eu queria um telefone para ligar para Doc. Depois eu decidiria o que fazer.

O vidro quebrou com um som estridente que perfurou meus ouvidos.

— Merda. — O idiota tinha um alarme instalado. Eu deveria ter esperado por isso.

Bem, que se danasse.

Ele teria que me pegar.

Pulei pela janela, evitando por pouco o vidro, e saí em disparada em direção ao limite do Território.

Este era, definitivamente, um daqueles momentos em que deveria ter pensado melhor antes, mas agora não tinha como voltar atrás. Ele me trancou na cabana como se eu fosse uma criança de castigo. Meu comportamento merecia esse tipo de resposta, mas apontar suas falhas? Nem tanto.

Vou virar uma loba morta. Sim, com certeza.

Por que eu fiz isso mesmo?

Pelo meu reino.

Certo.

Corra. Corra. Corra.

Não faço ideia de onde estou.

Dei uma volta, farejando o ar enquanto uma corrente de energia percorria minha pele.

Não era Kazek, mas outra coisa.

O estrondo da eletricidade fez os pelos dos meus braços expostos se arrepiarem e o pescoço formigar de inquietação.

O vento se agitou ao meu redor e as folhas tremularam na rajada antinatural.

Aeronave, reconheci. Enrique. *Devo estar perto do campo de pouso.*

Segui a fonte através das árvores e parei ao avistar o oceano além. Era lindo e de um azul escuro, e o sol poente uma esfera pálida no horizonte.

O dia inteiro passou despercebido para mim, não que o sol permanecesse muito tempo nessa época do ano. Balancei a cabeça para clareá-la, continuei em direção à fonte de energia e percebi que me aproximava do avião por um caminho inverso.

Essa foi uma péssima ideia.

Mas eu não conseguia parar de me mover.

Não quando senti o cheiro de Grum no vento.

Comecei a correr em direção a ele, precisando dos meus Sete agora mais do que nunca.

Eles estão bem?

Vanessa machucou algum deles?

Ela responsabilizaria Doc pelo meu desaparecimento, questionando seu papel como meu guarda principal. Eu não considerei isso quando ele me mandou embora. Estava tão envolvida nas revelações da última semana que não pensei além do vínculo de acasalamento e no que significava para todos os outros.

Sou egoísta, percebi. *Coloco a mim mesma acima de todos os outros.*

Nunca deveria ter entrado naquele avião. Deveria ter ficado e lutado. Não havia nada que eu pudesse fazer sobre o passado, mas podia mudar o futuro. Ainda tinha a chance de fazer a coisa certa.

Só queria saber o que era.

Mas sabia. Me sentar em uma cabana esperando que outros agissem em meu nome não era opção. Nunca fui do tipo que deixava os outros lutarem minhas batalhas. Eu queria um parceiro para enfrentar Vanessa comigo, não um companheiro para resolver tudo por mim.

Mas ele não queria liderar.

O que me deixou seguir meu caminho certo sozinha.

Fugir de minhas responsabilidades por causa de um vínculo de acasalamento nunca foi uma opção. Se isso significava viver em agonia todos os dias para garantir meu reino, então eu o faria.

Vanessa tinha que pagar pelo que fez.

Quando meu povo descobrisse, eles a removeriam. Eu só precisava voltar para casa e dar meu depoimento. Revelar seu coração sombrio. E esperar que todos me apoiassem.

Era um plano horrível, mas o que mais eu poderia

fazer? Kazek não queria liderar. Ludvig não parecia interessado em me ajudar. Assim, nada tinha realmente mudado desde minha chegada. Eu estava tão sozinha quanto na noite do meu noivado.

Não. Eu estava ainda mais sozinha. Nem mesmo tinha meus Sete comigo.

Mas Grum estava aqui. Eu podia sentir o cheiro dele.

Corri mais rápido ao longo da costa, procurando o cheiro familiar, e quase chorei de alívio ao encontrá-lo parado no centro da pista de pouso.

Até que percebi quem mais estava com ele.

Enrique.

Kazek, Ludvig e Alana estavam esperando na lateral, suas expressões passando de estoicas para chocadas ao me verem no campo.

Então, Grum e Enrique se viraram ao mesmo tempo e entreabriram os lábios em incredulidade.

Ignorei todos, exceto Grum.

Seus ombros ficaram tensos e ele franziu a testa quando farejou o ar.

Não pensei.

Corri direto para ele.

E então paralisei quando Enrique se colocou em meu caminho, bloqueando minha visão de Grum e dos Alfas do Território Nórdico atrás dele.

— Snow? — Enrique pronunciou meu nome como se não pudesse acreditar que era eu. Seu nariz se mexeu, meu cheiro claramente diferente do que era antes, mas seus olhos reconheceram quem estava diante dele. E isso causou uma miríade de emoções passando por suas feições.

Irritação.

Tristeza.

Choque.

Mais tristeza.

E um brilho inesperado de alívio, como se ele estivesse contente em ver que eu estava bem.

Provavelmente imaginei essa última parte.

— O que você está fazendo aqui? Você está bem? — ele perguntou, me fazendo piscar.

Essa não era de forma alguma a reação que eu esperava dele. Antecipava gritos, talvez até violência, não sua preocupação genuína.

— Eu, uh... — Fiz uma pausa para limpar a garganta de repente seca, e as palavras que eu queria dizer se dissiparam em uma névoa de incerteza.

Kazek se aproximou depressa do meu lado e passou o braço em volta dos meus ombros em um instante enquanto tentava me colocar atrás de si. Não tinha certeza de como ele se movia tão rápido. Talvez eu tenha perdido um segundo para processar minha estupidez, mas jurava que ele estava a uns cinquenta metros de distância há um segundo atrás.

Sua intervenção me tirou da minha letargia, e me esquivei diagonalmente para me afastar dele.

— Não — eu disse quando ele me encarou com a expressão tempestuosa. Sim, sou uma loba morta. Mas isso não me impediu de retribuir seu olhar. — Este problema é meu. Me deixe falar.

Um músculo pulsou em sua mandíbula e os dentes estavam cerrados com tanta força que eu estava surpresa por ele não ter lascado um canino.

— Seu problema — ele repetiu, com a voz baixa e rouca. — E quem você acha que vai ter que resolver?

— Eu — disse a ele. — Entendo isso agora. Vim fazer o que preciso.

— Que é? — ele exigiu.

— Me entregar — respondi, dando um passo para a direita para encontrar o olhar sombrio de Enrique.

Não dei a Kazek a chance de me interromper. Minha boca já estava se movendo.

— Ouvi sua conversa com a Alfa Vanessa na noite anterior à nossa festa de noivado, onde vocês discutiram sobre me "dar o nó" até a morte. Então, planejei minha fuga e me esgueirei no jato do Território Nórdico na noite seguinte. Isso foi feito sem o conhecimento de qualquer pessoa, incluindo o Alfa Kazek.

Respirei fundo e continuei, não querendo correr o risco de alguém me interromper.

— Os comprimidos de força que Vanessa me dava eram, na verdade, supressores, algo que eu não sabia, e quando deixei de tomá-los, entrei no cio. O Alfa Kazek salvou minha vida. Por isso, eu lhe devo minha gratidão e respeito. Mas isso foi feito sem ele reconhecer ou aceitar meu destino familiar. Eu o libero de suas obrigações, e estou pronta para voltar para casa e enfrentar as consequências dos meus atos.

Sabendo muito bem que o reino vai acabar com Vanessa quando perceberem que ela escondeu minha identidade de todos, acrescentei a mim mesma. *Espero.*

Dei um passo em direção a Enrique, curvando a cabeça em um gesto de respeito. Ele era meu superior como Alfa e meu futuro carcereiro. Parecia certo reconhecer sua posição hierárquica superior.

— Isso não tem nada a ver com o Território Nórdico — adicionei, minha voz assumindo um tom rouco devido à minha garganta se fechando. — Isso tudo foi culpa minha. Então me leve para casa e deixe que as formalidades comecem.

Silêncio.

Engoli em seco, incerto de como proceder. Tudo isso tinha sido uma decisão de momento da minha parte, uma que não conseguia me arrepender. Era a resposta certa. O

Alfa Kazek não deveria ter que lutar por mim. Ninguém deveria. Era minha responsabilidade navegar e vencer essa batalha.

Correr era uma forma covarde de fugir.

Eu deveria ter enfrentado Vanessa de frente e a derrubado do meu próprio jeito, através de revelações e da verdade.

O medo tinha conduzido minhas reações. Assim como o orgulho motivou minhas decisões hoje. Bem, orgulho misturado com um pouco de estupidez. Porque a raiva resultante de Kazek criou uma onda de calor nas minhas costas que fez minha loba querer se acovardar em submissão. Mas eu não podia.

Ele não queria salvar o Território de Inverno.

Isso me deixava responsável por defendê-los.

Os nós dos dedos de Enrique tocaram de leve a minha mandíbula, provocando um rosnado de aviso do Alfa atrás de mim.

— Reconheço sua reivindicação, Kazek — Enrique disse em um tom baixo. — Não pretendo lutar com você por ela. Estou apenas admirado por ter deixado passar algo tão óbvio. — Sua postura mudou, me permitindo ver Grum novamente. — Você sabia disso?

— O Doc suspeitava — Grum admitiu. — Nenhum de nós jamais entendeu como Einar e Sofie tiveram uma herdeira Beta. É costume em nosso reino revelar o tipo na primeira festa de aniversário do progenitor. Os pais de Snow morreram antes dessa data.

— Então Vanessa fez o anúncio — Enrique concluiu.

— Sim — Grum confirmou. — Ela usou isso a seu favor, prometendo ao reino que criaria Snow para o governo, apesar das tendências Beta dela. Ela também sugeriu que o nascimento foi resultado de estar cercada por Betas.

Enrique resmungou com desprezo.

— E esses comprimidos de força foram receitados por ela?

Grum assentiu.

— Sim.

— Que vadia — Enrique xingou, me fazendo recuar e bater contra a parede masculina de aço quente atrás de mim. Kazek imediatamente envolveu meus ombros, me segurando contra si. Eu sabia que não deveria me entregar a ele, apesar da inclinação da minha loba para fazer exatamente isso. Meu companheiro me mantinha refém, não oferecendo conforto.

— Meus sentimentos exatos, senhor — Grum murmurou.

Enrique soltou um suspiro e segurou a parte de trás do pescoço.

— Merda. Nem sei por onde começar. Preciso de uma bebida.

— Podemos providenciar isso — Ludvig ofereceu. Ele e Alana não tinham saído de cena. — Suspeito que temos muito o que discutir.

Enrique assentiu.

— Sim. Imagino que meu destino esteja em suas mãos agora também.

— Não nas minhas, mas nas de Kazek — Ludvig corrigiu. — Assassinar uma Ômega é crime.

— Estou ciente. — Enrique tirou uma arma das costas e a jogou na neve. — Tenho mais duas lâminas nas botas.

— Pode ficar com elas — Kazek disse. — Prefiro lutas justas.

— Então não visite o Território Bariloche — Enrique murmurou. — Não somos conhecidos por seguir as regras.

Kazek se imobilizou contra mim.

— Sugiro que tente, ou descobrirá o que acontece quando eu trabalho fora da lei.

Enrique baixou a cabeça em reconhecimento.

— Não vou lutar contra você.

— Veremos — Kazek respondeu.

Enrique balançou a cabeça com tristeza.

— Não, não veremos. — Seus olhos quase negros encontraram os meus, a tristeza oculta em suas profundezas. — Eu não sabia, Snow. Percebo que isso não muda nada, mas sinceramente, eu não sabia.

— Mas você estava bem em me matar como Beta — sussurrei, mais para mim do que para ele.

Tristeza se estampou em seu rosto.

— Você só ouviu parte da conversa, não as intenções da minha mente, Branca de Neve. — Ele deu um passo para trás e voltou sua atenção para cima antes que eu pudesse responder. — Vou cooperar. Apenas me diga o que quer que eu faça.

— Vá com Ludvig — Kazek disse, sem perder o ritmo. — Irei em breve. Minha companheira e eu estamos muito atrasados para uma conversa sobre obediência.

KAZEK

Winter estremeceu contra mim enquanto os outros deixavam o campo. O único que olhou para trás foi o Beta que chegou com Enrique. Eu não sabia o nome dele, Winter apareceu antes que qualquer apresentação formal pudesse ocorrer, mas não gostei da forma como ele a olhou. Um brilho protetor espreitava em seu olhar, algo que não deveria existir.

Minha, disse a ele com um olhar furioso. Se ele tentasse testar essa afirmação, eu serviria suas bolas no jantar.

Finalmente ele se virou, parecendo ter entendido a mensagem. Por enquanto. Eu teria que perguntar o nome dele a Winter mais tarde. Depois que terminássemos uma conversa muito necessária sobre o que ela estava pensando.

Meu pulso vibrou com o aviso de uma perturbação em minha cabana. Um movimento rápido do meu polegar trouxe à tona a tela de comunicação e a imagem mostrou Winter escapando pela janela. Xinguei e fui até ela, sendo detido pela chegada de Enrique. E então ela apareceu e destruiu todo o meu plano.

Ludvig me lançou um olhar conhecedor, um que dizia: *deveria ter falado com ela, Kaz.*

Sim, tarde demais para isso.

Nesse ponto, Winter já havia tomado seu destino nas mãos.

A fúria vibrava em mim enquanto eu considerava como lidar com essa situação. Ela estragou tudo. Mas eu também.

Deixá-la trancada na cabana sem dizer uma palavra depois da nossa briga foi um erro. Percebi no momento em que ela tentou me aliviar das minhas obrigações. Aquelas palavras me machucaram e me deixaram irritado ao mesmo tempo. Ela não tinha autoridade para fazer tal reivindicação real, e também não era a decisão certa. Isso nos afastava ainda mais e me pintava como um idiota que se recusava a liderar.

Que era exatamente como ela me via depois da nossa briga na noite passada.

Eu poderia assumir parte da culpa, mas ela precisava perceber como seu comportamento impulsivo afetou o nosso acasalamento. Ela apresentou uma frente dividida, algo similar ao que fiz na noite anterior, mas não a deixei no escuro. Eu fiquei ao lado dela. Ao contrário do que ela acabou de tentar fazer comigo.

Ela se ofereceu de bandeja para ser levada de volta para casa, sem se preocupar com o que poderia acontecer com ela. Ela achava que Vanessa lhe daria o trono? Permitiria que ela tivesse uma reentrada cerimoniosa no Território?

Minha fêmea claramente enlouqueceu.

Porque eu a deixei sozinha por tempo demais.

E ela não tinha ideia do que eu planejava fazer.

Fechei os olhos e me esforcei para ter paciência, lembrando que eu compartilhava a culpa por toda essa confusão. O que precisávamos fazer era consertar as coisas, e rápido. Eu só não tinha ideia de como fazer isso.

— Kaz... — Winter parou de falar abruptamente e limpou a garganta. — Alfa, eu... eu não sabia mais o que fazer.

Eu me encolhi com ela usando meu título em vez do meu nome, o que, é claro, era culpa minha. Meu temperamento levou a melhor sobre mim e ela pagou caro por isso.

Pressionei o nariz em seus cabelos e respirei fundo, o cheiro de shampoo acalmando meus nervos. Seu cheiro dizia que pertencia a mim, usava minhas roupas e se submetia em meus braços, e todas essas ações agradavam meu lobo furioso.

— É o meu reino — ela continuou em um sussurro. — Fui egoísta em ficar aqui. Eles estão em risco, e eu... eu não posso ficar. Eu tenho que... Vanessa precisa ser derrubada. Sou a única que pode fazer isso.

— Como? — perguntei contra seus cabelos. — Como você planeja derrubá-la?

— E-expondo a verdade — ela balbuciou.

Suspirei e balancei a cabeça.

— É uma perspectiva nobre, mas implica que você espera que a Vanessa siga as regras. E acho que ela provou ser mais que ser incapaz de seguir qualquer tipo de diretriz.

Seus ombros caíram.

— Não há outra opção.

Bufei.

— Então você pretendia se arriscar e ao nosso vínculo em uma missão que sabia que falharia?

— O que mais eu deveria fazer? — A exigência de sua pergunta foi perdida em seu tom mais suave enquanto seu corpo tremia contra o meu. — Apenas esperar na cabana para que você me dê o nó de novo? Abraçar completamente minhas necessidades de Ômega e esquecer minhas responsabilidades? Me tornar uma boneca para você transar em vez de me tornar a rainha que meus pais pretendiam que eu fosse?

Ela parecia despedaçada no final, como se realmente esperasse que essa fosse sua vida. E eu supunha que meus comentários anteriores eram um pouco culpados por suas suposições.

— Puta merda, Winter — suspirei enquanto grande parte da minha ira se dissipava na brisa suave que vinha do mar. — Eu estava com raiva ontem à noite por causa da sua abordagem e...

— Eu não deveria ter te provocado — ela me interrompeu. — Sou grata por você ter me salvado, mas foi feito sem pensar no que realmente significava, e não é justo esperar que você simplesmente aceite minha bagagem. Eu entendo isso agora. Me desculpe.

Eu a girei em meus braços, cansado de falar com a parte de trás de sua cabeça.

— Não me interrompa novamente — disse. Não exatamente com severidade, mas com firmeza, porque essa coisa de comunicação não funcionaria se ela não me ouvisse. Não que eu tivesse muita moral para falar depois da minha atuação na noite anterior, mas estávamos vivendo o presente, não o passado.

Winter engoliu em seco e baixou os olhos imediatamente para o meu peito.

— Desculpe — ela sussurrou.

Segurei seu queixo e trouxe seu olhar de volta para o meu. Odiei o medo que vi espreitando em suas profundezas.

— Não vou te machucar.

— Eu não te culparia se fizesse isso. — Palavras tão

baixas, mas que me encheram de raiva por uma razão completamente diferente.

— Quando eu te punir, e eu vou, será o tipo de dor que você gosta, não o tipo que te faz temer a mim. Lembra do outro dia? Quando te coloquei nos meus joelhos? — Arqueei uma sobrancelha, esperando sua resposta.

Dois pontos de rosa apareceram em suas bochechas claras.

— S-sim.

— É assim que prefiro te punir — informei, meu toque subindo por seu queixo para segurar a lateral de seu rosto. — Eu não sou a Vanessa ou o Enrique. — Ela torceu os lábios, fazendo com que minhas sobrancelhas subissem. — Você não acredita em mim?

— N-não — ela respondeu, me fazendo soltá-la em choque. — Não, não é isso... — Ela limpou a garganta. — O Enrique nunca me machucou — ela se apressou em dizer. — Bem, certo, ele meio que fez isso durante a festa de noivado, mas não foi uma dor duradoura. E acho que ele só fez para apaziguar a Vanessa. Porque ela teria me punido se ele não tivesse demonstrado sua dominação. Ele me mandou sair mais cedo também em vez de me fazer dançar mais, que era o que a Vanessa queria.

Eu a olhei e considerei o comportamento de Enrique ao chegar. Ele não havia mostrado um pingo de agressividade em relação a Winter ou a mim. Se alguma coisa, ele parecia arrependido. Suspeitei que fosse resultado de sua sentença iminente, ele sabia que sua vida estava em risco, mas talvez se sentisse genuinamente culpado pelo que havia sido feito a Winter.

Debateríamos isso mais tarde.

Havia itens mais importantes para discutir agora.

— Certo. Vamos começar de novo — sugeri, puxando-a de volta para meus braços com uma mão na base de sua coluna e a outra segurando sua nuca. — Primeiro de tudo, seu plano de se entregar é ruim. Não vou deixar você voltar sozinha para o Território de Inverno de jeito nenhum.

Ela enrijeceu, seus ombros travados. No entanto, permaneceu em silêncio.

— Eu te disse que liderança não é algo natural para mim, Winter — continuei. — Dei uma explicação detalhada das minhas reservas, mas nunca recusei totalmente. Você me pressionou quando pedi tempo para considerar. E então, você desrespeitou nosso vínculo ao praticamente me denunciar para Enrique e pedir a ele que te entregasse à Alfa que tentou te matar.

— Eu-eu não te denunciei.

— Denunciou — corrigi. — Você disse a ele que me dispensava das minhas responsabilidades, o que você não pode fazer.

— Você não as quer.

— Você está certa. Eu não quero — concordei, apertando a parte de trás do seu pescoço para forçá-la a manter meu olhar. — Mas isso não significa que eu não vá assumi-las. É isso que você não está entendendo, Winter. Sou um idiota teimoso. Não tomo decisões de forma leviana. Você tentou me pressionar, o que só me faz lutar ainda mais. Mas eu nunca te disse que não faria isso. Eu só disse que não queria fazer. São duas frases completamente diferentes.

Sua testa estava franzida.

— Eu não quero te forçar.

— Então não faça isso — respondi, meu polegar acariciando o pulso dela. — Deixe que eu me force. — Puxei-a para mais perto e pressionei os lábios nos dela. — Sei o que tenho que fazer, Winter. Mas não vou me lançar em algo por obrigação apenas. Você precisa me deixar pensar em todas as possibilidades. É assim que eu sou. É assim que tomo decisões.

Ela assentiu lentamente, suas íris negras mantendo contato com as minhas.

— Sinto muito.

— Eu sei que sente — respondi, beijando-a novamente, desta vez com um sussurro de meu próprio pedido de desculpas por trás do movimento.

Nenhum de nós quis isso. Ainda assim, Ludvig estava certo: Winter fez um bom trabalho em abraçar seu lado Ômega, apesar de ter sido criada como Beta. Bem, pelo menos até o confronto na pista de pouso. Aquilo foi puro Beta, não o comportamento de uma Ômega reivindicada.

— Não me denuncie novamente — disse a ela. — E não se coloque em perigo assim de novo.

Não lhe dei a chance de reconhecer minhas exigências, minha boca já reivindicou a sua. Havia coisas que eu queria dizer que não sabia como transmitir, como o quanto me senti aterrorizado quando ela se colocou em perigo e o quanto eu queria estrangulá-la por agir de forma tão imprudente sem se preocupar com a própria segurança.

Meu beijo foi uma punição em si, minha língua se chocou contra a dela em repreensão por todas as escolhas que me irritaram. Cada acentuação acalmava a violência que crescia dentro de mim, abrandando meu fogo e alimentando outro em seu lugar.

Ah, eu queria puni-la.

Deixar sua bunda rosa com a palma da minha mão.

Transar com ela até o ápice e obrigá-la a permanecer lá até terminasse de me plantar dentro de sua alma.

Mas não tínhamos tempo.

Então satisfiz meus desejos através da boca, dominando-a com mão ao redor da sua nuca e permiti que ela sentisse o meu poder e comando em cada toque e lambida selvagem.

Ela se derreteu em mim, e sua loba se submeteu a cada capricho meu.

Não haveria mais discussões.

Nem mais confrontos.

Apenas uma parceira obediente se rendendo à vontade do seu Alfa.

Um ronronar reverberou em meu peito, fazendo Winter quase afundar contra mim em alívio. Quaisquer dúvidas que ela tivesse sobre nosso vínculo pareceram desaparecer, substituídas por uma loba satisfeita e sonolenta. Seus olhos escuros tinham um apelo sonhador enquanto eu recuava para olhá-la, naquele lugar especial onde apenas uma Ômega poderia se perder.

Sorri para ela e esfreguei meu nariz no seu.

— Ainda vou te punir, linda.

— Eu sei — ela disse com voz sonolenta.

— Vamos. Por mais que eu goste de te ver vestindo minhas roupas, Mila escolheu um traje para você usar no jantar hoje à noite. Está lá no meu apartamento.

— Jantar?

— Sim. A atividade para a qual eu ia te levar depois de me encontrar com Enrique para avaliar seus níveis de agressividade — respondi, olhando para ela. — Eu tinha um plano, Winter. Você o arruinou. — Não que realmente importasse agora. Enrique descobriria sobre o status dela como Ômega independentemente de como as coisas acontecessem. Ela apenas acelerou o cronograma. Felizmente, o Alfa não parecia disposto a me desafiar.

— Desculpe — ela sussurrou, parecendo ser sua palavra favorita hoje.

Dei um beijo em sua bochecha.

— Eu também sinto muito. — Tinha certeza de que

nunca tinha dito essas palavras em voz alta para ninguém. Jamais. — Acho que nós dois temos algo a aprender em relação à comunicação — acrescentei, as palavras soando estranhas em minha língua.

Meu desafio seria mais difícil de superar. Eu trabalhava sozinho por um motivo, mas o acasalamento implicava que agora eu precisava considerar outra pessoa em minhas decisões. E às vezes, precisaria também do seu ponto de vista.

— Também... também sinto muito pela... sua, ah, cabana — ela disse enquanto começávamos a caminhar.

— Eu posso consertar uma janela.

— E a pia — ela murmurou, me fazendo parar no meio do caminho.

— Pia?

— Ah, um, o cano...? — Soou como uma pergunta.

Eu a encarei, confuso por um momento, e então juntei tudo.

— Você usou um cano para quebrar a janela.

Ela assentiu, tensa.

— Entendi. — Continuei nosso caminho em direção ao meu apartamento, minha mente formulando todas as maneiras de repreender adequadamente minha companheira por seu comportamento hoje. Deixá-la sair impune de toda essa merda enfraqueceria minha posição como seu Alfa.

Apesar disso, não podia ser muito duro com ela, não quando meu lobo irradiava orgulho por sua inventividade. Ela também se defendeu do que acreditava, algo que eu admirava, mesmo estando furioso com ela por não ter pensado no plano.

Humm, precisava fazer algo que a lembrasse de quem estava no comando e, ao mesmo tempo, mostrasse meu prazer por sua demonstração de força.

Meus lábios se curvaram ao pensar no método de correção perfeito.

Pobre Winter.

Ela não saberia o que fazer quando eu terminasse com ela.

E mal podia esperar para ouvi-la implorar.

WINTER

O OBJETO de metal vibrou entre minhas coxas, o que me fez dar um pulo ao lado de Kazek no elevador. Ele sorriu e eu arfei.

— É *isso* o que esse negócio faz?

Perguntei a finalidade quando ele colocou o item dentro de mim antes de puxar minha calcinha de renda para cima. Ele apenas disse:

— Não retire sem a minha permissão.

Então, segurei o objeto com contas com os músculos internos para evitar que caísse. Não queria decepcioná-lo. Não novamente. Mas à medida que a vibração aumentava, eu me perguntava se conseguiria obedecer à sua ordem durante toda a noite.

— Alfa — suspirei e encostei na parede fria e espelhada atrás de mim enquanto lutava para encontrar algo para me segurar.

Kazek se aproximou. Ele estava usando terno e seu corpo poderoso bloqueou minha visão de tudo.

— Estas são as regras para a noite — ele disse, com o olhar preso ao meu. — Nada de gozar sem minha permissão. Nada de remover as bolinhas tailandesas. Nada de gemer. Nada de gritar. Não quero nenhuma reação além do seu cheiro e lubrificação. Isso significa que espero que você continue a conversar durante toda a noite de forma eloquente, como de costume. Me obedeça, e vou te recompensar. Me desobedeça, e, bem, não sugiro isso.

Gemi ao perceber o que ele pretendia fazer comigo. Eu nunca deveria ter concordado em deixá-lo colocar aquilo dentro de mim. Não que eu tivesse muita escolha. Ele desembrulhou a caixa e tirou o brinquedo antes que eu pudesse ler o propósito do conteúdo. Eu deveria ter imaginado que ele faria algo assim.

— Também gosto de te ouvir me chamar de Alfa, então é assim que você vai continuar a me chamar esta noite. — Ele aproximou os lábios do meu ouvido enquanto a pulsação aumentava. — Você já mereceu uma bela punição, Winter. Não piore as coisas ignorando meus comandos.

Ele lambeu meu pulso acelerado e se afastou assim que as portas metálicas se abriram para revelar nosso destino. Eu estava praticamente ofegante atrás dele, com as coxas úmidas de desejo. Todos seriam capazes de sentir o cheiro da minha excitação. Isso tornaria a conversa com outros Alfas difícil, algo que eu suspeitava ser o objetivo. Kazek queria me lembrar a quem eu pertencia e me forçar a implorar por conforto.

Na frente de toda a festa e durante o jantar.

Todos estavam ao redor do salão com bebidas nas mãos, e seus olhares se voltaram para mim enquanto Kazek me guiava para fora do elevador com a mão pressionada na base das minhas costas nuas. O tecido de seda preto envolvia minhas curvas e me deixava exposta para a multidão.

Quase gemi de vergonha, pois sabia que meus mamilos estavam rígidos graças ao zumbido incessante dentro da minha vagina. Kazek não desligou aquela porcaria, mas a deixou na mesma intensidade, mantendo minha curiosidade e me provocando com uma pulsação rítmica.

Grum me olhou preocupado enquanto Enrique semicerrou os olhos.

Kazek se aproximou deles com um sorriso tranquilo. Seu lobo claramente estava satisfeito com a escolha de método de punição.

Eu queria estrangulá-lo.

Bem, não. Isso não era verdade. Eu queria transar com ele. E *depois* estrangulá-lo.

Ele deve ter sentido meu aborrecimento, porque o zumbido aumentou, me fazendo estremecer e reprimir um gemido.

Seria incrível sentir isso no meu clitóris, pensei enquanto uma imagem de Kazek usando-o em mim surgiu em minha mente. *Sim, por favor.*

— Alfa Enrique, peço desculpas pela interrupção anterior. A questão foi corrigida — Kazek disse enquanto passava o polegar por minha coluna, indicando que a outra mão estava controlando a vibração dentro de mim. Ele estava com a mão no bolso da calça social preta, confirmando minha suposição. — Acredito que você está familiarizado com a identidade anterior de minha companheira, mas me permita te apresentar ao seu nome escolhido. Ela agora se chama Winter Flor, Ômega do Território Nórdico e futura Rainha do Território de Inverno.

Eu o olhei, surpresa com a última parte da apresentação. Ele arqueou a sobrancelha, como se me desafiasse a negar.

Minhas bochechas coraram ligeiramente diante da confiança em sua voz e expressão.

Certo.

Não queria mais estrangulá-lo. Agora queria beijá-lo. E depois transar com ele.

O que significava que eu precisava jogar de acordo com suas regras, e isso incluía conversar. Forcei um sorriso e disse:

— Sim. Meu nome não é mais Snow Frost. Ela morreu quando entrou no cio e renasceu como Winter Flor, companheira do Alfa Kazek Flor.

A vibração diminuiu e a aprovação de Kazek ficou evidente na forma como ele me abraçou e beijou o topo da minha cabeça.

— Acredito que não nos conhecemos, Beta — ele disse, focando em Grum. — Suponho que você faça parte da guarda real?

— Sou o principal especialista em armas do Território de Inverno — Grum respondeu, e seus olhos azul-prateados encontraram os meus. Eu sabia o que ele queria saber.

Você já contou a ele sobre os sete? ele estava me perguntando.

Não, tentei dizer com uma leve balançar de cabeça.

Ele não pareceu gostar da resposta. Mostrou falta de confiança, o que era uma avaliação precisa. Sua atenção se voltou para Kazek.

— Meu nome é Grum.

— Grum — Kazek repetiu e paralisou ao meu lado. — A Winter já falou sobre você.

Franzi a testa. *Quando foi que...? Ah. Ah, merda!* Eu o mencionei depois de me recusar a vestir as roupas de Alana. Levei a mão ao abdômen de Kazek, como se eu pudesse segurá-lo, e ele respondeu aumentando a vibração dentro de mim. Meus joelhos quase cederam com o ataque de sensações e um gemido subiu pela minha garganta, sendo sufocado por pura força de vontade.

Entrelacei a mão na dele e prendi as unhas no tecido de seu paletó.

Isso era injusto em muitos níveis.

Grum olhou para mim com preocupação enquanto Enrique deu um passo para trás. Minha excitação o devia estar provocando. Alfas não acasalados eram programados para responder aos feromônios Ômega, e Kazek estava agravando meu cheiro com seu truque abaixo.

Uma punição, percebi, entreabrindo os lábios com o conhecimento que me escapou antes. Isso não era apenas sobre mim, mas também sobre Enrique. Ele seria obrigado a suportar meu cheiro como o único Alfa não acasalado na sala, e se reagisse de alguma forma, Kazek poderia lançar um desafio.

Olhei para Kazek em choque, mas ele estava ocupado encarando Grum e avaliando o homem que ele considerava como uma potencial concorrência pelo meu afeto.

Passei os braços em volta de Kazek, mostrando solidariedade, mas minhas pernas vacilaram com o prazeroso ataque que ocorria entre minhas coxas.

Não havia como aguentar a noite toda nesse estado.

Siga as regras, me incentivei. *Nada de gemer. Nada de gritar. Não remova essa porcaria tecnológica. Não... Ahhh, isso é tão bom. Humm...*

Pressionei o nariz no peito de Kazek e um gemido parou nos meus lábios.

Todos sabiam. Eu podia sentir seus olhares em mim, podia sentir o crescente divertimento de Kazek, e o odiei um pouco por ele me envergonhar dessa maneira.

Mas entendi o propósito.

Ele queria que eu experimentasse a impotência que ele sentiu na pista de pouso, apenas de uma forma mais sensual e sedutora.

Companheiro filho da mãe, pensei enquanto encontrava seu olhar perverso.

Pelo menos, capturei sua atenção.

A vibração diminuiu quando ele me deu um beijo destinado a me seduzir, ao mesmo tempo em que transmitia uma mensagem para nossa audiência sobre sua reivindicação.

— Hum, você tem um cheiro delicioso, Winter — ele sussurrou, passando o nariz de minha bochecha até a orelha. — Mal posso esperar para te devorar mais tarde.

Estremeci e uma onda de umidade encharcou minha calcinha de renda. Em breve, estaria escorrendo por minhas pernas. Ainda bem que a saia do vestido ia até o chão. Claro, a fenda em minha perna esquerda daria a Kazek todo o acesso de que ele precisava para me tocar intimamente durante o jantar.

Enrique limpou a garganta, com a expressão tensa.

— Fico feliz que você tenha conseguido salvá-la quando eu não pude.

Kazek se moveu, me colocou de novo ao seu lado e envolveu o braço em minha cintura. Me inclinei contra ele, mas mantive as mãos nas laterais do corpo. Com a onda de calor que percorria meu corpo, eu não confiava em mim mesma para não agarrá-lo de forma inapropriada. Ou pior, cair de joelhos e implorar para ele transar comigo na frente de todos.

Pelo menos, as vibrações cessaram.

Por enquanto.

Isso não me impediu de apertar as coxas em busca de atrito. O brinquedinho de Kazek me deixou desejando-o de uma maneira que me lembrou o cio. Minha mente não parava de visualizar todas as maneiras que ele poderia aliviar minha necessidade agonizante, e cada imagem fazia meu ventre se contorcer.

Isso é ruim.

Muito ruim.

— Me diga, *Grum* — Kazek pronunciou o nome como se estivesse falando de uma doença. — Quem é o Doc? Você mencionou que ele suspeitava que Winter não era Beta. Por que ele não fez nada a respeito?

Grum cruzou os braços, com a expressão entediada.

— Ele tentou, mas não conseguiu encontrar evidências de manipulação.

— As "pílulas de força" não foram uma pista? — Kazek pressionou, arqueando uma sobrancelha.

— O Território de Inverno é uma colônia Beta. Pílulas de força são uma substância comum entre os lobos para ajudar a fortalecer nossas defesas contra os Alfas. Entretanto, supressores não estão disponíveis ou sequer são discutidos. Nunca passou por nossas cabeças que a Snow, quero dizer, a Winter, os estivesse tomando. — Grum deu de ombros. — Não faço ideia de onde Vanessa conseguiu essas pílulas.

— Do Alfa do Território Bariloche — Enrique murmurou. — Pelo menos, esse é o meu palpite.

Kazek o olhou.

— E por que você acha isso?

— Vanessa e Carlos são amigos próximos. É por isso que o pedido de noivado para Snow foi enviado ao Território Bariloche. Carlos ofereceu ao seu conselho e quando ninguém aceitou tomar uma noiva Beta, eu me apresentei.

Eu me surpreendi com a imagem de seu conselho me rejeitar por ser Beta. Claro, todos os Alfas preferiam esperar por uma companheira Ômega.

— Aposto que vão se arrepender da decisão em breve — Kazek falou com desprezo.

Enrique grunhiu.

— Vários vão desafiá-lo, com certeza.

Kazek sorriu.

— Ótimo. Nunca fui fã do Carlos ou de seus Alfas de estimação.

Enrique não reagiu negativamente à declaração. Ele simplesmente olhou para Kazek com uma expressão entediada.

— Por que você acha que me ofereci?

— Pensei que a Kari fosse seu pagamento. Ela veio do Território Bariloche, certo? Como um presente?

Parte da fachada de Enrique rachou e seus olhos revelaram o suficiente para aguçar minha curiosidade. Será que foi por isso que ele concordou em se casar comigo? Para ter a Ômega como sua escrava pessoal? Eu sabia que ele pretendia tê-la como amante, mas não sabia que ele já a conhecia. Será que Enrique era o motivo pelo qual ela temia os Alfas?

Enrique começou a responder, mas foi interrompido pela chegada da mulher em questão. O Alfa loiro, Mick, entrou com ela. Ele estava com o braço ao redor da cintura dela, os lábios perto de sua orelha enquanto sussurrava algo que a fez tremer.

Seu medo invadiu minhas narinas, o que fez com que eu me encolhesse com o cheiro acre.

O que ela esperava que acontecesse?

Enrique fez um som que deixou Kazek tenso ao meu lado.

E então Kari levantou a cabeça.

O terror em seus olhos se transformou em absoluto alívio quando ela encontrou o olhar de Enrique, e seus olhos azuis se encheram de lágrimas.

— Que merda você fez com ela? — Enrique questionou, dando um passo à frente.

Mick empurrou Kari para trás, em um movimento protetor que fez Enrique rosnar.

— Eu não sugeriria isso — Kazek falou. — Tecnicamente, ganhei a Ômega Kari. Então serei forçado a intervir e, bem, já tenho várias razões para querer te matar. Adicionar outra pode me levar ao limite.

Enrique o encarou.

— Isso não é um jogo.

— Não é? — Kazek soou ofendido. — Quer dizer que você não conspirou para matar Beta Snow para que a Rainha dos Espelhos pudesse assumir o trono sem interferências? E você não planejou se tornar o rei dela? Quero dizer, imagino que fosse isso que você ganharia. Sinta-se à vontade para corrigir minha avaliação.

— Sim, houve uma conspiração. Mas não significa que eu pretendia seguir o plano dela. O que, obviamente, não posso provar. No entanto, quanto ao que eu queria, a resposta está nesta sala. — Seu olhar foi para Mick. — Me diga que ela está bem.

— Eu não preciso te dizer nada — o Alfa respondeu.

— Estou bem — Kari disse com a voz trêmula. — Você não deveria estar aqui.

— Nem você — Enrique murmurou, passando os dedos pelos cabelos.

— Parece que temos muito a discutir — Ludvig comentou, com a postura relaxada. — E sinto que há uma história aqui que eu estaria muito interessado em ouvir. Vamos ouvi-la durante o jantar?

Kazek passou o polegar para cima e para baixo em minha coluna, provocando calor. Seu dispositivo me deixou extremamente sensível, o fogo ainda queimava em minha barriga e esperava que ele o alimentasse ainda mais.

Algo me dizia que ele pretendia me derreter por inteiro.

E suas palavras confirmaram isso quando ele murmurou:

— Eu adoro uma boa história. Parece ser meu tipo de aperitivo. — Dei um pulo quando ele ligou a vibração de novo. — Me permita te acompanhar ao seu lugar, Winter. — Ele levou a mão para a parte inferior das minhas costas, roçando os dedos na minha bunda.

Ah, essa ia ser uma noite longa.

KAZEK

Winter se contorcia ao meu lado, com os olhos vidrados. Ela parou de prestar atenção na conversa há algum tempo.

Peguei mais pouco de comida do meu prato com o garfo e o levei até os lábios dela. Ela abriu a boca, aceitando minha oferta, e mastigou no piloto automático, assim como fez com tudo o que lhe dei para comer. Toda a sua atenção estava no prazer que vibrava entre suas pernas.

Todos na sala sabiam o que eu estava fazendo. Podiam ouvir a vibração vindo de sua boceta, bem como sentir o cheiro de sua excitação.

Enrique estava sentado em frente a nós, e as veias de seu pescoço pulsavam com crescente agressividade. Ainda assim, ele nos contou sua história com uma paciência admirável, deixando cada vez mais clara sua preocupação por Kari.

Mick parecia pronto para cometer um assassinato, com os nós dos dedos brancos por apertar os talheres com tanta força.

Ludvig, no entanto, não parecia surpreendido com a história. Dada sua idade e experiência, imaginei que ele não ficaria chocado com os maus-tratos de Kari ou de sua irmã.

— Você escolheu se casar com a Winter na tentativa de salvar Kari de seu destino — concluí. — Admirável.

Enrique bufou.

— Não fiz isso para ser *admirável*. Fiz para salvá-la, mas ela foi arrancada dos meus braços depois que achei que finalmente tinha vencido.

O que explicava sua raiva na noite da festa de noivado.

Pensei que ele quisesse transar com a pequena Ômega. Uma avaliação adequada em circunstâncias normais, mas nada na história de Enrique poderia ser considerado *normal*.

— Bem, como pode ver, nós a tratamos um pouco diferente de seu pai — falei com sarcasmo.

Kari se encolheu com minha afirmação. Seu desprezo por mim por chamar o Alfa do Território Bariloche de seu *pai* era palpável. Mas ele a gerou, então a designação era apropriada. O fato de ele ter falhado em seu dever de proteger sua progênie era uma questão totalmente diferente.

Bem, *falhar* era dizer pouco.

Ele destruiu seus filhos.

O imbecil merecia uma sentença muito pior que a morte por suas ações insanas.

— Devemos consultar o Alfa do Território Andorra. Acredito que ele pode nos ajudar a reverter o que Carlos fez com ela — Ludvig disse em tom sério. — Vou ligar para ele quando terminarmos aqui.

— Reverter? — Kari repetiu em um sussurro.

Mick estendeu o braço nas costas da cadeira dela e passou os dedos pelo ombro de Kari. Ela não se afastou. Na verdade, pareceu se acalmar com o toque.

Interessante. Na última vez que soube, eles estavam sempre discutindo. Parecia que haviam se conectado, pelo menos em algum nível.

— Vamos ver o que meu irmão tem a dizer, então vamos partir daí — Mick sugeriu a ela baixinho enquanto um leve ronronar irradiava de seu peito. — O Ander tem a melhor equipe de médicos e pesquisadores do mundo. Se alguém pode ajudá-la, é ele.

Pobre fêmea, pensei, sentindo pena da dor que ela devia estar sentindo por qualquer merda que seu pai tivesse feito com ela. Tudo porque ele não queria que ela tivesse um companheiro.

Parecia que Carlos não gostava de competição. Quando a irmã mais velha de Kari encontrou um companheiro, o irmão gêmeo de Enrique, Carlos matou o pobre coitado e destruiu sua filha Ômega no processo. Então, ele alterou Kari para evitar que ela pudesse conceber. E se isso não fosse o suficiente, ele a transformou em um brinquedo sexual para seus guardas pessoais se aproveitarem.

Havia maneiras humanas de evitar a gravidez entre os lobos. Pares Alfa e Ômega faziam isso o tempo todo.

Mas Carlos optou pelo método mais torturante possível.

O idiota era exatamente o tipo de macho que eu gostava de matar. Infelizmente, eu tinha outras prioridades. Incluindo a Ômega atordoada ao meu lado. Deixei as vibrações em um nível baixo, o suficiente para provocá-la sem fazê-la chegar ao orgasmo. Assim, ela estava à beira de um clímax que se recusava a acontecer, semelhante ao que ela sentiria durante o cio sem um Alfa para satisfazê-la. Só não tão impactante, pois ela ainda não estava em um mar de necessidade chorosa.

Não pretendia deixar chegar a esse ponto, apenas o suficiente para provar algo.

Que era onde estávamos agora.

Peguei o vinho e tomei um gole, considerando minha próxima jogada.

Todos aqui entenderam minhas intenções. Winter agiu sem recurso, passou por cima da minha autoridade diante da alcateia e se colocou em sério perigo. Não podia deixar isso passar sem correção.

Alguns poderiam ter preferido uma abordagem mais violenta.

Eu preferia meu método de fazê-la ficar literalmente de joelhos, lembrando-a de nossa dinâmica.

Éramos escravos de nosso vínculo. Sua necessidade de prazer estava diretamente relacionada ao meu desejo de acasalar com ela. Eu estava excitado há uma hora, antecipando o momento em que poderia me banhar em seu doce calor.

A diferença entre nós era a minha habilidade de me concentrar e manter uma conversa séria enquanto estava excitado.

Se um dos lobos na mesa dirigisse a palavra a ela agora, Winter estaria um caos incoerente. As vibrações eram parcialmente culpadas, mas a culpa era de seu desejo de se submeter ao seu parceiro. Alguma parte intrínseca sua sabia que ela agiu mal e queria ser corrigida como resultado.

Ômegas ansiavam naturalmente pela aprovação de seus Alfas. E Winter sabia que não ganhou a minha. Se alguma coisa, ela a perdeu por completo, e agora sua loba ansiava por restabelecer o equilíbrio.

Coloquei o vinho de lado e me inclinei para minha companheira.

— Peça licença para ir ao banheiro — sussurrei em seu

ouvido, baixo o suficiente para ninguém mais ouvir. Não que alguém fosse ficar surpreso com qualquer coisa que eu dissesse neste ponto.

Winter estremeceu, mas fez o que lhe foi dito. Seu vestido se moldava à sua bunda enquanto ela procurava o corredor do banheiro no canto do restaurante.

O Território Nórdico tinha algumas áreas sociais para refeições, a maioria usadas para situações como esta, onde Ludvig queria entreter um dignitário estrangeiro. Outros lobos também usavam os restaurantes improvisados para celebrações ou reuniões menores. Os profissionais da cozinha apenas se mudavam de lugar conforme solicitado. Neste caso, Ludvig emprestou a própria equipe de chefs para a ocasião.

A conversa à mesa mudou para uma discussão sobre o infame Alfa do Território Bariloche, com Mick conduzindo as perguntas sobre a estimada Guarda Alfa de Carlos. Enrique pareceu satisfeito em fornecer informações ilimitadas, o que funcionava para mim. Desde que ele se mostrasse útil, eu permitiria que ele vivesse.

Grum, no entanto, continuava na minha lista de "considerações para matar".

Até agora, ele não forneceu nada de importante além de me irritar com sua existência insignificante. Saber que ele transou com minha companheira não melhorou minha opinião sobre ele.

Mantive o olhar no Beta enquanto me retirava da mesa, e o deixei ver a fome em meu olhar destinada à fêmea que ele nunca mais teria o privilégio de tocar novamente.

— Volto em breve — eu disse, sem me importar se alguém me ouviu.

Grum franziu a testa. Sua desaprovação era evidente.

Ótimo.

Isso o puniria também. Sua desculpa sobre não saber nada sobre supressores me irritou. Se ele, ou esse idiota do Doc, tivessem suspeitado de algo, deveriam ter agido. Na minha opinião, eles eram todos inúteis.

Sorri para ele e então me virei para seguir o delicioso aroma da minha Ômega.

Humm, linda. As bolas Ben Wa fizeram exatamente o que eu queria. Aumentei a intensidade ao me aproximar do banheiro e sorri com o suspiro que ela soltou através da porta.

Tecnicamente, não foi um gemido ou grito, então permiti.

Ela caiu de joelhos quando atravessei a porta, e envolveu os braços em minha coxa.

— Por favor, Alfa — ela sussurrou, com o rosto pressionado contra a minha virilha. — *Por favor*, me deixe gozar.

Passei os dedos por seus cabelos escuros. Ela estava linda assim, se entregando, implorando para que eu a agradasse, e se esfregando contra a minha ereção como se não pudesse suportar mais um momento sem o meu pau dentro dela.

— Você está em chamas, Winter? — perguntei baixinho. — Você sente como se estivesse prestes a explodir?

— Sim — ela sibilou, e continuou a pressionar a bochecha no zíper e se esfregar em mim, como uma Ômega no cio.

Continuei a passar os dedos por seus fios macios, com o toque propositalmente leve e não o suficiente para ela.

— Isso te lembra do seu cio, baby?

Ela assentiu e um gemido escapou de seus lábios enquanto pressionava o nariz contra minha calça e inspirava profundamente.

— Me dê o nó, Alfa. *Por favor.*

— Humm — murmurei e passei a mão em sua nuca, segurando-a com firmeza. — Como você planejava lidar com o seu primeiro cio sem mim? — Usei a outra mão para aumentar a sensação entre suas coxas.

Ela pressionou a boca nas minhas calças e soltou um som contra o tecido. Parecia um grito misturado a um gemido, mas decidi não puni-la por isso. Ela já estava sofrendo o suficiente.

— Você pensou sobre isso, baby? — perguntei a ela, aumentando meu aperto. — Você pensou em como lidaria com seu estro sem mim? Porque seria muito pior que isso. Você estaria com dor, gritando para qualquer um te dar o nó. Todos aqueles Betas tentariam e falhariam. E então, Winter? O que você faria? Deixaria que eles te dilacerassem? Me faria sentir sua morte a milhares de quilômetros de distância?

Ela cravou as unhas em minhas coxas e seus ombros tremeram.

— Não — ela sussurrou.

— Não o quê, baby? — Subi um pouco a mão para segurar seus cabelos e puxei sua cabeça para trás para estudar seu belo rosto.

As pupilas dela estavam dilatadas, dominando as íris escuras, o que fez seus olhos parecerem órbitas negras e famintas. Mas vi a compreensão em sua expressão, o medo intenso do que eu estava contando sobre o destino que ela escolheu para si mesma e para mim.

— Teria me matado sentir isso, Winter. Saber que você estava longe demais para que eu pudesse te ajudar e como você estava sendo prejudicada.

Me ajoelhei diante dela, o que ainda me deixava imponente em relação ao seu corpo menor, mas eu podia segurá-la com mais facilidade. Ela imediatamente agarrou meus ombros, pressionando o corpo no meu para expressar sua necessidade. Mas eu a mantive afastada, com os dedos entrelaçados em seus cabelos enquanto levei a outra mão para seu quadril.

— A dor que você sente agora, o orgasmo que seu corpo continua a negar, seria multiplicado por um milhão durante o cio. Você se perderia nesse desejo e deixaria qualquer um e qualquer coisa te comer, o tempo todo desejando apenas um nó. O meu. — Dei um beijo casto em seus lábios, feito para provocar. — Você entende o nosso vínculo, baby? Como ele nos une de todas as formas?

Ela assentiu e passou os braços em meu pescoço enquanto se agarrava a mim como se eu fosse sua tábua de salvação.

— Meu — ela disse em um suspiro.

— Seu — concordei e soltei seu quadril para encontrar o controle remoto. Desliguei as vibrações, mantendo a boca ainda próxima à dela. — Se levante e me dê sua calcinha, Winter.

Ela engoliu em seco e usou meus ombros como apoio para fazer o que pedi. Segurei seus quadris enquanto ela se inclinava para remover a renda entre suas pernas. Ela tremia muito, mas conseguiu realizar a tarefa com uma graça que eu admirei.

Peguei a peça de suas mãos e a coloquei no bolso, então disse:

— Agora você pode remover as bolas Ben Wa. Mas não goze.

— Sim, Alfa. — Ela fechou os olhos e levou os dedos aos lábios inchados e até o paraíso escorregadio criado para o meu nó. Winter estremeceu ao puxar as contas de metal. Ela as tirou e as ofereceu para mim.

— Lamba até que estejam limpas, baby.

Ela abriu os olhos, exibindo o encantador olhar cor de

ébano. Ela manteve o contato visual e fez exatamente o que pedi, me seduzindo com os lábios e língua sem nem mesmo tentar. Puta merda, eu queria que ela fizesse isso com o meu pau.

Mais tarde, disse mim mesmo. Winter merecia minha devoção e atenção minuciosa depois de seu comportamento desta noite. Ela fez exatamente o que eu queria, e eu pretendia recompensá-la por isso.

— Humm, isso parece bom, baby — elogiei. — Agora levante a saia para que eu possa saborear minha sobremesa.

Ela ofegou em antecipação e seus mamilos se projetaram com nitidez através do vestido de seda fino enquanto ela puxava o tecido até os quadris. Com as mãos em seus quadris, eu a guiei de volta para a porta, querendo que ela tivesse algo para se apoiar.

— Tente não cair — eu disse.

— Eu posso...? — Ela respirou fundo para terminar sua pergunta. — Eu posso gozar, Alfa?

Puta merda, eu a adorava. Ela memorizou todas as minhas regras de forma gloriosa.

Eu não apenas a chuparia até o fim. Eu também lhe daria o nó que sabia que ela precisava. E a seguraria em meus braços até que ela estivesse pronta para se mover novamente, mesmo que levasse horas neste banheiro minúsculo. Pelo menos, era limpo e mobiliado com elegância.

— Você pode gozar, gritar e gemer, Winter — eu disse. — Não se segure. Quero que todos neste Território ouçam eu te reivindicar. Entendeu?

— Sim. — Ela apoiou a cabeça na porta. — Obrigada, Alfa.

Ronronei, satisfeito com suas reações, e colei a boca em seu clitóris.

Meu nome escapou de seus lábios e, embora eu não a tivesse autorizado a me chamar de Kazek, não a corrigi ou repreendi. Eu ordenei que ela informasse ao bando quem era seu dono, e ela fez exatamente isso.

Ela gozou quase que de imediato, e seu corpo tremeu com o orgasmo necessário abalando seu núcleo. Eu a devorei, impulsionando seu prazer e a enviei para um segundo ápice minutos depois do primeiro, e a lambi por completo enquanto ela se recuperava da torturante sensação.

Winter soltou uma das mãos do vestido e entrelaçou os dedos em meu cabelo, se contorcendo e se segurando enquanto eu continuava meu ataque prazeroso.

Prometi continuar fazendo-a gozar até que ela me implorasse para parar, ou pedisse mais.

E eu o fiz.

Suguei seu ponto sensível, penetrei os dedos nela para massagear o ponto profundo que a fazia tremer, e a levei ao ápice.

De novo.

E de novo.

E de novo.

Ela praticamente cantava meu nome, misturando palavrões, súplicas e gemidos.

"Pare" se transformou em "mais", e depois se tornou "demais". Então ela começou a chorar e apertou meus dedos com a boceta, me rejeitando de seu ventre.

— Nó — ela sussurrou, com as lágrimas caindo, mesmo quando outro orgasmo se formou dentro dela. — Por favor, Alfa. Eu preciso do seu nó.

Mordisquei seu ponto inchado, não com força, apenas o suficiente para acalmar o seu êxtase crescente. Principalmente porque eu sabia que outro clímax a faria cair no chão.

Ela finalmente estava pronta para o seu companheiro.

Qualquer outra coisa não serviria.

— Quero que você se lembre disso, Winter — eu disse enquanto me levantava. — Lembre-se de como se sente agora. De como está vazia, apesar de todo o seu êxtase. Porque é assim que seria a vida sem mim. Sem *nós*.

— P-por favor, não... — Seu lábio inferior tremia. — P-por favor, não me deixe assim, Alfa.

Segurei seu queixo e a beijei devagar, permitindo que ela provasse a si mesma em minha língua.

— Seria o castigo máximo, não é? — sussurrei. — Deixá-la insatisfeita. Ir embora e te deixar para trás para se defender sozinha. Responder ao meu dever no outro cômodo em vez de cuidar de suas necessidades e *nos* colocar em primeiro lugar.

Ela começou a tremer por um motivo completamente diferente. O medo de que eu realmente fizesse isso a atingiu e fez as lágrimas caírem com força total.

Como eu disse, serviria como a reprimenda máxima.

Era o que ela merecia por seu ato de desafio.

Mas ela se saiu muito bem ao me respeitar essa noite e fazer o que eu pedi.

E, *por isso*, escolhi pegar leve com ela.

— Me desculpe — ela sussurrou, afastou as mãos de meus ombros e quase desmoronou no chão aos meus pés.

Mas segurei seu quadril com a mão livre e a mantive contra mim.

— Eu sei — respondi em seu ouvido. — Agora me liberte da calça.

Ela praticamente se derreteu de alívio. Seria mais fácil colocá-la de joelhos para me satisfazer, mas eu não era tão cruel.

Bem, pelo menos não com ela.

Levei a mão de volta aos seus cabelos, brincando com

as mechas sedosas enquanto ela abria meu cinto, o botão da calça e puxava o zíper para baixo. Não me incomodei em vestir cueca, ciente do que pretendia fazer esta noite, então meu pau caiu em suas mãos ávidas.

Ela me acariciou sem pedir permissão.

Rosnei em aprovação, mas com um lembrete sobre quem controlava quem.

Ela começou a inclinar a cabeça para frente em um gesto de submissão, mas meu aperto em seus cabelos a segurou. Não lhe dei a chance de se desculpar ou falar, minha boca reclamou a sua em um beijo intenso destinado a dominá-la.

Ela se abriu para mim.

Me permitiu devorá-la da forma que eu ansiava.

E esperou que eu desse o próximo passo.

Eu nunca soube que beijar poderia ser tão erótico. Nunca foi uma prioridade na minha lista de atividades, já que eu sempre preferia ir direto ao ponto. Mas Winter mudou tudo. Ela me fez querer ir devagar, memorizar cada momento e garantir seu conforto antes de dar o próximo passo.

E foi exatamente o que fiz.

Eu a conduzi pela experiência, exigindo o controle no início, com calma e gentileza, e permiti que suas preferências brilhassem no processo.

Ela gostava de movimentos fluídos, onde minha língua acariciava e dançava de forma sensual com a dela.

Winter queria paixão.

Ela precisava das minhas emoções.

Desejava que eu lhe desse tudo e mais um pouco.

Então eu o fiz. Com cada posse sensual de minha boca, me entreguei aos seus métodos e permiti que ela tivesse acesso a tudo de mim. Meus sentimentos, incluindo a raiva por ela tentar me deixar hoje. Meu alarme por quase perdê-la. Minha aceitação do nosso destino, assim como minha aversão à liderança e subsequente compreensão da necessidade dela.

E, o mais importante, eu a deixei sentir minha adoração por ela. Minha devoção. Minha promessa de sempre protegê-la. Meu juramento de estar ao seu lado. Meu total reconhecimento do nosso vínculo e o que ele significava.

Agora ela chorava por um motivo completamente diferente. Minha forte e pequena companheira estava sobrecarregada por tudo o que eu dizia com a boca, sem pronunciar uma palavra sequer.

Segurei sua bunda e a levantei, então prendi seus quadris contra a porta com os meus. Ela envolveu minha cintura com as pernas, enquanto meu pau encontrava sua entrada com absoluta certeza e a penetrava.

Ela arqueou o corpo em minha direção e suas lágrimas caiam ainda mais rápido enquanto eu a tomava da maneira que nós dois desejávamos.

Não se tratava de dor ou prazer, mas de necessidade.

Meu lobo exigia que eu reivindicasse minha posse, e a loba dela requeria que eu lhe desse o nó por completo.

Nossas bocas ficaram mais famintas uma contra a outra, sua língua era uma bênção contra a minha. Nunca senti por ninguém o que sentia nesse momento. Tanta possessividade intensa, tanta plenitude. Era como se eu não conseguisse respirar sem ela, como se eu tivesse começado a viver por causa dela.

Aprofundei as emoções, ciente de que devia estar machucando-a com a força de meus movimentos e reconheci que ela exigia mais.

— Winter — murmurei, perdido para ela.

Tudo isso tinha a ver com controle, com minha

necessidade de possuí-la por inteiro e, ainda assim, nunca me senti tão livre em toda a minha vida.

Nosso acasalamento nos dominou, me deixou de joelhos de forma figurativa e exigiu que eu me rendesse.

E eu me rendi.

A ela.

A *nós*.

Ao momento.

Ela gemeu, contraindo suas paredes internas ao meu redor, indicando sua crescente euforia.

— Me dê — ordenei. — Grite, Winter. Grite meu nome.

— Kazek! — Ela desmoronou com um som que eu me lembraria para sempre em meus sonhos mais sombrios e sempre tentaria recriar.

Puro êxtase.

Sem dor.

Apenas completude.

Finalmente estávamos no mesmo nível de entendimento, nossas mentes combinando com nossas almas, o que levou nosso vínculo a um novo plano de existência.

Meu nó explodiu, me fez uivar de prazer cheio de agonia, com meu lobo no comando. Parei de pensar. Reagi. E mordi Winter de novo, no mesmo lugar em que a provei dias antes.

Ela gritou e caiu no ápice, sua loba se rendendo ao meu sem lutar.

Parecia um acasalamento novo, nossos corpos se unindo ainda mais forte do que antes. Eu sabia que isso não era possível ou lógico, mas nada entre nós parecia ser impulsionado pela razão. Era tudo repleto de magia. Um conto de fadas distorcido. Meu próprio felizes para sempre.

Soltei seu pescoço e a segurei com uma paixão que não

sabia que possuía. E ela se agarrou a mim do mesmo jeito, com as pernas tremendo e a respiração ofegante.

— Obrigada — ela sussurrou. — Obrigada, Alfa.

— Kazek — corrigi, precisando ouvir meu nome de seus doces lábios.

— Kazek — ela repetiu baixinho. — Obrigada, Kazek.

Eu a beijei com delicadeza e nos abaixei no chão, com as costas apoiadas na porta e ela montada em meu quadril, enquanto meu sêmen continuava a se derramar dentro dela.

Silêncio caiu sobre nós.

Um contentamento.

Um caminho claro.

Nossos futuros se unindo para a eternidade.

Eu não me importava com quem ainda estava na sala de jantar, nem se todos estavam esperando que saíssemos, esse momento era muito poderoso e significativo para que eu o interrompesse.

Winter parecia se sentir da mesma forma. Ela apoiou a testa em meu ombro enquanto brincava com os botões de meu paletó.

Uma companheira tão bonita.

Tão perfeita.

Afastei seu cabelo do ombro e admirei minha marca. Minha.

Ela parecia sentir meus pensamentos, porque emitiu um som que parecia ser de concordância. Um som de contentamento que despertou outros sentimentos dentro de mim.

— Eu sou seu, Winter Flor — falei baixinho enquanto um ronronar ressoava em meu peito. — Sempre. Se você fugir, vou te perseguir. Essa é a nossa dança. Lembre-se disso da próxima vez que tentar me deixar.

Ela ronronou de novo. O som parecia ser a única coisa que ela poderia fazer em seu estado pós-orgásmico.

Aceitei como resposta.

Principalmente porque senti sua segurança através do vínculo.

Também sou sua, ela estava dizendo. *Sempre*.

WINTER

Kazek me ajudou a arrumar o vestido, passando os dedos pelo seda preta com habilidade e suavizando as rugas nos lugares certos. Seu sêmen umedecia minhas coxas, e minha calcinha estava perdida em um de seus bolsos. Ele não deixou que eu me lavasse, nem se preocupou em se limpar ao se vestir.

Todo mundo já nos ouviu. Não havia sentido em esconder o que aconteceu aqui. Eu também não queria fugir de sua reivindicação. Ele pertencia a mim e eu a ele.

Como se sentisse a direção dos meus pensamentos, Kazek baixou os lábios em sua marca de reivindicação e deu um beijo em meu pescoço.

— Você está bem, Winter? — ele sussurrou.

Assenti.

— Sim.

— Ótimo. — Ele roçou a boca contra minha têmpora e se moveu atrás de mim. Não entendi por que até meu colar aparecer em sua mão. — Eu pretendia colocar isso de volta em você mais cedo, mas me esqueci. — Ele passou o colar em minha pele e prendeu o metal em meu pescoço. — Ludvig disse que você o deixou na suíte de detenção.

Toquei o pingente de pata enquanto estudava meu reflexo no espelho.

— Eu me esqueci — admiti. — Ele te contou sobre isso?

Kazek encontrou meu olhar no espelho.

— Sim.

Esperei por mais, mas ele não se aprofundou. Me virei nos braços de Kazek e apoiei as mãos em seu peito.

— O que ele disse?

— Você realmente não sabe?

— Sei o quê?

Kazek levou as mãos aos meus quadris, e o aperto possessivo foi muito bem-vindo.

— O Alfa Ludvig é seu tio.

Arqueei as sobrancelhas.

— *O quê?*

— Sim, definitivamente você não sabia — ele murmurou, com um tom de divertimento. — Para mim também foi novidade. Vamos perguntar a ele sobre isso?

Eu não conseguia respirar o suficiente para responder. *Meu tio?* Pisquei. *Como?*

O que Doc disse? Algo sobre Ludvig reconhecer o colar. Ele estava certo de que isso convenceria o Alfa do Território Nórdico a me ajudar. O que significava que Doc sabia. E Grum?

Me virei em direção à porta, com Kazek bem atrás de mim. Ele não me disse para parar ou me lembrou do meu lugar. Sua proximidade era uma presença dominante e de apoio.

E, de alguma forma, isso só fez com que me apaixonasse ainda mais por ele. Porque ele me permitia ser quem eu precisava ser quando era importante e me lembrava do meu lugar quando eu precisava da lição.

Ir até aquela pista de pouso sem um plano adequado foi um erro enorme. Eu reconhecia isso, assim como ele admitiu que me manter trancada sem saber de nada foi errado. Em certo sentido, de qualquer forma. Ele insinuou essa falha.

A comunicação não era nosso ponto forte. Precisávamos trabalhar nessa área do relacionamento e faríamos isso, mas agora eu precisava de respostas.

— Você sabia? — perguntei assim que chegamos à mesa.

Todos já tinham passado para a sobremesa, e seus olhares se voltaram para mim enquanto eu interrompia o que quer que estivessem discutindo.

Mas eu só tinha olhos para Grum.

— Você sabia? — repeti.

Ele me encarou.

— Sabia o quê?

— Que Ludvig é meu tio — respondi cerrando os dentes.

Grum nem hesitou.

— Sim.

— Todos vocês? — pressionei.

— Sim, Princesa. Todos nós sabíamos.

— Nós? — Kazek repetiu.

Mas eu já sabia a quem Grum se referia. *Meus sete protetores.*

— Quem é "nós"? — Kazek exigiu quando Grum o ignorou.

— Não me reporto a você, Alfa — ele respondeu, ainda focado em mim. — Minha lealdade está com a Princesa Snow. Sempre esteve.

Kazek rosnou, e o som foi uma vibração violenta nas minhas costas.

— Cuidado, Beta.

Grum finalmente desviou o olhar de mim e focou no homem irritado.

— Respeito que você seja o companheiro dela, Alfa

Kazek. Mas fiz um juramento à dinastia da família Frost, e não vou quebrá-lo.

Silêncio.

Grum não podia explicar mais, seu juramento era de proteção e silêncio.

Mas eu não estava sujeita às mesmas regras.

Os sete existiam para servir a mim e à minha linhagem familiar. Kazek se juntou à minha dinastia como meu companheiro, e parecia que Ludvig era parente de sangue. Presumi que ele era irmão da minha mãe, porque a família do meu pai foi exterminada durante a reforma da sociedade há cem anos. Foi assim que ele se tornou o Rei do Território Inverno.

Sua companheira, Mila, também seria considerada família. O mesmo valia para seu filho Mick, um relacionamento que deduzi durante o jantar. Também descobri que todos os outros o chamavam de Sven, não de Mick.

Isso deixava Kari e Enrique como os dois estranhos na sala.

— Que juramento? — Kazek perguntou, me virando em seus braços. — Sobre o que ele está falando, Winter?

Me perdi em suas íris escuras, permiti que sua força superasse minhas dúvidas e sussurrei:

— Ele faz parte dos meus sete. — Se Enrique reportasse qualquer coisa disso para Vanessa, meu círculo de Betas estaria em perigo. Eles poderiam se cuidar, mas a Rainha dos Espelhos claramente não jogava limpo.

— Snow — Grum advertiu.

Balancei a cabeça.

— Tecnicamente, todo mundo nesta sala é da família, Grum. Exceto por dois, e confio no Alfa Kazek para mantê-los sob controle, se necessário. — Talvez não Kari, mas eu não sabia com quem ela poderia falar. Enrique era a única ameaça real, e seu destino já estava nas mãos do meu companheiro.

Kazek acariciou minha bochecha, sua expressão era calorosa.

— Me fale sobre seus sete.

— Meus sete protetores — respondi, limpando a garganta. — Foram eles que me ensinaram a lutar. Eles me criaram em segredo, sem que Vanessa soubesse, sempre leais à minha linhagem e não à dela. Foram eles que me ajudaram a escapar no avião. As identidades deles são conhecidas apenas por mim e pelos sete, e todos têm posições poderosas no reino.

— Foi por isso que você se ofereceu para vir comigo — Enrique falou. Me virei para encontrá-lo olhando de boca aberta para Grum. — Você sabia que ela estava aqui e pretendia protegê-la.

— Sim. — Grum não era de mentir. Ele apenas confirmou o detalhe e voltou seu foco para mim, esperando para ver o que mais eu revelaria.

— Os sete foram criados durante a reforma para proteger o último herdeiro da linhagem Frost, o meu pai. É uma equipe de elite de Betas que, como eu disse, ocupam posições valiosas no Território de Inverno. Grum é o especialista em armas do Território. Doc é o chefe da minha equipe de segurança. E há outros cinco, que não revelarei quem são. Eles se unem para proteger a linhagem Frost conforme necessário.

— Fizemos um juramento de sangue a Einar Frost e mais tarde à sua companheira, Sofie Frost — Grum confirmou.

— Isso é ótimo — Kazek disse, sem parecer impressionado. — Quantos anos você tem, Winter? Vinte? Vinte e um?

Franzi a testa. Isso parecia ser o tipo de coisa que ele já

deveria saber, mas supus que ainda não tínhamos revisado o básico.

— Vinte e um.

— Vinte e um — ele repetiu. — Uau. Vocês tiveram duas décadas para perceber que ela era Ômega. Entendo que o uso de supressores seja uma anormalidade para vocês, mas deve ter havido outros sinais.

— Eu não sabia — Enrique apontou. — E houve situações em que eu deveria ter percebido.

Estremeci com sua forma não tão sutil de dizer que tivemos um relacionamento íntimo.

Kazek rosnou, dando um passo à frente, mas me coloquei diante dele.

— Ele nunca chegou perto de me dar o nó — eu disse a ele, com as mãos em seus ombros. — Só você, Alfa.

Seus olhos brilharam.

— E quanto ao Grum?

— Facilitei sua transição em preparação para a noite de núpcias. Foi mais um procedimento médico que qualquer outra coisa e não foi nada como o show que você acabou de dar no banheiro — Grum respondeu e o som de sua cadeira deslizando sobre a madeira ecoou com suas palavras.

Franzi a testa com a maneira como ele descreveu nossa experiência. Ele não estava errado, mas não gostei de ouvir o resumo em voz alta.

— Se deseja me disciplinar por algo que aconteceu antes de você reivindicá-la, Alfa, a escolha é sua — Grum continuou, e o som de suas botas reverberou atrás de mim. — Mas lembre-se de que você estaria desabilitando um dos protetores de Snow no processo. E acredite em mim quando digo que vocês dois precisam de apoio leal neste momento.

— Apoio leal — Kazek zombou. — Ela quase morreu

na noite em que chegou ao Território Nórdico porque seu cio começou com supressores ainda presentes em suas veias. Minha reivindicação salvou a vida dela. O que você fez?

— Eu ajudei a criá-la, a ensinei a se defender e a protegi da melhor maneira possível, tudo debaixo do nariz da rainha. Conheço o palácio por dentro e por fora, entendo as motivações dos lobos e, o mais importante, mantenho todos os cofres de armas. Até mesmo os que a Rainha Vanessa não sabe que existem.

Kazek o avaliou novamente.

— Você está me dizendo por que é útil para mim.

— Sim — Grum confirmou, sempre direto e objetivo.

— Explique melhor — Kazek exigiu. — Me convença a deixá-lo viver por ter tocado no que é meu.

Me aninhei no peito de Kazek, tentando implorar através do toque, e senti Grum se colocar bem atrás de mim. Ele podia ser um lobo Beta, mas tinha o coração de um Alfa. Ele enfrentaria seu castigo de frente, mesmo que não concordasse com o propósito dele.

— Kazek — sussurrei, com um apelo baixo na voz. *Ele é meu irmão. Por favor, não o mate*, eu queria dizer. Mas eu sabia que era melhor não interferir tão severamente. Alfas eram criaturas possessivas. Grum me tocou. Apenas essa consciência era o suficiente para levar Kazek a cometer um assassinato, assim como eu reagi à presença de Alana no escritório de Ludvig.

— Shh, pequena — Kazek respondeu. — Quero ouvir o seu *protetor* se defender.

A energia calma de Grum me aqueceu, sugerindo que ele mantinha a postura tranquila. Ele raramente se deixava abalar por ameaças, mesmo de um assassino letal. Se fosse Doc, ele discutiria de igual para igual. Mas com Kazek, ele parecia estar avaliando seu lugar e escolhendo suas palavras.

Sempre tão sábio, meu Grum, pensei.

— Você precisa de mim, Alfa — ele disse sem rodeios. — Então, me bata se for preciso, mas se lembre do meu valor, especialmente para Snow. Os sete cometeram um erro com os supressores. No entanto, isso não apaga duas décadas salvando constantemente sua vida. Houve outras conspirações contra ela. Nós frustramos todas sem que ninguém soubesse, inclusive Snow.

Pisquei diante de suas palavras.

— O quê? — Tentei olhar para ele, mas os braços de Kazek me envolveram pelos ombros, me mantendo pressionada em seu peito.

— Quais ameaças? — Kazek perguntou.

Grum começou a listar cada uma, como se lesse os incidentes diretamente de algum documento confidencial existente apenas em seu cérebro. Minha mente girou com perguntas enquanto ele falava.

Alguém tentou me afogar quando eu tinha cinco anos?

Foi por isso que caí daquela plataforma quando era adolescente?

Quando eu dormi por uma semana? Por que não consigo me lembrar disso?

As outras foram ameaças que nunca me atingiram, como uma cesta cheia de maçãs, minha fruta favorita. Envenenadas.

— Quantas pessoas já tentaram me matar? — perguntei, ofegante e chocada.

— Várias — Grum respondeu. — Na maioria das vezes, foram lobos renegados de fora do reino e, infelizmente, apenas dois sobreviveram para falar. Eles se referiam a mandante como a Velha Bruxa. Eles nunca encontraram a pessoa, apenas aceitaram a recompensa oferecida.

— Você rastreou as recompensas? — Kazek perguntou.

— Tentamos, mas continuavam desaparecendo sem deixar rastros. O que indica que há mais de uma parte envolvida nas tentativas de assassinato.

— Foi isso que ela quis dizer — Enrique interveio, seu tom sombrio e profundo. — Vanessa se referiu a Snow como um "problema que ela vinha tentando resolver há anos sem muito progresso". Então ela passou trinta minutos me elogiando por ser o Alfa certo para o trabalho, dizendo que deveria saber que um Alfa respeitável seria a rota correta, não vira-latas mal alimentados. Eu não fazia ideia do que ela estava falando. Agora sei.

Estremeci com a conversa surreal. Saber que Vanessa conspirou para me matar pelas mãos de Enrique me magoou e me deixou furiosa. No entanto, perceber que ele não foi a primeira pessoa que ela contratou para me eliminar não era apenas irritante, mas também alarmante.

— Por que você não me contou? — perguntei, interrompendo o que estava sendo dito ao meu redor. Encarei Grum para que ele entendesse que a pergunta era direcionada a ele. Kazek permitiu, mas passou os braços na minha cintura de maneira possessiva. — Por que você me deixou no escuro?

— Para te proteger — ele respondeu. — Sem evidências, não podíamos implicar Vanessa, e o Doc estava preocupado que você pudesse ir até ela por acidente. Então, nós te ensinamos a lutar e se defender. É por isso que te treinamos de forma tão intensa.

— Ah. — Isso fazia sentido. Só no ano passado comecei a me sentir realmente desconfortável com Vanessa. Quando criança, eu a via como uma figura maternal e sempre buscava agradá-la, apesar de parecer impossível.

— O que aconteceu com os dois que sobreviveram? — Kazek perguntou, mudando a conversa de volta para a lista de tentativas de atentados contra a minha vida.

Grum encontrou o olhar de Kazek por cima do meu ombro e seus olhos brilharam de satisfação.

— Estão vivendo em um buraco, meio famintos. Doc achou que poderíamos precisar deles em algum momento para um julgamento. — Grum deu de ombros. — Ele é o tipo lógico. Gosta de planejar a longo prazo.

— Onde vocês os mantém? — Enrique perguntou.

— Em um local seguro que a Rainha dos Espelhos nunca visitaria — Grum respondeu de forma vaga.

Kazek permaneceu em silêncio atrás de mim por um longo momento, mas senti a aprovação irradiar dele conforme seus músculos relaxavam.

— Tem razão. Você é muito útil para mim, Beta.

— Achei que você veria as coisas dessa forma — Grum respondeu.

— Humm-hum — Kazek murmurou em concordância. — Mas se você tocar novamente na minha companheira de qualquer forma que não seja para salvar a vida dela, vou te esfolar vivo. Entendido?

Grum olhou para mim e inclinou a cabeça para o lado.

— Meu juramento é à Snow Frost. Se esse for o desejo dela, posso concordar.

— Abraços são permitidos. — Olhei por cima do ombro para meu companheiro. — Ele é como um irmão para mim.

— Um irmão que já esteve dentro de você — Kazek retrucou com um rosnado baixo.

— Tolerei Alfa Alana. — *Por muito pouco*. — Você vai tolerar o Beta Grum.

Ele me observou. Seus olhos escuros brilharam com

317

uma mistura complexa de irritação e orgulho. Mas, eventualmente, ele inclinou o queixo em aceitação.

— Tudo bem, Ômega. Abraços breves são permitidos.

Sorri com os termos negociados.

— Certo.

— Certo — Kazek repetiu, e deu um beijo em minha têmpora, fechando nosso acordo.

Me virei para encontrar todos boquiabertos nos encarando.

Bem, todos exceto Mila e Ludvig. Os dois tinham expressões de aprovação. Alfas raramente cediam à suas Ômegas, especialmente em público, mas já havíamos estabelecido que quase todos nesta sala eram da família de alguma forma.

— Você vai mesmo fazer isso — Grum disse, com um toque de respeito em sua voz ao se dirigir a Kazek.

Meu companheiro arqueou uma sobrancelha.

— Houve alguma dúvida?

— Sim. Milhares — Grum respondeu e se virou para retomar seu lugar. — Agora, vamos falar sobre derrubar a Rainha dos Espelhos ou continuaremos com as aparências? Porque estou cansado de me curvar para aquela vadia.

Entreabri os lábios em choque com sua afirmação ousada. Ele só falava assim na presença dos outros sete. Dirigir-se a Kazek daquela maneira indicava que meu companheiro ganhou seu respeito. Uma sensação de calor cresceu dentro de mim ao pensar nisso. Gostei que ele tenha aceitado Kazek como meu. Isso significava que ele respeitava minha decisão. Não que eu tivesse muita escolha, mas isso nem vinha ao caso.

Rainha Vanessa me colocou em uma posição difícil.

A culpa por minha falta de escolha era dela, não de Kazek.

Meu companheiro grunhiu, mas a curva de um sorriso apareceu em seus lábios.

— Não se preocupe, Beta. Em breve, você estará se curvando para mim e para Winter.

Grum concordou com um aceno.

— Então, imagino que você tenha um plano.

— Na verdade, tenho — Kazek respondeu e voltou o olhar para Enrique. — E tudo começa com você.

WINTER

Alguns Dias Depois

Meu estômago protestou à medida que o avião descia.

— Nunca vou me acostumar com essa sensação — suspirei. Os nós dos meus dedos ficaram brancos de tanto apertar os apoios de braço.

Kazek colocou a mão sobre a minha e acariciou meu pulso com o polegar enquanto olhava pela janela.

— Não vamos voar com frequência — ele murmurou. — Eu prometo.

— Ótimo. — Porque era horrível e eu nunca mais queria passar por isso.

Fechei os olhos, inspirei pelo nariz e expirei lentamente pela boca. Era a única coisa que parecia acalmar meu interior em rebelião.

Um solavanco balançou meu corpo quando as rodas tocaram o chão, a superfície irregular abaixo de nós retumbou com a velocidade da aterrisagem. Tínhamos escolhido um local a cerca de cem quilômetros fora do Território de Inverno, não querendo aparecer em radares ou sermos ouvidos nos aproximando.

De acordo com a última mensagem de Grum, ele desativou as câmeras de vigilância aérea há cerca de uma hora. Esse era seu objetivo principal ao retornar ao Território de Inverno. Enquanto isso, a tarefa de Enrique era distrair a Rainha Vanessa com a notícia da minha morte. Como ele ainda não havia dado uma atualização, não tínhamos escolha a não ser presumir que ele estava ocupado cumprindo seu dever.

Kazek mexeu o pescoço ao meu lado, e sua energia zuniu ao meu redor em uma onda inebriante de Alfa e domínio. Ele não sugeriu que eu ficasse no Território Nórdico. Seu plano de ataque sempre me incluiu. Agradeci de maneira apropriada por isso na noite passada, mas tinha a vontade de fazê-lo novamente agora. Sua presença era inebriante, especialmente quando ele irradiava controle. E estava praticamente vibrando dele agora enquanto avaliava nossos arredores através das janelas.

— Posso sentir o cheiro do seu interesse — ele comentou, com a mão ainda na minha e a apertou de leve. — Vamos retomar assim que eu liberar parte dessa agressividade. — Ele me soltou, desprendeu o cinto de segurança e se levantou. — As vibrações de nosso pouso perturbaram os Infectados. Há pelo menos três ninhos à distância do meu lado.

— Vejo dois do meu lado — Alana respondeu enquanto revirava uma bolsa no chão. Como eu, ela usava calça, bota e suéter pretos.

Kazek estava vestido de maneira semelhante, exceto que ele também usava um par de luvas de couro.

Ele pegou uma maleta do compartimento acima de nós e a jogou aos meus pés quando soltei o cinto de segurança.

— Escolha uma arma, princesa. Está na hora de você me mostrar o que sabe fazer.

— Tem um arco aqui? — perguntei enquanto puxava o zíper. Meus lábios se curvaram de alegria ao encontrar um bem no topo, com uma aljava cheio de flechas ao lado. Olhei para meu companheiro com adoração.

— Obrigada.

Ele piscou.

— Quero ver por que te chamam de Flecha de Inverno. Espero que esteja pronta.

Além do meu estômago ainda se adaptando ao nosso pouso, eu me sentia preparada o suficiente. Coloquei a aljava sobre o ombro e pausei ao sentir o ajuste perfeito. Ergui a sobrancelha quando encontrei o olhar conhecedor de Kazek.

Ele se inclinou para roçar os lábios em minha orelha.

— Considere isso um presente — sussurrou, então beijou minha bochecha. — Agora vamos testar sua pontaria.

Mick resmungou ao entrar na cabine principal, vindo da cabine de comando.

— Você vai jogá-la em um ninho se ela não atender aos seus padrões, Kaz? Porque foi um final de semana divertido. — Seus olhos azul-claros se voltaram para mim. — A propósito, ele é um professor horrível.

— Você o jogou em um ninho? — perguntei, chocada.

Kazek deu de ombros.

— Ele precisava de mais prática.

— Sim, porque perdi uma oportunidade de matar — Mick falou. — Idiota.

— Você não perdeu nenhuma desde então, não é? — Kazek retrucou e olhou para ele. Quando Mick não respondeu, meu companheiro sorriu. — Sim, foi o que pensei.

— Vocês dois vão flertar a noite toda ou vão fazer o trabalho? — Alana segurava uma metralhadora enorme em uma mão e uma pistola na outra. — Ou devo deixar vocês dois transarem enquanto eu lido com os Infectados lá fora?

Mick resmungou.

— Sim, tanto faz. Eu não trouxe vocês aqui para ficar sentado nesse avião. Vamos acabar com esses idiotas de uma vez por todas.

— Isso é algo com que posso concordar — Kazek falou e girou uma faca antes de colocá-la em seu cinto. Ele também tinha uma arma de cada lado e se curvou para pegar a terceira. — Vamos começar a festa. — Ele olhou na minha direção. — Você está comigo, Winter.

— Para sempre — respondi automaticamente, ganhando um sorriso do meu companheiro.

— Para sempre — ele concordou e me puxou para um beijo. — Mal posso esperar para ver você usar esse arco, baby. — Ele mordeu meu lábio inferior e me soltou. — Aponte para os pescoços para cortar as cabeças. Depois cuidamos do tronco cerebral com uma bala.

— Eu sei como matar um Infectado, Kazek — eu disse. — Uma flecha bem colocada na boca resolve.

Ele pareceu impressionado com o conhecimento.

— Você já caçou Infectados antes?

— Como acha que aperfeiçoei minha mira? — retruquei. Grum e os gêmeos me levavam com frequência para a floresta para praticar a pontaria. Os Infectados não podiam transmitir o vírus zumbi para os lobos do X-Clan, mas ainda podiam morder e se alimentar da nossa carne, o que os tornava um incômodo que exigia erradicação frequente. Eles eram atraídos pelo nosso calor corporal, viajando dia e noite até nosso Território em busca de um lanche.

Eu costumava me sentir mal por matá-los, mas não havia cura. Então, na verdade, acabar com eles era um ato de misericórdia. Sua humanidade morria quando eles se transformavam em comedores de carne irracionais.

Kazek sorriu.

— Tudo bem, Flecha de Inverno. Pinte a neve de vermelho.

— Agora você está falando a minha língua — Alana disse, destravando a porta. — Eu vou para o norte.

— Eu vou para o sul — Mick nos informou.

— Como só há água a oeste, nós vamos para o leste — Kazek respondeu, deixando Mick e Alana saírem primeiro. — Encontre um ponto alto e faça seu trabalho, Winter.

Assenti e o segui para fora, o frio intenso atingia minha pele através da blusa e da calça, mas a adrenalina me impulsionava para frente.

Tromsø costumava ser um polo cultural.

Agora parecia uma zona morta.

Os habitantes eram todos Infectados, já que os humanos que sobreviveram ao expurgo inicial fugiram para morrer nas montanhas. Tudo aconteceu antes do meu tempo, mas os sete me contaram histórias sobre isso.

Toda essa região foi aniquilada.

O Território humano mais próximo ficava no meio do caminho entre aqui e Oslo.

Foi por isso que os Infectados vieram para o Território de Inverno. Eles estavam desesperados para se alimentar. Felizmente, isso os tornava mais lentos e mais fáceis de eliminar.

Kazek se agachou, mantendo o foco na massa em movimento diante de nós. Ele entrou no modo predador. Eu podia ver isso nas linhas letais de seu corpo e na precisão de seus passos. Ele levantou o braço e disparou três tiros em sequência, derrubando a primeira fileira de Infectados.

— Pare de me observar e comece a trabalhar — ele

exigiu enquanto disparava mais duas balas. — Agora, Winter.

Humm, eu gostava do meu companheiro mandão. Especialmente assim.

No entanto, eu tinha algo a provar para ele.

Ele não admitiu em voz alta, mas todo esse exercício de aterrissagem era um teste. Poderíamos ter pousado o avião em um campo vazio rio acima, mas ele escolheu o campo na periferia da cidade, sabendo que atrairia os Infectados.

E fez isso porque queria ter certeza de que eu poderia me virar antes de nos infiltrarmos no Território de Inverno.

Por que mais ele traria um arco para mim?

Tudo bem, Alfa, pensei, preparando meu arco. Ele mencionou um ponto alto. Eu não precisava de um. Atirar em curta distância era minha especialidade.

Soltei uma flecha ao expirar, acertando um Infectado que se aproximava pela lateral. Então enviei uma segunda flecha em seu amigo. As duas foram precisas, pela boca, cortando o tronco cerebral de uma vez.

Levou anos para aperfeiçoar essa mira. Agora, o movimento vinha naturalmente. Girei, captando o brilho da lua, e procurei aqueles olhos vermelhos brilhantes na escuridão.

Era isso que tornava a caça de Infectados fácil: olhos de lobo brilhavam amarelos à luz do luar. Isso incluía os metamorfos na forma humana. Sempre amarelo.

Os Infectados reluziam em vermelho.

Soltei uma série de flechas na escuridão, cada uma acertando meu alvo.

Viver no Círculo Polar Ártico me forçou a aprender a caçar à noite, especialmente durante os meses mais frios.

Usei isso a meu favor agora, entrando em um ritmo enquanto derrubava um Infectado após o outro. Kazek estava bem atrás de mim, sua arma alta e irritante para os ouvidos da minha loba. Mas me forcei a ignorá-lo e aos sons ecoando ao meu redor, focando no inimigo.

Um Infectado me mordeu uma vez.

Não foi uma experiência agradável, e deixou um hematoma feio na minha perna que levou uma eternidade para cicatrizar, mesmo com a genética de metamorfo em ação.

Nunca mais.

Minutos se passaram.

Infectados morreram.

Uivos e gritos ao vento eram a música da noite, a neve branca foi tingida pelos restos mórbidos. Eu estava vagamente consciente de Mick e Alana esmagando crânios para concluir o trabalho em seus quadrantes enquanto meus olhos procuravam a área por mais alvos.

Mas entre nós quatro, derrubamos com sucesso os ninhos que cercavam o campo de pouso. Haveria mais na cidade. No entanto, não ficaríamos tempo suficiente para eliminá-los.

Kazek trouxe transporte extra no compartimento de carga do avião.

E foi assim que eu soube que tudo isso era um teste, porque poderíamos ter entrado no veículo e passado pelos Infectados. Ainda assim, ele quis lutar contra eles.

Enfrentei-o com meu arco e arqueei uma sobrancelha.

— Então. Eu passei, Alfa?

Ele sorriu.

— Ah, sim. Você passou. — Ele segurou a parte de trás do meu pescoço e me puxou para perto, com sua língua exigente contra a minha. Segurei sua blusa com a mão livre, como se minha vida dependesse disso enquanto ele me devorava no mar de violência que nos cercava.

Meu coração batia de forma descontrolada, minha

adrenalina me impulsionava para a frente e me excitava ainda mais. Me pressionei contra ele, ansiosa por seu toque, sua adoração, seu tudo. E ele me deu com a boca.

— Você é linda, minha pequena princesa guerreira — ele sussurrou. — Estou muito impressionado.

— Não preciso me preocupar em ser jogada em um ninho? — perguntei, me referindo ao comentário de Mick mais cedo.

Kazek sorriu.

— Não. Você só precisa se preocupar com o Território de Inverno agora.

Sim. E a rainha perversa no meu trono.

— Quero enfiar uma flecha na cabeça dela.

— Bom — ele respondeu, dando outro beijo em meus lábios. — Então vamos reabastecer sua aljava.

— Por que isso soa como uma metáfora para sexo? — perguntei enquanto ele me guiava de volta para o avião.

— Porque você é viciada no meu nó, Ômega.

Assenti.

— É verdade, Alfa. Eu sou.

Ele riu e deu um tapa na minha bunda.

— Pare de tentar me seduzir. Temos trabalho a fazer.

— Não é culpa minha que você seja viciado em mim — disse, usando seu termo de propósito.

Seu olhar percorreu meu corpo em uma onda ardente de excitação.

— Discordo, Winter.

Minhas bochechas aqueceram com o jeito faminto com que ele me olhava. Em seguida, ele me deu um tapinha no traseiro novamente e me mandou subir as escadas onde Mick e Alana estavam esperando.

— Vou ligar para Ludvig e atualizá-lo — Mick nos informou. — Você já soube do Enrique?

— Não — Kazek respondeu, ainda com a palma da

mão em minhas costas enquanto me guiava em direção às bolsas de armas. — Mas não espero que ele tenha o que precisamos por pelo menos mais uma hora. Se não ouvirmos nada até às onze da noite, ficarei preocupado.

Enrique tinha a tarefa mais difícil de todos nós: convencer Vanessa de que eu estava morta. Kazek ofereceu a ele o papel como uma maneira de recomeçar. Se Enrique tivesse sucesso, meu companheiro o deixaria viver. Se o Alfa falhasse, bem, seu destino ainda estava por ser visto.

Dado o quanto Enrique estava zangado com Vanessa por tentar usá-lo como peão, eu esperava que ele cumprisse a tarefa. Mas havia mais do que apenas convencê-la a acreditar que ele me matou. E era essa parte que me preocupava.

— Vou avisar ao Ludvig. — Mick ergueu uma tela no pulso e se dirigiu para a seção de carga do avião. — Estejam prontos para partir em cinco minutos.

Kazek sorriu.

— Sim, Alfa.

Mick mostrou o dedo do meio para ele e desapareceu nos fundos.

— Cara, essa Ômega está pegando pesado com ele — Alana murmurou.

— Ou ele gostaria que ela estivesse — Kazek respondeu enquanto começava a vasculhar as bolsas de suprimentos. — Enviá-la para o Território Andorra faz sentido. Os pesquisadores de Ander vão cuidar dela.

— Não foram eles que te transformaram? — perguntei, pensando em sua história sobre como ele se tornou um lobo. O *pesquisador* usou o sangue de Ludvig para fazer experimentos em Kazek para "curá-lo", e isso fez com que meu companheiro se transformasse em lobo como resultado. Era por isso que Kazek considerava Ludvig seu criador.

Isso me deixou um pouco assustada quando descobri que Ludvig era meu tio. Perguntei se nos fazia primos, mas depois Ludvig explicou sua verdadeira relação com minha mãe. Ele não era seu irmão de sangue. Seus pais a adotaram depois que ela ficou órfã durante os anos da revolução.

Era um segredo porque a maioria dos lobos não adotava desabrigados, e era o que minha mãe teria sido considerada, mesmo com suas características de Ômega. Ela teria sido leiloada para um Alfa para sua educação e um eventual acasalamento.

A mãe de Ludvig não suportou a ideia de que isso acontecesse com uma garota inocente, então a mantiveram escondida. Pelo menos, até meu pai encontrá-la. E então eles acasalaram.

Era bom ter uma ideia sobre como meus pais se conheceram. Dado tudo o que eu sabia sobre eles, foi uma união feliz, e Ludvig confirmou isso com sua história.

Kazek resmungou.

— Não. Eu matei o cretino que me transformou em seu próprio experimento. E depois acabei com o resto dos seus associados para garantir.

— Eu me lembro disso. — Alana soou divertida. — Ludvig ficou dividido entre te matar e te transformar em seu executor pessoal.

— Acho que ele ainda se sente dividido sobre essa decisão na maioria dos dias — Kazek admitiu enquanto enchia minha aljava com mais flechas.

— Então é bom que você esteja prestes a se tornar o Alfa do Território de Inverno. — Alana olhou para mim enquanto dizia isso, sua expressão irradiando aprovação. Por mais que eu quisesse odiar a fêmea, estava começando a gostar dela.

— Está planejando assumir meu cargo como Segunda? — Kazek perguntou a ela.

— Talvez. — Ela nos observou. — Ou talvez eu fique por um tempo no Território de Inverno e ajude vocês dois a se estabelecerem.

Kazek se endireitou.

— Você quer ser minha Segunda?

Alana deu de ombros.

— Se o cargo estiver vago, talvez.

Kazek a encarou, depois olhou para mim.

— Vamos ter que discutir isso.

Adorei meu companheiro um pouco mais naquele momento. Em vez de tomar a decisão como Alfa, ele preferiu ouvir minha opinião. Talvez fosse por causa de sua história com Alana. Independentemente disso, apreciei o gesto de respeito e beijei sua bochecha para mostrar minha gratidão.

— Claro — Alana concordou, e seus olhos azuis brilharam com aprovação. — De qualquer maneira, ainda não estou pronta para aceitar. Precisamos derrubar uma certa Alfa primeiro.

Sim, pensei. *Um passo de cada vez.*

— Precisamos chegar ao ponto de encontro — murmurei. Grum prometeu enviar um dos meus sete para nos encontrar.

Eu esperava que não fosse um dos gêmeos.

Eles odiariam Kazek à primeira vista.

KAZEK

— Você está agitada — murmurei, observando Winter andar de um lado para o outro ao longo da linha das árvores. Seu comportamento ansioso começou quando chegamos ao ponto de encontro, suas pernas curtas percorriam a terra coberta de neve com admirável agilidade.

— Eles já deviam estar aqui — ela respondeu. — Tem algo de errado.

— Chegamos cedo — lembrei a ela baixinho. — Está tudo bem.

Ela balançou a cabeça.

— Não. Eu sinto. Algo não está certo.

Me afastei do carro e entrei em seu caminho.

— Winter. — Acariciei sua bochecha e a forcei a olhar para mim. — O que seus instintos estão dizendo?

— Que precisamos ir para o Território de Inverno — ela sussurrou. — Agora mesmo.

Assenti.

— Então iremos.

— O quê? — Ela pareceu surpresa. — Assim, do nada?

— Assim mesmo — respondi. — Faço isso há muito

tempo, baby. Se sua intuição está nos dizendo para irmos, então precisamos ir.

Ela engoliu em seco e concordou.

— Sim. Não sei por que nem como, eu só... não podemos esperar até o amanhecer.

— Está bem. — Assobiei para que Alana e Mick retornassem para o veículo após a varredura do perímetro.

Eles correram em forma de lobo, um grande e preto como eu, o outro marrom e branco que rivalizava em tamanho comigo. Me concentrei neste último, Mick.

— A Winter disse que tem algo de errado, então vamos agir mais cedo — eu disse a ele. — Você quer correr na frente e fazer uma verificação?

Ele bufou em afirmação e partiu para a floresta.

— Preciso de você na forma de franco-atirador — disse a Alana. Ela era habilidosa com uma arma, mas ainda melhor a longas distâncias.

Ela respondeu indo para a parte de trás do veículo quatro por quatro e começou a voltar para sua forma humana.

— Plano B, então — pensei em voz alta, verificando minhas armas.

— Desculpe. É só que...

— Não preciso de uma explicação detalhada, Winter. Eu confio em você. — Eu a puxei para perto e beijei sua testa. — As Forças Especiais me ensinaram a sempre ter um plano reserva. Por isso, temos vários. Então passaremos para o plano B e vamos reavaliar quando estivermos mais próximos. Tudo bem?

Ela assentiu novamente, e suas íris escuras brilharam com alívio.

Eu entendia. A confiança levava tempo.

Ainda estávamos nos conhecendo, descobrindo nossos limites e aprendendo como o outro operava, mas não tinha dúvidas de que essa fêmea foi feita para mim. Especialmente depois da sua demonstração com o arco. Winter se movimentou com a graça e precisão de um recruta bem treinado. Eu ia aproveitar ao máximo a oportunidade de continuar sua educação nas artes letais quando tudo isso terminasse.

— Pronta — Alana anunciou, vestida com a calça preta e suéter combinando. Havia pelo menos uma dúzia de armas escondidas em sua roupa, todas em bolsos secretos que ela preferia para objetos pontiagudos. Aprendi tudo sobre isso da primeira vez que treinamos juntos. A vaca me esfaqueou duas vezes antes de eu assumir o controle da luta e dominá-la.

Ela seria uma excelente Segunda Comandante.

Mas apenas se Winter estivesse confortável com isso. Considerando como eu me sentia sobre ela manter Grum como guarda, não ficaria surpreso se ela mandasse eu me ferrar com o pedido. No entanto, talvez pudéssemos chegar a um acordo.

— Está bem — eu disse, avaliando nossas armas. — Eles vão sentir nosso cheiro se aproximar, então precisamos ir rápido e com força. Derrube os vigias que o Grum mencionou e entrem pela clareira como planejamos originalmente. Se a rainha...

Um cheiro estranho na noite fez minha atenção se voltar para o leste.

Intruso.

Os pelos dos meus braços se arrepiaram diante da ameaça desconhecida, minhas narinas se dilataram para identificar o tipo de lobo.

Beta.

— Espere — Winter disse, com a mão contra meu abdômen enquanto olhava em direção à floresta.

Troquei um olhar com Alana antes de me concentrar

em minha companheira, e minha respiração parou diante da intensidade em seu rosto. Parecia que ela estava ciente de algo que eu não conseguia perceber. Este era seu território, sua casa, então eu cederia até certo ponto e esperaria, como ela pediu.

Meu lobo estava agitado, ansioso para proteger, vigilante de cada ângulo em minha visão. Sabia que Alana estava nos protegendo. No entanto, meus instintos acenderam um alerta vermelho. Não gostei da abordagem secreta.

Por isso, rosnei quando senti um movimento próximo. *Muito perto da minha fêmea*, meu lobo rugiu. Eu não conseguia ver o intruso, mas *senti* sua presença.

— Mostre-se — exigi.

— Está tudo bem. — Winter deu um passo para mais perto de mim, como se estivesse tentando me segurar. — É um dos meus sete.

Um lobo branco saltou de uma árvore e aterrissou a menos de dez metros na nossa frente. Alana xingou em surpresa enquanto eu ergui as sobrancelhas.

— Como foi que você fez isso? — questionei.

Vasculhei a floresta por todos os sinais de aproximação e não senti esse cara até alguns segundos antes de ele pular. Nem passou pela minha cabeça verificar os galhos das árvores.

Ele era como um gato.

O lobo farejou e inclinou a cabeça para o lado enquanto examinava Winter. Ela se agachou diante dele, o que fez meu animal emergir.

— Winter...

— É o Opy — ela murmurou e estendeu a mão para coçar atrás das orelhas do enorme Beta. Ele esfregou a cabeça na mão dela e me olhou com um olhar de desaprovação.

— Cuidado — rosnei para ele, travando olhares. — É na minha companheira que você está se esfregando, Beta. — Passei um braço possessivo ao redor dela e a puxei de volta. — Minha.

O Beta sabiamente desviou o olhar.

— Bom garoto — eu disse, incapaz de evitar o apelido depreciativo.

Alana deu uma risada abafada.

E Opy, que tipo de nome era esse, afinal?, mudou para sua forma humana robusta. Ele era quase tão alto quanto eu, e também tinha ombros largos. Com o que alimentavam os Betas nesse Território?

— Não temos tempo para confrontos, Alfa — Opy disse como cumprimento. — A rainha convocou uma cerimônia de emergência. Ela está reunindo todos no Território agora.

— Deve ser a urgência que sinto — Winter sussurrou. — Ela está irradiando descontentamento.

Opy assentiu em confirmação.

— Leep me enviou porque sou o mais rápido, mas ele está esperando na periferia da cidade com roupas para vocês trocarem. Estamos esperando que ajude a mascarar o cheiro para permitir que vocês se aproximem sem serem detectados.

Isso estava de acordo com o plano original.

— Ela está convocando todos para o salão principal? — perguntei.

O Beta encontrou meu olhar.

— Sim.

Assenti.

— Tudo bem. — Peguei as bolsas de armas e entreguei o arco e a aljava de flechas para Winter. — É mais cedo do que antecipamos, mas podemos lidar com isso. Mostre o caminho, Beta.

Ele respondeu retornando à forma de lobo e partiu em silêncio.

Troquei outro olhar com Alana. Ela parecia tão impressionada quanto eu pelo protetor masculino. Sua agilidade e graça estavam em contraste com o tamanho, e a forma como ele olhou para Winter para verificar como ela estava enquanto caminhávamos me disse que ele levava a segurança dela a sério. Bom. Qualquer um que colocasse a vida da minha companheira em primeiro lugar era um recurso que eu não ignoraria.

Encontramos mais dois desses recursos na fronteira na forma de gêmeos idênticos com cabelos castanhos desgrenhados e olhos cinzentos. Winter parecia capaz de distingui-los, talvez por causa das roupas variadas, mas eu não poderia dizer, porque eles pareciam iguais para mim. Os dois mais magros, altos, definitivamente Betas, e cheiravam a peixe.

— Aqui está, Snow — um deles murmurou e entregou a ela calça preta e blusa de gola alta combinando.

— Obrigada, Ez — ela respondeu.

O outro gêmeo se chamava Leep. Parecia uma combinação adequada com Opy, supus.

Alana parecia se divertir tanto com os nomes quanto eu, mas se absteve de comentar.

Nós três vestimos as roupas escuras fedorentas e eu contorci o nariz em protesto.

— Você deve ter sido responsável pelo traje que Winter usava no avião — murmurei.

— Funcionou, não é mesmo? — Isso veio de Leep.

— Sim. Funcionou — admiti. — Mas só porque eu pensei que o cheiro de Winter estava na minha cabeça, que não era real.

Ela olhou para mim.

— O quê?

— Sim, pensei que você fosse uma fantasia — contei a ela. — Comecei a te caçar naquela noite, antes de toda a confusão com a Ômega Kari. Então pensei que seu cheiro me seguiu até em casa como uma provocação.

Seu olhar escuro cintilou sob a luz da lua que se espalhava pelas árvores.

— Você tentou me seguir?

Passei um braço em sua cintura e a puxei para mais perto, ignorando o cheiro que nos envolvia.

— Você está me dizendo que toda aquela provocação desrespeitosa no início da noite não era realmente flerte? Porque eu aceitei aquilo como um convite para brincar com você.

— Você ia me punir.

— Eu ia estocar nessa sua boca desobediente, sim. — Pressionei os lábios em sua orelha. — Acho que nós dois sabemos o quanto você teria gostado disso, baby.

Ela estremeceu contra mim e os gêmeos pigarrearam.

Desviei o olhar e os encontrei me encarando com um olhar severo. Não eram olhares de ciúme, mas sim irmãos irritados com o tratamento dado à irmãzinha. Eu permitiria a irritação, mas não me desculparia por isso.

— Sim, eu também quis te matar antes. Mas não recomendo tentar. — Mick se aproximou de nós, nu após a transformação, e pegou as roupas restantes. — O Kazek vai te dominar em segundos e depois te jogar em um ninho de zumbis só para ver você lutar até chegar em casa. Ele é um verdadeiro idiota nesse sentido.

— Você nunca vai superar Estocolmo, não é? — perguntei a ele.

Mick grunhiu enquanto vestia a calça escura.

— Na verdade, eu estava falando de Copenhague, mas obrigado por me lembrar. — Ele olhou para os gêmeos. — Como eu disse, ele é um idiota.

Como era verdade, eu não senti a necessidade de corrigi-lo e, em vez disso, me concentrei em minha companheira. Acariciei sua bochecha e observei seu rosto.

— Você está pronta?

— Sim. — Ela não hesitou nem piscou. — Quero meu trono de volt...

O arrastar de pés a interrompeu. Puxei a arma, assim como Alana e Mick. No entanto, os outros apenas observaram a linha das árvores, claramente reconhecendo o cheiro.

Outro Beta com pele escura e cabelos pretos separou as árvores com alguns passos rápidos e sua expressão me disse que tínhamos um problema antes mesmo de ele começar a falar.

— O que foi, Happa? — um dos gêmeos perguntou, sentindo o desconforto, assim como o restante de nós.

O recém-chegado fez uma pausa para recuperar o fôlego. Sua testa estava marcada pelo suor.

— É o Doc — ele anunciou em um suspiro.

— O que tem ele? — Opy questionou. Ele voltou à forma humana e usava jeans, mas nada mais.

— A Vanessa está com o Doc — Happa disse. — E ela planeja executá-lo perante o Território por não ter protegido a Snow.

Winter ficou rígida.

— *O quê?*

Os quatro Betas trocaram um olhar sombrio antes que Opy dissesse:

— Ela o manteve sob custódia desde a noite do seu desaparecimento. Ela o culpa por ter perdido seu rastro. Não temos ideia sobre como ele está.

— Por que o Grum não me contou? — ela questionou. Minha pequena guerreira feroz em plena exibição.

Todos eles se entreolharam, então Leep limpou a garganta.

— Não posso falar por ele, mas acredito que achou que você tinha muita coisa acontecendo com seus, ah, novos arranjos e tudo mais.

Eu ri.

— Ela está lidando bem com os "novos arranjos".

— Ele deveria ter me contado. — Winter soou tão triste quanto irritada, e droga, isso intrigou meu lobo. — Você teve notícias do Enrique? — ela me perguntou.

Balancei a cabeça.

— Ainda não. — E neste ponto, eu suspeitava que não teríamos mais notícias dele.

Era melhor que esse filho da mãe não tivesse nos deixado na mão. A história triste que ele nos contou sobre seu irmão me convenceu a confiar, mas só um pouco. Alfas eram criaturas dominantes. No final do dia, todos nós procuraríamos pelos nossos próprios melhores interesses.

E o único interesse de Enrique era ele mesmo.

— Então precisamos esperar que ele tenha conseguido o que precisávamos. Eu não vou deixar o Doc ser punido por algo que não é verdade. — Seu tom e expressão me desafiavam a discutir com ela.

Em vez disso, acariciei sua bochecha e apoiei a testa na sua.

— Estou com você, Winter. Mas lembre-se do que conversamos. Preciso ser o responsável por desafiar a Vanessa. — Era parte da hierarquia dos Alfas e da forma como as coisas eram feitas em nosso mundo.

A linhagem sanguínea de Winter a declarava Rainha do Território de Inverno, e eu agora era o rei legítimo como seu companheiro. Isso fazia com que fosse meu dever derrubar a fêmea Alfa que estava no caminho do meu trono. Por mais forte que Winter fosse, ela não poderia derrotar Vanessa. Eu tinha que fazer isso.

Ela colocou a palma da mão sobre a minha.

— Eu sei.

— Ainda vamos tentar derrubá-la do jeito que você quer, mas você precisa me deixar conduzir as coisas — insisti. — Está bem?

Eu estava depositando muita confiança nela para cooperar. Ela não podia permitir que suas emoções a guiassem. Tínhamos que trabalhar juntos como uma equipe, o que exigia que ela confiasse na minha liderança.

Basicamente, estávamos empatados no placar de responsabilidade: eu precisava poder contar com ela para se manter firme, e ela precisava ter confiança em minha capacidade de destronar Vanessa como planejamos.

Seus olhos cor de obsidiana brilharam quando ela assentiu, me dando a segurança que nós dois desejávamos.

— Está bem.

— Bom. — Eu a beijei de leve e me afastei. — Então vamos lá.

KΛZEK

A TENSÃO na sala irritou meu lobo. Todos se reuniram no salão de entretenimento do palácio, focados no trono na frente da sala. Havia apenas um dessa vez, ao contrário dos três que estavam lá na noite da festa de noivado.

Isso por si só fazia uma afirmação e fez a multidão sussurrar rumores.

Eu estava no fundo, aproveitando as sombras, com Opy ao meu lado.

Winter concordou em ficar do lado de fora da sala, aguardando meu sinal.

Tínhamos vários planos para acomodar as várias rotas possíveis que isso poderia seguir, mas nenhum deles havia considerado uma possível execução. Mais tarde, eu ia conversar com Grum sobre ele não nos avisar sobre a prisão de Doc. Isso era algo que precisávamos estar cientes antes de chegarmos. Mas eu improvisaria para apaziguar Winter.

Alguns Betas olharam para as sombras onde eu me escondia, franzindo os narizes com o mau cheiro impregnando o ar. Opy vestiu um moletom de origem semelhante, aumentando o aroma e mascarando ainda mais meu cheiro de Alfa. Os outros membros dos sete de Winter fizeram o mesmo, com o objetivo de garantir que o cheiro Ômega dela não pudesse ser sentido por ninguém nos terrenos do palácio.

Deu certo.

Percorremos as árvores e os caminhos parcialmente pavimentados do Território de Inverno, seu chapéu e cachecol cobrindo a maior parte de seus traços. Mick, Alana e eu usamos acessórios semelhantes enquanto os membros dos sete de Winter permitiam que suas identidades fossem conhecidas para ajudar a encobrir qualquer suspeita sobre nosso grupo. Para um observador comum, parecíamos apenas bem agasalhados para o clima frio, a caminho de uma reunião.

O tempo continuou a passar, o que me fez tensionar a mandíbula.

Suspeitei que tudo isso fazia parte do espetáculo de Vanessa, já que ela gostava de prolongar o momento e aumentar a expectativa. No entanto, uma pontada de desconforto me atingiu.

Ações precipitadas não eram o melhor caminho a seguir. Precisávamos que Vanessa se incriminasse na frente do Território. Era o único método que garantiria sua queda.

E, ainda assim, aquela pontada de suspeita me incomodava.

Verifiquei o relógio sutilmente, procurando por atualizações de Enrique ou Grum.

Nada.

Balancei a cabeça.

— Tem algo de errado — murmurei, olhando ao redor da multidão, procurando a fonte da minha agitação. Como disse a Winter antes, eu confiava em meu instinto. Foi assim que sobrevivi por tanto tempo.

— Ela sempre faz isso. — Foi a resposta ríspida de Opy.

Assenti porque já suspeitava. Mas isso não explicava o turbilhão no meu abdômen.

— Você consegue distrair os guardas? — perguntei, fazendo um gesto para os dois que estavam perto da porta por onde tínhamos entrado momentos atrás. — Preciso fazer uma ligação rápida. — Minha tecnologia seria notada imediatamente, já que os lobos deste Território não possuíam dispositivos como o que estava no meu pulso.

Ludvig forneceu um para Grum e outro para Enrique, que eles deveriam usar para a comunicação. Claramente, isso não correu como planejado.

E se Vanessa os encontrou?, me perguntei. Confiei nas habilidades de Enrique e Grum para esconder os dispositivos, mas talvez ela os tivesse enganado.

Se fosse esse o caso, tínhamos um problema sério.

Opy estalou o pescoço e saiu sem dizer uma palavra.

Aparentemente, essa era a maneira dele de aceitar minha missão.

Porque ele se aproximou de um dos guardas e deu um socou em seu rosto.

O caos se seguiu com o ataque inesperado, todos os lobos voltando o foco para o guarda Beta que agora estava furioso, exigindo que Opy se explicasse. Parecia que suas habilidades de comunicação eram inexistentes em todos os aspectos, porque ele socou o cara de novo.

Se eu não estivesse preocupado com as artimanhas de Vanessa, teria achado a situação extremamente engraçada.

Em vez disso, me concentrei no relógio, abri uma tela e selecionei rapidamente o comunicador de Mick. Ele se ativou em meu ouvido, todos os componentes tendo sido inseridos antes de deixarmos o Território Nórdico.

— Você sente isso? — ele perguntou como cumprimento.

— Sim. Budapeste? — perguntei baixinho, me

referindo a um exercício de treinamento que fizemos alguns anos atrás e que quase nos matou.

— Sim. Uma armadilha completa — ele concordou. Foi exatamente assim que aquela missão aconteceu. Pousamos no centro de um grande ninho de Infectados sem perceber, tudo porque seguimos um Lobo Ash desgarrado sem considerar todas as possíveis consequências.

Decisão estúpida.

Com certeza não tomaria uma decisão semelhante hoje à noite.

— A Winter está bem? — perguntei. Mick e Alana estavam de guarda, em um corredor secreto que margeava as paredes do salão de entretenimento. Leep e Ez também estavam com eles. Happa saiu para encontrar Grum e o último membro dos sete.

— Não — Mick resmungou, respondendo à minha pergunta sobre minha companheira. — Ela também sente.

Ela não tinha um relógio, porque não tínhamos um à mão que fosse pequeno o suficiente para o pulso dela. Também queria ter um programado para o seu DNA, para que se adaptasse a loba dela, como o meu fazia. Os que dei para Grum e Enrique eram tecnologia antiga, com funções semelhantes aos telefones celulares da minha juventude, mas em forma de relógio.

Passei a mão pela minha nuca e olhei para a distração de Opy junto à porta. Ele agora enfrentava os dois guardas, e seu sorriso mostrava que ele estava curtindo a tarefa de dar uma surra neles.

Talvez o lobo acabasse me agradando, afinal.

— Não gosto disso — Mick continuou em meu ouvido. — Já deveríamos ter tido notícias do Enrique a essa altura.

Concordei. Mesmo que fosse apenas uma mensagem

curta para indicar seu sucesso. O fato de não termos recebido nada me dizia...

Um estalo agudo crepitou na linha, o que me fez franzir a testa.

— Mick?

Silêncio.

— Merda — praguejei e fui em direção à porta.

Mas paralisei quando Vanessa entrou com um floreio. Ela pegou Opy pelo cangote, arrastando-o pelo corredor improvisado criado pela multidão.

Enrique estava atrás dela, segurando a ponta de uma corrente de metal que estava ligada ao pescoço de um Beta careca. O Alfa não olhou na minha direção, focado na rainha à sua frente.

Tudo aconteceu em um borrão de movimento, e os pelos do meu braço se arrepiaram.

O silêncio caiu sobre a multidão, o medo deles era um estímulo para o meu lobo. Eu queria que eles se submetessem, que me vissem como seu líder e Alfa, mas o foco deles estava na vadia subindo os degraus para seu trono.

Errado, pensei. *Meu trono.*

No entanto, permaneci quieto, atento, me perguntando o que ela faria a seguir.

Ela fez algo para interferir nos sinais de rádio. Essa era a única explicação para Mick ter sido interrompido a meio da conversa. Ela entrou muito rapidamente para indicar qualquer jogo sujo, e o vínculo confirmou que minha companheira estava bem.

O que me deixou focado na infame Rainha dos Espelhos.

Ela se sentou com um floreio, com as garras afundadas na nuca de Opy, obrigando-o a ajoelhar entre as pernas dela.

Contraí o maxilar com a posição degradante.

— Você ousa atacar meus guardas? — ela rosnou, fazendo sangue escorrer da ferida que suas unhas criaram na pele dele. — E o que é esse cheiro horrível?

— Eu vim direto da minha ronda no perímetro, minha rainha.

— E você nadou na lama no caminho até aqui? — Ela parecia enojada. Eu não a culpava por isso. O mau cheiro era atroz, mas funcionava para esconder nossa presença.

— Corri pela costa e dei um passo em falso — ele explicou.

Ela rosnou com essa resposta e o empurrou para longe.

— Vira-lata inútil. Fique aí até que eu esteja pronta para lidar com você.

— Sim, minha rainha — ele respondeu, adotando uma posição de submissão no chão.

O choque da audiência indicou que essa não era sua abordagem habitual, talvez porque seu comportamento fosse exemplar por duas décadas enquanto criava sua princesa. Parecia que eles estavam prestes a ver a verdadeira Alfa Vanessa, agora que ela achava que seu reinado era infalível.

Talvez Enrique tenha feito seu trabalho afinal. Ele parecia tão inexpressivo como sempre, de pé a alguns metros à sua direita com o Beta de joelhos ao lado dele. Nada em sua postura o entregava, e sua expressão exalava um tédio que eu admirava.

Espero que você tenha feito o que precisava, pensei para ele. Não que ele pudesse me ouvir. Provavelmente era melhor assim, porque a imagem brutal que seguiu meu comentário mental o faria empalidecer. Mas esse seria o seu destino se ele nos traísse. Como estava, o cretino tinha sorte de estar vivo.

— Agora — Vanessa disse, tamborilando as unhas

ensanguentadas em um padrão repetitivo contra o braço do trono. — Trouxe todos vocês aqui por várias razões. A primeira é informar que a Princesa Snow Frost está morta.

Bem, ela não perdeu tempo para ir direto ao ponto. E também não se preocupou em suavizar o golpe para seus constituintes.

Suspiros ecoaram na multidão, e uma aura geral de consternação atingiu os lobos do Território de Inverno. Vanessa permitiu que tivessem seu momento, com uma expressão de falsa simpatia. Notei a leve curva de seus lábios, revelando o sorriso que estava por trás da máscara empática. Os Betas estavam tão envolvidos em sua angústia que não perceberam.

Ela finalmente os mandou ficar quietos, movendo a mão no ar em um gesto que exigia seu foco.

— Sim. Estou tão desolada quanto o resto de vocês, de verdade. Mas encontrei os culpados pela sua morte, que é o propósito da congregação de emergência de hoje à noite.

Culpados? repeti para mim mesmo, franzindo a testa. *Que jogo você está jogando agora, rainha má?*

— Imagens de vídeo do aeródromo revelam que sete dos nossos obrigaram Snow Frost a partir em um jato para o Território Nórdico, onde ela foi morta por Alfa Kazek por invadir o lugar sem permissão. Pretendo responsabilizar os sete indivíduos por seu comportamento ambíguo e, em seguida, buscar acusações contra Alfa Kazek por causa da morte indevida.

Quase dei uma risada por sua jogada inteligente. Enrique deveria assumir a culpa por matar Winter para conquistar o favor da rainha, mas parecia que ele tinha inventado uma história diferente. Eu permitiria isso, presumindo que funcionasse a nosso favor. Ele conhecia Vanessa melhor que eu, então talvez ele tivesse interpretado a situação de maneira diferente.

Humm, veríamos se a versão dele alcançaria o mesmo resultado.

Pelo bem dele, eu esperava que sim. Ou ele encontraria a ponta de uma de minhas adagas. Repetidamente. Nada de morte rápida para ele.

O mesmo com a vadia Alfa sentada no meu trono.

— Bloqueiem as portas — Vanessa rosnou para seus guardas.

Arqueei uma sobrancelha enquanto os lacaios Betas marchavam para cumprir suas ordens, fechando todas as saídas. Isso seria um pouco problemático para o show que eu planejava fazer em seguida, mas chegaríamos a isso em um momento. Eu precisava que Vanessa dissesse algumas palavras a mais primeiro, e então lhe daria uma sentença de morte que ela poderia engolir com dificuldade.

A rainha observou a multidão, seu foco me ignorando por completo enquanto permanecia nas sombras no fundo da sala. Supus que esse era um benefício de usar a luz de velas para iluminar o ambiente. Isso proporcionava uma atmosfera medieval, uma que eu pretendia melhorar drasticamente para se adequar aos tempos modernos assim que assumisse o controle. Porque, ao contrário de Vanessa, eu tinha recursos à minha disposição para ajudar a melhorar as instalações do Território de Inverno, começando pela eletricidade.

— Onde estão? — Vanessa questionou. — Conheço a identidade de todos os sete. Você não pode mais se esconder de mim. Dois dos seus irmãos estão nesta plataforma. Onde estão os outros cinco?

Os sete de Winter.

Como a rainha encontrou imagens de sua fuga? Não havia câmeras aqui, e a segurança era péssima. Ela estava mentindo? Alguém falou fora do lugar? Eu nem sabia quem eram os sete de Winter, então não havia como Enrique ter contado a Vanessa.

Talvez alguém os tivesse visto naquela noite, mas por que esperar uma semana para apresentar essa informação?

— Onde estão seus conspiradores, Doc? Não estou vendo Ez, Leep, Happa, Grum e Bash.

Sussurros irromperam pela sala, os nomes provocando agitação entre a multidão.

Enrique puxou a corrente de metal.

— Sua rainha acabou de fazer uma pergunta. Responda a ela, Beta.

— Vá se foder — Doc respondeu, cuspindo no chão.

Vanessa riu, o som maníaco e arrepiante.

Não gostei do rumo que isso estava tomando. Ela acabou de revelar o círculo de proteção da minha companheira. Talvez de forma inadvertida, mas não parecia.

Alguém forneceu as informações a ela? Do jeito que Winter falou sobre seus sete, parecia que ninguém sabia, exceto ela e os Betas envolvidos. Um deles a traiu?

Grum, talvez?

Ele não deu notícias desde o pouso inicial e escondeu a captura de Doc de nós.

No entanto, vi a forma como ele olhou para Winter, sua adoração protetora era um escudo de afeição fraternal. A história deles me enfureceu, mas eu podia aceitá-la. Claramente, ele entendeu minha reivindicação e, pelo que eu tinha visto, ele a respeitou.

Então, não era ele.

E eu duvidava que fosse qualquer um dos outros que eu tinha conhecido esta noite.

O que deixava apenas Bash, o último nome que eu não conhecia até Vanessa pronunciá-lo em voz alta.

Adicionei o nome dele à minha lista de possíveis alvos.

Um silvo do palco atraiu minha atenção de volta para a rainha furiosa. Ela pressionou o salto agulha prateado na virilha de Doc enquanto Enrique o mantinha no lugar com a coleira ao redor do pescoço do Beta. Isso o obrigou a se ajoelhar diante da vadia sádica enquanto ela empurrava o pé contra suas partes íntimas.

A audiência reagiu em suspiros de protesto e consternação, novamente sugerindo que essa não era a performance típica de sua rainha.

— Ele precisa de um julgamento! — alguém gritou. Olhei para o homem mais baixo que expressou sua opinião e observei a raiva vibrar em seus ombros largos. Ele poderia ser útil.

— Quero ver o vídeo — disse outra voz, cujo dono estava no meio da sala.

— Eu também — um lobo do lado oposto do salão de entretenimento concordou.

— Isso não está certo — uma fêmea Beta pequena declarou na fila da frente.

Perguntas e protestos ecoaram pela sala, cada um aumentando meu respeito por esse Território mais e mais. Eles claramente valorizavam uma forma de democracia. Eu poderia trabalhar com isso até certo ponto.

— Onde está a prova?

— Ele admitiu a culpa?

— Por que eles a enviariam para o Território Nórdico?

— Temos certeza de que ela está morta?

— Que evidências existem para apoiar sua afirmação?

— Por que ele está acorrentado?

— O que...

— Chega! — Vanessa rugiu. Ela afastou sua atenção de Doc e se concentrou nos lobos diante dela. — *Eu* sou a Alfa aqui. Eu sou a lei. Vocês vão se *curvar*.

Ela acompanhou suas palavras com um impressionante

uivo que ecoou nas paredes de pedra e fez vários Betas se ajoelharem em um piscar de olhos. Aqueles que se recusaram foram encarados até se submeterem a seus rosnados ferozes e dominantes.

Gemidos ecoaram, alguns com palavrões, e não pude deixar de sorrir com seu pequeno acesso de raiva.

— Um verdadeiro líder conquista o respeito de seu domínio por meio de ações e liderando pelo exemplo. Não tenho certeza se sua metodologia seria bem recebida por outros Alfas dos Territórios.

O olhar de Vanessa se voltou para minha posição nas sombras.

— Apareça — ela exigiu.

— Por quê? Para você tentar me fazer ajoelhar? — Estalei a língua enquanto pisava na área iluminada. — Isso não vai acontecer, querida.

Um coro de confusão percorreu a multidão, meu nome era uma obscenidade ao vento. Isso logo mudaria. Ou eu esperava que mudasse.

— Como você se atreve a mostrar seu rosto aqui depois de matar nossa princesa — Vanessa rosnou em uma atuação perfeitamente executada. Quase a aplaudi por sua performance. Era realmente notável.

— Snow Frost? — perguntei, inclinando a cabeça. — Essa é uma acusação interessante.

— Prendam-no! — ela ordenou.

— Eu não faria isso — respondi, advertindo aos guardas que se aproximavam. — Não é a ela que vocês respondem, mas a mim. E não tolero desafios em meu próprio território.

Os Betas que se levantaram para agir em nome dela pararam, confusos.

Bem, pelo menos eu não podia criticar a inteligência deles.

— Seus tolos — ela sibilou. — Ele está fingindo. Derrubem-no!

— Por que você não tenta me derrubar em vez disso? — sugeri, dispensando seus Betas mais uma vez. — Afinal, é o meu trono que você parece ter reivindicado como seu. E não estou gostando muito do que você fez com o lugar. A decoração está, bem, um pouco desatualizada, não acha?

Eu estava com as mãos nos bolsos enquanto avançava, ciente de todos os lobos na sala e a atenção em mim.

— O lobo que matou Snow Frost anda entre vocês, e vocês não fazem nada? — Vanessa infundiu tanta desaprovação e descrença em sua declaração que merecia uma ovação de pé por seu esforço. Mas não me dei ao trabalho de aplaudir. Tudo o que realmente queria era envolver os dedos em seu pescoço e apertar.

— Eu matei Snow Frost? — perguntei a ela. — Ou a salvei? — Essa pergunta pareceu me render ainda mais atenção da sala, que era exatamente o que eu queria. — Winter? — chamei, sabendo que minha voz chegaria aos ouvidos de sua loba atrás da parede. — Você gostaria de dar uma opinião sobre o assunto?

WINTER

GRUM ACENOU PARA MIM.

— Vá. Vá distraí-la.

Engoli em seco e ajeitei a cintura do vestido que ele me deu para usar. Não era minha roupa habitual para as cerimônias de Vanessa, mas uma que minha mãe usou quando era rainha. Ele apareceu a cerca de dez minutos com o vestido, dizendo que eu precisava estar à altura do papel. E agora eu estava, exceto pelo aljava de flechas presa às minhas costas. Essa parte era nova, mas ele e os outros aprovaram o acréscimo.

Mick me entregou o arco.

— Vamos trabalhar na configuração da gravação que Enrique deu ao Grum, mas isso vai levar mais tempo. Seu companheiro se precipitou.

— Ele não teria se precipitado se alguém não tivesse cortado nossas comunicações inesperadamente — Alana respondeu, e semicerrou o olhar dela em direção a Bash.

O Beta deu de ombros.

— Como eu poderia saber saberia que ele estava com equipamentos de comunicação ligados? Eu estava tentando garantir que Vanessa não pudesse transmitir para os outros Territórios.

— Bem, você...

— Você está protelando. — A voz de Vanessa interrompeu a resposta de Alana, o gelo em seu tom provocou arrepios em minha espinha, mesmo através da parede de pedra. — Não sei por que você está aqui, Alfa Kazek, mas vou adorar te matar por essa intrusão. Você cometeu três crimes passíveis de morte. Primeiro, você roubou uma ômega escrava que não te pertencia. Segundo, matou nossa adorada princesa. E terceiro, chegou sem ser convidado, o que é uma indicação de guerra e ameaça potencial à minha posição como Alfa do Território.

— Errada em todos os aspectos — Kazek disse. — Primeiro, ganhei a Ômega Kari depois que você a ofereceu como isca para a sala. Segundo, não matei ninguém. Terceiro, você não é a Alfa do Território. Eu sou.

— Vá — Grum repetiu, com a mão nas minhas costas, e me deu um empurrão pelo corredor.

Inclinei o queixo e comecei minha jornada para a saída, que me levaria ao imenso corredor do palácio que levava às portas do salão de entretenimento.

A cada passo em direção à saída, meu aroma natural de ômega aumentava e permeava o ar. Os outros disfarçaram minha presença com suas roupas sujas, mas eu seria notada muito em breve sem eles. Só precisava chegar ao lado de Kazek antes que Vanessa percebesse minha presença.

Ouvi seu rugido através das paredes, e os alicerces do castelo tremeram com a reverberação de uma Alfa irritada.

— *O quê?* Isso é um desafio direto?

— Não preciso desafiá-la, Rainha dos Espelhos — ele disse.

As palavras dele arrepiaram minha pele quando entrei no corredor que lhe deu esse apelido. As paredes dessa parte do castelo eram cobertas de espelhos, tudo porque ela gostava de se admirar enquanto caminhava.

— Como eu disse — Kazek continuou —, já sou o Alfa do Território, pelo menos de acordo com as regras do Território de Inverno.

— Que regras? — Vanessa questionou quando cheguei às portas principais.

Eu as abri, o que fez com que todos se voltassem em direção ao som e o cheiro de Ômega que se aproximava.

— A que diz que o meu companheiro é o rei — informei a ela, endireitando a postura ao entrar.

Sons de espanto acompanharam minha entrada.

Kazek não olhou para mim, seu foco continuava em Vanessa. Meus saltos batiam no mármore cinza enquanto eu me aproximava dele, com a intenção de ficar ao seu lado.

Mantive o olhar semicerrado de Vanessa durante todo o caminho, me recusando a me curvar diante de sua presença "régia". Só havia um Alfa por quem eu me ajoelharia nesta sala: meu companheiro.

— Como filha de Einar e Sofie Frost, sou a herdeira legítima do trono. E o Alfa Kazek é meu companheiro, o que o torna o rei legítimo. — Meu braço roçou no dele quando parei ao seu lado. — Seus serviços no Território de Inverno não são mais necessários, Alfa Vanessa.

Kazek bufou ao meu lado.

— É considerado um serviço esconder a verdadeira natureza de uma Ômega de todos, inclusive dela mesma, por meio da administração de supressores disfarçados como pílulas de força?

Uma onda de choque percorreu a multidão e murmúrios de surpresa preencheram o ar.

— Eu chamaria isso de crime — Alfa Enrique falou, com a voz grave ecoando pela sala. — Similar a recrutar um Alfa de outro Território para tomar uma Beta como noiva, sabendo muito bem que ela era, na verdade, uma ômega.

— E não se esqueça do pedido para dar o nó a ela até a morte — Kazek o lembrou, provocando mais suspiros surpresos dos lobos.

— Ah, eu nunca vou me esquecer dessa tarefa — Enrique respondeu. — Na verdade, acho que isso vai me assombrar pelo resto da vida.

— Bom. — Kazek pressionou a palma na parte inferior das minhas costas expostas e inclinou a cabeça em minha direção. — Aliás, você está linda, *companheira*.

Ele nem olhou para mim, mas talvez pudesse me ver em sua visão periférica. Na verdade, conhecendo Kazek, foi definitivamente assim que ele viu meu vestido de relance, porque nada parecia passar despercebido por ele.

— Obrigada, Alfa — murmurei, usando propositalmente sua designação como sinal de respeito.

Ele roçou os lábios na minha têmpora e depois se endireitou.

— Alfa Vanessa, Rainha dos Espelhos, acuso você pelo assassinato de Snow Frost, Beta do Território de Inverno.

Eu me inclinei em direção a ele, apoiando sua decisão.

Vanessa, no entanto, não fez o mesmo. Ela riu e balançou a cabeça.

— Essa é uma acusação ultrajante, Alfa Kazek, considerando que Snow Frost está ao seu lado, viva e bem. Quanto a tudo o mais...

— Snow Frost morreu na noite em que se tornou Ômega — eu interrompi.

Vanessa rosnou, odiando que alguém que ela considerava estar abaixo de sua posição tivesse a audácia de interrompê-la. Mas eu não terminei.

— Minha linhagem é a realeza Frost. E agora sou a

Ômega Winter Flor, do Território Nórdico, companheira de Kazek Flor e a legítima Rainha do Território de Inverno. — Permiti que essa declaração se estabelecesse, garantindo que ela entendesse a gravidade do que eu estava dizendo. — Você está em meu palco como impostora, e não me curvarei a você, *Rainha dos Espelhos*.

— Você se atreve a falar comigo dessa maneira depois de tudo que fiz por você?

— Eu me atrevo. — Toquei a corda do meu arco, distraída. — Seus supressores quase me mataram. Você conspirou com o Alfa Enrique para me matar. E ainda assassinou meus pais.

Depois dessa acusação final, seria possível ouvir um alfinete cair na sala.

E então Vanessa riu, um som profundo e cruel que me lembrou de garras arranhando um vidro. O polegar de Kazek traçou um círculo de advertência na parte inferior das minhas costas. Eu não podia dizer como sabia que essa era a intenção dele, apenas que senti na maneira precisa como sua unha se moveu sobre minha pele.

Esteja pronta, ele estava dizendo. Nós dois sabíamos que ela não aceitaria esse destino de forma passiva. Ela era uma Alfa, e planejou isso por muito tempo para falhar agora.

— Que alegações absurdas — Vanessa disse, balançando a cabeça. — Quem te deu pílulas de força, Snow? Que prova você tem desse suposto assassinato? E você realmente acha que eu algum dia pediria a Enrique para te matar? Ele está mentindo, assim como mentiu para mim sobre você estar morta. — Ela o observou com um olhar feroz nessa última parte.

— Eu nunca menti. Snow Frost está morta. Ela agora é Winter Flor. — Ele deu de ombros. — Quanto ao resto, bem, o Território de Inverno já está reunido para um julgamento. Talvez devesse ser o seu em vez do de Beta Doc?

Sua postura se tornou régia.

— Seu julgamento e execução estão por vir.

— Com base em que fundamentos? — exigi. — Doc não fez nada além de me proteger desde a minha juventude, algo que não posso dizer sobre você. Não concordo com o julgamento ou a execução dele.

— E você acredita que essa decisão é sua? — ela perguntou, erguendo a sobrancelha escura.

— Sim — respondi, ciente da vibração de aprovação de Kazek ao meu lado. Ele gostou de me ver retomar meu reino e exibir meu lugar legítimo. E por isso, eu me apaixonei por ele um pouco mais.

— Bem. — Vanessa sorriu, e a maldade nesse olhar fez com que meu estômago se revirasse com mau agouro. — Eu discordo.

Ela moveu a mão tão rapidamente que não percebi o movimento até que as garras brilharam na luz.

— Não! — gritei quando ela foi em direção ao peito de Doc, deixando clara a sua intenção.

Reagi por instinto. Uma flecha caiu em minha mão, se alinhou com meu arco, e voou pelo ar com uma precisão que teria deixado Doc orgulhoso.

Mas não fui rápida o suficiente.

O sangue se derramou pelo palco e as garras de Vanessa cortaram Doc. Isso criou um rugido de protesto na sala.

Minha flecha perfurou seu ombro, o que inutilizou seu braço. Ela gritou assim que o corpo de Doc caiu para a frente. A corrente em volta do pescoço era tudo o que o mantinha de pé.

Enrique o soltou e se concentrou na rainha furiosa. Ele

deu um soco no seu queixo no exato momento em que ela virou em sua direção e começou a lutar.

Tudo aconteceu em um piscar de olhos, o salão de entretenimento foi de tenso para caótico em questão de segundos.

Alinhei meu arco, a flecha pronta, mas não consegui atirar, os Betas do Território de Inverno se moveram e atrapalharam minha mira.

Vanessa precisava pagar.

Ela quase arrancou o coração do meu protetor, suas mãos estavam encharcadas do sangue dele enquanto tentava derrubar o Alfa Enrique.

Opy pulou do palco, desaparecendo na multidão, e eu gritei de frustração.

Então um uivo soou ao meu lado, o que fez com que meus joelhos cedessem.

Caí no chão sob o domínio avassalador do meu companheiro, e minha loba se encolheu diante da fúria em seu tom. Um gemido escapou dos meus lábios, algo que foi ecoado por vários dos Betas desmoronando ao meu redor.

Kazek emitiu um segundo rosnado mais alto, que trouxe lágrimas aos meus olhos. Este era um Alfa exalando seu comando e exigindo que a matilha se curvasse diante dele. Eu me encolhi na menor bola imaginável, incapaz de resistir a tamanha superioridade.

Eu era uma Ômega.

A base da cadeia alimentar.

Incapaz de me comparar ou competir com tal autoridade.

Eu nunca tentaria. Mal conseguia respirar no momento.

O silêncio se seguiu, e o terror na plateia provocou um arrepio em meus braços.

— Eu sou o Alfa deste território — Kazek anunciou na quietude absoluta. — O rei do Território de Inverno.

Assenti, concordando com ele por uma questão de sobrevivência. Alfas furiosos não eram para ser...

Senti um calor afagar meu cabelo, o que me fez paralisar.

— Levante-se — ele disse com a voz mais suave, mas forte como aço.

Eu tremi, incapaz de obedecer. Entreabri os lábios para explicar, mas não havia oxigênio suficiente em meus pulmões para pronunciar uma única palavra.

Ah, isso era ruim. Ignorar o comando de um Alfa era uma sentença de morte. Especialmente um tão zangado, tão cheio de reprimendas.

Tentei novamente e falhei.

Uma lágrima caiu do meu olho, e uma parte de mim se odiou por ser incapaz de reagir além deste horror absoluto que dilacerava meu interior. Eu nunca me senti assim antes, nem mesmo nos momentos mais raivosos de Vanessa.

Mas Kazek não era Vanessa.

Não.

Ele era todo Alfa. Um verdadeiro líder. Um macho destinado a ser rei.

— Winter. — Meu nome em seus lábios parecia um beijo em minha alma.

E então ele começou a ronronar.

Meus membros tremeram em reação, e o estrondo em seu peito reviveu minha capacidade de me mover. Ele disparou uma carícia aquecida em minha corrente sanguínea, me destravando da posição que eu estava e me proporcionando a força que eu precisava para erguer a cabeça.

Ele estendeu a mão para mim e seus olhos capturaram os meus.

— Junte-se a mim, minha rainha. Por favor.

Seu ronronar intensificou, me envolvendo em uma nuvem de conforto que apagou meu desconforto, me deixou revigorada e mais firme do que antes. Segurei o arco com uma mão e estendi a outra para aceitar sua ajuda.

Ele me guiou até ficar de pé, mantendo a mão na minha enquanto levava a outra para minha bochecha.

— Respire — ele sussurrou, com as íris escuras brilhando com poder.

Inspirei ao seu comando. Depois exalei lentamente.

— Melhor? — ele perguntou.

Eu assenti.

— Sim.

— Bom. — Ele deu um beijo doce nos meus lábios, depois passou o polegar sobre a minha boca. — Venha comigo, Rainha do Território de Inverno.

Suas palavras vibraram através de mim, e meu coração deu um salto ao perceber o que ele acabou de fazer. Ele assumiu o controle da alcateia com dois rugidos, deixando a submissão deles evidente.

Nem uma única alma permanecia em pé na multidão.

Até mesmo Enrique baixou a cabeça, embora eu suspeitasse que fosse mais por respeito do que por necessidade. Ele não queria disputar o território, e sua postura demonstrava isso.

Vanessa, no entanto, estava ao lado dele, com o corpo vibrando de fúria. Ainda assim, ela parecia incapaz de se mover, como se Kazek a tivesse enfeitiçado, congelando-a no palco.

Era algo sobre a aura dele, o domínio que irradiava em

fortes ondas de eletricidade que forçavam todos a se submeterem. Incluindo os outros Alfas.

Kazek levou meu pulso até a boca para mordiscá-lo enquanto nos aproximávamos do palco principal. Foi um gesto simples, mas indicou sua reivindicação de maneira sensual. Minha loba ronronava por dentro em aprovação, se deleitando com a música que vibrava dentro de seu peito.

Seu ronronar.

Por mim.

Sua companheira.

Era tudo o que me mantinha em movimento, sua besta interior ainda estava no controle.

— Você está sobre o *meu* palco, tentando possuir *meu* trono e punir meu povo sem a devida autoridade. — As palavras foram ditas com calma, mas sua aura pulsava com agressividade. — Se ajoelhe, *Rainha dos Espelhos*.

— Jamais — ela conseguiu dizer entre dentes cerrados.

Kazek sorriu e levou minha mão até seus lábios mais uma vez.

— Humm, ouviu isso, minha rainha? Ela se recusa a nos reconhecer como seus superiores. — Ele falou contra a minha pele, e seu ronronar agradável se entrelaçou em sua voz. — O que você quer fazer sobre isso?

— Colocá-la em julgamento — eu disse, lembrando a nossa intenção original. Não correu inteiramente como planejado, mas ainda havia tempo. E, de acordo com Grum, tínhamos tudo o que precisávamos para condená-la.

— Julgamento — Kazek repetiu. — Semelhante ao que ela deu a Doc?

Eu fiz uma careta, a realidade tecendo um sussurro sombrio dentro da minha mente, me lembrando do pecado dela e do que havia levado a este momento. O ronronar de

Kazek havia me distraído, nublando meu julgamento e me envolvendo em uma falsa sensação de paz que não deveria existir.

— Doc — sussurrei com o coração partido pelo homem que me protegeu durante toda a minha vida. O líder dos meus sete. Meu salvador.

Kazek segurou meu queixo e inclinou minha cabeça de uma forma que eu não queria, me forçando a encarar a cena horrível do meu mentor massacrado. — Olhe para ele — Kazek disse, aumentando seu ronronar. — Realmente olhe para ele, Winter.

Eu não queria, não entendia por que ele estava fazendo isso comigo, me forçando a enfrentar a violência de...

Espere.

Semicerrei os olhos, depois ergui as sobrancelhas em surpresa pelo movimento sutil no chão. Quase não percebi, mas então ouvi o exalar trêmulo vindo dos lábios de Doc.

— Ele está respirando.

— Sim — Kazek respondeu, e soltou meu queixo. — Sua flecha salvou a vida dele. Por pouco. Mas ele vai sobreviver.

Quase desabei de alívio, mas Kazek apoiou a mão na minha lombar para aplicar uma pressão sutil, me forçando a permanecer ereta. Seu toque serviu como um lembrete de que precisávamos apresentar uma frente unida e forte. Ele me permitiu ter um momento emocional, e agora queria que eu mostrasse força. Senti isso em nosso vínculo e na maneira como seu polegar acariciava minhas costas.

— Ela precisa de um julgamento de verdade — eu disse. — Só um covarde impõe punição sem condenação.

Ela rosnou para mim.

— Sua ingrata...

Kazek rosnou de forma brusca, interrompendo-a com seu brilho dominante.

— Você só vai falar quando eu permitir.

— Você não...

O som que saiu da boca de Kazek fez meus joelhos fraquejarem novamente, provocou lamentos e gemidos dos Betas na multidão e arrancou um uivo de retaliação de Vanessa.

Ela investiu e Kazek reagiu. Os dois se tornaram uma confusão de socos e gritos de guerra animalescos. Tudo aconteceu muito rápido. Meu companheiro deu um soco no queixo de Vanessa enquanto ela lutava para arranhar seu rosto. Mas ele foi rápido demais, muito Alfa para ela ter uma chance.

— Se submeta — ele exigiu.

—Jamais!

Gotas de sangue voaram pelo palco, o que fez Kazek rosnar e empurrar Vanessa para o chão debaixo dele. O crânio dela bateu no chão e fez um estalo vitorioso que vibrou pelo ar.

Ela rugiu de fúria. Sua loba ameaçou dominá-la, mas um estrondo exigente de Kazek a proibiu de se transformar.

Muito poder.

Isso deixou meus joelhos fracos de novo.

Enrique me segurou e me empurrou para trás de si em uma manobra surpreendentemente protetora, mas eu não queria me esconder.

Essa vadia acabou de atacar meu companheiro.

Ela tomou meu trono.

Tentou me matar em várias ocasiões.

Negou meu direito de nascença Ômega por duas décadas.

E matou meus pais.

Grum tinha provas, uma gravação dela admitindo para Enrique. Eu pretendia mostrar ao Território para que todos soubessem a verdade sobre sua rainha, mas ao observar a postura deles agora, percebi que eles já sabiam.

Talvez eles sempre soubessem.

Talvez eu fosse a única alheia à sua verdadeira natureza.

Ela raramente me deixava sair, alegando estar me protegendo, mas tudo isso era mentira. Vanessa me escondeu para me manter separada de meu povo, me isolar como sua futura rainha e me negar a oportunidade de conhecer meu Território.

Estava tudo tão claro agora... o motivo de todas as suas decisões, seu tratamento e seus planos. Isso não era apenas para me matar.

Vanessa me manteve fraca para que eu não me considerasse digna do reino.

Mas meus sete me mantiveram firme de formas que ela nunca soube, e então Kazek me ofereceu a plataforma que eu precisava para ficar de pé.

Ele era a peça final do quebra-cabeça da minha vida, o jogador no tabuleiro que eu nem sabia que precisava.

Juntos, éramos os verdadeiros Rei e Rainha do Território de Inverno.

Vanessa nunca teve chance.

Ela era indigna. Vil. Uma criatura que nem merecia julgamento.

Saí de trás de Enrique, com o arco já puxado com uma flecha que caiu de forma graciosa em minha mão.

Kazek a imobilizou. Seus dentes estavam à mostra em um rosnado selvagem, mesmo enquanto ela se debatia debaixo dele, se recusando a se submeter.

Mas isso não importava.

Ele venceu antes mesmo da luta começar.

Agora, todos no Território se curvavam a ele, não à Vanessa.

— Vanessa, Rainha dos Espelhos, você está dispensada do seu dever para com a família Frost e o Território de Inverno — eu disse, com a voz milagrosamente firme. A adrenalina rugia em minhas veias, meu coração batia acelerado enquanto ela me dava um olhar fulminante.

Soltei a flecha com a mira certeira, e a atingi direto entre os olhos.

Seus lábios pintados de vermelho se entreabriram de surpresa com o impacto, o que lhe deu um apelo mórbido e fascinante, que observei por um longo momento antes de atravessar a plateia em direção à entrada principal do salão de entretenimento.

Ninguém tentou me impedir.

Ninguém perguntou minhas intenções.

Todos apenas observaram, incluindo meu companheiro enquanto eu saía da sala e entrava no infame corredor dos espelhos.

Escolhi o espelho no final do corredor e soltei a flecha de uma distância segura. O espelho se estilhaçou com o impacto, assim como todos os outros enquanto eu disparava flecha após flecha em cada um, destruindo sua criação mais preciosa.

Então encontrei a parte mais longa, com uma borda irregular, entre os muitos destroços, peguei e o levei de volta para a sala.

Kazek deixou Vanessa no chão e agora estava com o cotovelo apoiado no trono. Ele brilhava de orgulho e seu lobo demonstrava estar satisfeito com minha decisão.

Porque ele sabia o que eu pretendia fazer.

Suspeitei que Enrique também soubesse. Ele assumiu uma postura submissa perto da lateral do palco, deferindo a Kazek da maneira como deveria. Eu o ignorei ao passar, mantendo a atenção na Alfa caída no palco com a flecha entre os olhos. Ela removeu a do ombro, o que permitiu que começasse a se curar, mas o sangue ainda escorria da contusão em sua cabeça.

Ela não estava morta. Só havia um jeito de garantir que ela nunca mais respirasse.

Eu precisava fazer seu coração parar de bater.

Indefinidamente.

Cortando o fluxo e tornando impossível que ela se regenerasse.

Porque lobos que perdiam muito sangue não conseguiam se curar.

— Alfa Vanessa cometeu diversos atos de violência contra a dinastia Frost, incluindo ser a responsável pelas mortes de Einar e Sofie Frost. Como é meu direito como única herdeira, entrego a ela uma punição condizente ao crime. — Eu me ajoelhei ao seu lado. Com as mãos firmes, posicionei o vidro quebrado em sua garganta.

E comecei a serrar.

Uma lâmina teria sido mais eficiente, também não teria cortado minhas mãos, mas eu precisava que isso fosse doloroso para nós duas. Eu precisava sangrar. Era a única maneira que eu conhecia de lamentar.

Grum não me contou detalhes, mas ele confirmou minhas suspeitas sobre a morte de meus pais.

Vanessa admitiu. Alegremente, pelo que ele havia confessado.

Ela precisava pagar.

Sentir cada pontada de agonia enquanto eu cortava seu pescoço para cortar sua cabeça.

É o que ela merece.

Com cada golpe prolongada contra sua carne, pensei em todas as maneiras que ela me machucou ao longo dos anos.

— Eu não sou inferior — disse a ela. — Não sou fraca. Nem seu fardo. Não sou uma moeda de troca. Nem alguém que você pode matar e jogar fora como lixo. Sou a Rainha do Território de Inverno, por direito de primogenitura, e você, Vanessa, está morta para mim.

E assim continuei, com os olhos borrados de raiva e frustração reprimida.

Eu a odiava.

Detestava como ela me fez desejar seu afeto e aprovação ao longo dos anos.

Desprezava como ela roubou duas décadas da minha vida.

Ela matou meus pais.

Roubou meu reino.

Me condenou ao *inferno*.

E eu retribuí o favor com cada... *corte*.

Morra.

Morra.

Morra.

Eu nem conseguia ver o que estava fazendo, o sangue cobria minha visão em uma onda de vermelho aquoso.

Foi então que percebi que estava chorando.

Um grito escapou de minha garganta, e Kazek estava lá, com uma mão nas minhas costas e a outra sobre a minha.

— Você está quase terminando — ele sussurrou em meu ouvido. — Acabe com ela.

Assenti, reprimi um gemido e fiz exatamente o que ele disse. Meus dedos gritavam de agonia, minha própria pele estava sendo rasgada pelo esforço que fiz para serrar a cabeça dela. Mas lá estava, deitada em toda a sua glória sangrenta com minha flecha cravada no crânio.

Morta.

Ela está morta.

Caí para trás e o corpo de Kazek foi como um escudo ao meu lado enquanto ele arrancava o vidro ensanguentado da minha mão. Em seguida, ele se inclinou para lamber o ferimento mais profundo, mantendo contato com os olhos o tempo todo. Era estranhamente erótico, um novo tipo de reivindicação, e senti meu coração explodir com uma nova emoção crua.

Esse macho me permitiu entregar meu decreto sem qualquer interferência. Ele me deu meu momento de vingança tão necessária enquanto me apoiava em cada passo. E me permitiu ascender como rainha.

Eu me ajoelhei novamente e o beijei com todo sentimento que possuía. Basicamente, estava confessando meu amor com a língua. Ele passou uma mão ao redor da minha nuca, me segurando contra si enquanto respondia da mesma forma, sem necessidade de palavras. Porque eu senti seu amor por mim em resposta.

Meu, minha loba suspirou.

Seu, o lobo dele respondeu.

Não conseguíamos ouvir os pensamentos um do outro, mas o vínculo nos disse tudo o que precisávamos saber.

Isso era real. Nosso acasalamento garantiu nosso destino. Estávamos eternamente ligados um ao outro, e este reino nos pertencia igualmente.

— Você foi magnífica, minha rainha — ele sussurrou contra a minha boca. — Perfeita.

Sorri, e senti minha frequência cardíaca voltar lentamente ao normal.

— Eu tive a ajuda de um rei igualmente magnífico.

— É para isso que servem os companheiros — ele respondeu e recuou o suficiente para sorrir para mim. — Agora acho que precisamos falar com nosso Território.

— Sim — concordei. — Há uma gravação que eles precisam ouvir.

Ele assentiu.

— Então vamos reproduzi-la para eles.

KAZEK

— Parabéns, Enrique. Você vai viver — eu o informei após dispensar os Betas de volta para suas casas.

Demorou um tempo para acalmá-los depois de reproduzir a gravação que comprovou a culpa de Vanessa, mas Winter conseguiu com uma facilidade admirável. Mesmo coberta de sangue e sujeira, ela parecia uma rainha que eles podiam respeitar e eu a adorei ainda mais por isso.

Enrique resmungou.

— Não tenho certeza se seus Betas concordam com essa decisão.

Dei de ombros.

— Seu destino nunca esteve nas mãos deles, apenas nas minhas. — E isso era uma coisa boa também. Ele interpretou muito bem o papel de idiota naquela gravação. Mas não podia culpá-lo por fazer um trabalho superior em prender a rainha.

— *Há apenas uma coisa que não entendo* — ele disse. — *Você sabia que ela era Ômega. Então como planejou que eu desse meu nó até sua morte? Como Ômega, ela poderia aceitá-lo.*

Vanessa riu e o som maníaco me irritou profundamente.

E então ela pronunciou as palavras que pregaram seu caixão.

— *Como você acha que Einar Frost matou Sofie Frost?* — *Outra daquelas risadas seguiu sua pergunta.* — *Você deveria ter visto a expressão dele quando percebeu que seu nó a matou. Tenho certeza de que ela gritou para ele parar, mas você sabe como os Alfas são quando perdem o controle. Especialmente quando estão dopados com alucinógenos.*

— *Ele usou alucinógenos?* — Enrique soou chocado, como deveria. *Alucinógenos eram perigosos para lobos. Especialmente Alfas.*

— *Como você sabe, o Carlos os usa o tempo todo no Território Bariloche. Eu pedi um pouco emprestado. Ele sempre me favoreceu como sua irmã mais nova.*

A relação de parentesco deles era conhecida, mas não considerei relevante para a situação. Como eu estava errado com relação a isso. Parecia que ela usou bastante o irmão para ajudá-la a tomar o Território de Inverno. A questão era: Carlos sabia? Suspeitei que sim e que ele não se importava.

Enrique ficou em silêncio por um momento após a confissão dela. Então ele forneceu a peça que faltava do quebra-cabeça, uma que me deixou em choque e fez Winter tremer contra mim.

— *Você também pegou emprestado o antigo soro, aquele que ele usa para punir Ômegas desobedientes, para torná-las mais apertadas.*

Vanessa riu, sua alegria era palpável.

— *Claro que sim, e eu tinha outra dose para Snow, que acho que não será mais necessária.*

— *Mas isso não mata Ômegas.*

— *Mata quando se dá mais do que é recomendado. Eu também induzi o estro de Sofie, o que fez Einar entrar no cio enquanto estava sob o efeito de um forte alucinógeno. Não foi uma boa combinação para Sofie.*

Ela fez uma pausa, depois acrescentou:

— Você sabia que o soro de Bariloche tem um efeito diferente nos Ômegas machos? Isso os impede de gozar. Mas prolonga o prazer para mim,. Ainda mais quando os estimulo.

A expressão de Alana se tornou assassina durante essa parte da gravação. O que explicava por que ela foi direto para os aposentos de Vanessa procurar os Ômegas machos que tinham sido torturados. Como ela não voltou, suspeitei que os estava ajudando a se curar da única maneira que uma Alfa poderia fazer. Ela nunca os forçaria, mas ajudaria de todas as formas que permitissem.

— Então Einar matou a companheira — Enrique respondeu depois alguns segundos de silêncio. — Mas como ele morreu?

— Ah, ele estava bem distraído quando percebeu o que tinha feito. Digamos apenas que me ofereci para caminhar e conversar com ele, e o homem tropeçou em algumas pedras. Há alguns penhascos perigosos na fronteira deste Território. Não sugiro que andem por ali, a menos que se saiba onde pisar corretamente.

— Você fez parecer que ele cometeu suicídio.

— Sim. E quem poderia culpá-lo depois da forma como Sofie morreu? Todos nós sabemos que o principal trabalho de um Alfa é proteger seu companheiro ou companheira. Por que você acha que não acasalei com nenhum dos meus Ômegas? Eu não quero esse fardo.

Enrique bufou e depois a elogiou pelo trabalho bem-feito, afirmando estar impressionado. Então ela retribuiu o favor agradecendo a ele por cuidar de seu "problema real".

— Vamos dar as boas notícias ao Território de Inverno? — ela perguntou, parecendo alegre com a perspectiva. — Vamos matar o Beta responsável pela proteção dela só para nos divertirmos. Ele tem sido inútil para mim de qualquer maneira e se recusa a corroborar as alegações de Jackal sobre terem ajudado na fuga dela.

Essa foi a parte em que descobrimos que não havia gravação, apenas um Beta com um problema de lealdade.

Opy entregou o Beta para mim antes mesmo que eu tivesse a chance de perguntar. De repente, sua disposição de atacar os guardas mais cedo fez sentido, porque Jackal era um deles. Ofereci a Opy a chance de terminar o trabalho de exterminar o rato, e o Beta obedeceu com uma alegria que admirei.

A cabeça de Jackal agora repousava ao lado da de sua rainha morta.

Uma morte adequada, na minha opinião.

Isso me deixou com apenas uma ponta solta para amarrar. Enrique. Ele se mostrou útil esta noite e deixou claro que não estava interessado em liderança. Mas isso não significava que eu confiava nele para ficar por perto.

— Eu preciso cuidar da minha companheira — eu disse a ele do meu assento no trono. Winter estava em meu colo, com a cabeça em meu peito enquanto ouvia meu ronronar. — Não deixe o Território de Inverno. Quero falar com você novamente amanhã. — Tecnicamente, seria mais tarde, dada a hora.

Enrique assentiu em reconhecimento.

— Ótimo — Mick falou e semicerrou o olhar para o outro homem. — Você pode vir comigo porque tenho perguntas.

Balancei a cabeça quando eles saíram, divertido pela obsessão de Mick pela Ômega Kari.

— Eles nem estão acasalados — eu disse. E tinha quase certeza de que nem tinham transado ainda.

— Ela não pode acasalar em sua condição atual — Winter respondeu, em voz baixa. — Mas você me quis antes mesmo de eu saber que era Ômega. Não foi por isso que você tentou me seguir depois que eu saí da festa?

— Eu queria te comer e calar essa sua boca esperta.

Minha companheira resmungou.

— Tão romântico.

— Não sou romântico.

— É obvio. — Ela ergueu a cabeça para me olhar. — Mas você me quis como Beta. Não como Ômega. Talvez ele a queira apesar de sua incapacidade de acasalar.

Considerei o ponto de vista dela e assenti.

— É possível. Eu realmente queria te comer.

— Você ainda quer — ela apontou e esfregou o traseiro atrevido em minha virilha de maneira provocante.

Eu sorri.

— Sim. Claro que ainda quero. Mas precisamos de um banho.

Ela curvou os lábios para o lado.

— Você pode não gostar do processo tanto quanto gosta no Território Nórdico.

Quase gemi com o que ela quis dizer. A luz sombria da fogueira ao nosso redor me lembrou da falta de utilidades adequadas neste Território.

— Acho que teremos que fazer algo para aquecer a água.

Ela não parecia se importar com o cheiro de peixe impregnado em minhas roupas enquanto esfregava a bochecha em meu peito. Talvez porque podia sentir a pele por baixo. Ou talvez fosse meu ronronar subjugando suas reações.

A informação na gravação a deixou chateada. Ela não permitiu que os outros vissem isso externamente, mas senti através do vínculo. O profundo estrondo em meu peito era tudo que eu podia oferecer a ela como conforto, o que parecia estar dando certo.

Eu a ergui ao me levantar e a segurei em meu colo. Em seguida, caminhei pelo salão de entretenimento agora vazio.

— Me guie até seus aposentos, companheira.

Ela o fez em um tom baixo e sua energia parecia diminuir a cada momento que passava.

Admirei seu trabalho no corredor dos espelhos e sorri diante da destruição. Quando vim aqui pela primeira vez, esse corredor me lembrou do famoso corredor no Palácio de Versalhes. Imaginei que essa fosse a intenção de Vanessa ao recriá-lo. O original era grandioso, mas foi destruído durante a ascensão dos Infectados.

Me perguntei como Winter preferiria redecorar os corredores depois que os cacos de vidro fossem retirados.

Seria uma das nossas muitas conversas necessárias, sendo a primeira uma discussão sobre aquecimento e eletricidade adequados. Os meses de verão nesta região forneciam muita luz do sol que poderia ser usada para reabastecer as reservas de energia. Só precisávamos instalar a tecnologia, algo em que eu trabalharia imediatamente com Ludvig e seu filho Ander.

Abri a porta que Winter indicou como sendo do seu quarto e parei na entrada de seus aposentos adornados de ouro. Era digno de sua posição, o que me surpreendeu. Dado o tratamento de Vanessa, eu esperava que Winter vivesse na masmorra.

— Esses são os antigos aposentos da minha mãe — ela explicou. — Meus sete garantiram minha reivindicação através de métodos de aconselhamento. Vanessa achava que tinha a lealdade de todos os Betas. Mas não tinha.

Eu a coloquei em pé.

— Mais pontos a favor deles.

Ela sorriu de leve.

— Eles fizeram o melhor que podiam. — Mas ao dizer as palavras, ela franziu a testa. — Não entendo como alguém acreditou na história de Vanessa sobre meus pais. Como alguém poderia acreditar que meu pai matou minha mãe? E depois a si mesmo? O suicídio é quase impossível para um lobo.

Enganchei os dedos nas alças de seu vestido de seda e as puxei por seus braços. O tecido se acumulou em sua cintura antes de cair no chão, deixando-a nua, exceto por um par de saltos altos.

Linda, pensei, me entregando à vista por um instante antes de me concentrar em sua preocupação.

— As emoções podem cegar a percepção de uma pessoa — expliquei. Puxei o suéter sujo sobre minha cabeça e o joguei em um canto do quarto.

— Mas as Ômegas podem aceitar um nó — ela respondeu. — Especialmente durante o estro.

Desabotoei minha calça e empurrei o tecido pelas minhas pernas, ansioso para remover a peça suja.

— Sim. Mas não é incomum que um Alfa mate acidentalmente uma Ômega quando está perdido no êxtase. Nem todos os Alfas são iguais em termos de sua capacidade de permanecer no controle. — Acariciei sua bochecha e passei o polegar sobre seu lábio inferior carnudo. — As Ômegas são muito menores que nós, e embora seus corpos sejam feitos para aceitar o nosso, não significa que vocês possam sobreviver a todo o poder que temos a oferecer.

Ela tremeu em resposta e suas pupilas dilataram.

Eu a puxei para o meu peito e a abracei.

— É por isso que a confiança é tão importante — sussurrei em seu ouvido. — As Ômegas confiam nos Alfas para cuidar delas, ouvir os sinais através do vínculo e agir de acordo. Infelizmente, nem todos os Alfas são honrados. E nem todos nós somos bons em controlar nossos instintos de acasalamento.

Beijei sua testa antes de ajoelhar na sua frente e segurar um tornozelo delicado para desafivelar e remover o sapato. Ela me observou e umedeceu os lábios.

— Mas meu pai era honrado — ela respondeu. — Os Betas do Território de Inverno sabiam disso, mas ainda assim acreditaram que ele a matou.

— Como eu disse, as emoções distorcem a percepção. Eles estavam de luto e seguindo a liderança de uma Alfa em quem achavam que podiam confiar. Mas você disse que seus sete sempre suspeitaram que algo não estava certo, e depois do show de hoje à noite, tenho certeza de que não estavam sozinhos nessa intuição. Você viu como eles mudaram de lealdade rapidamente? Aquilo não foi a resposta de uma alcateia leal.

— Seu uivo os chamou.

Balancei a cabeça.

— Não, baby. Foi você quem os chamou. — Terminei de tirar o outro sapato e me levantei, então a ergui em meus braços novamente. — Eles se submeteram a mim, mas se curvaram a você. Vi isso acontecer enquanto você executava Vanessa. Ninguém protestou. Tudo o que fizeram foi admirar o seu trabalho e te olhar com aprovação. Você é a rainha deles, Winter.

— E você é o rei. — Ela pressionou a palma da mão contra a minha bochecha, com o olhar fixo no meu. — Você é o rei *Alfa* deles.

— Porque fui escolhido pela rainha deles. — Eu poderia ter acasalado com ela em uma nuvem vertiginosa de luxúria e necessidade, mas Winter havia me aceitou em algum momento ao longo do caminho, e seu povo reconheceu isso hoje à noite.

— Você é meu — ela disse, e entrelaçou os dedos em meu cabelo para me puxar para um beijo. Permiti que ela liderasse por um momento, sabendo que era o que ela precisava. Ela suspirou de contentamento quando

terminou, com os olhos escuros vidrados de desejo. —
Estou pronta para aquecer a água agora.

Sorri para ela.

— Ótimo. Porque estou pronto para te devorar, minha
rainha.

— Promete?

— Sempre.

WINTER

— Ali — eu disse e apontei para o centro da parede do corredor.

Opy pegou o quadro emoldurado para colocá-lo exatamente onde pedi. Grum ficou ao meu lado, assentindo em concordância. — Boa escolha.

— Melhor que um espelho? — brinquei.

— Com certeza. Se eu nunca mais vir o meu reflexo, ficarei feliz.

Contraí os lábios em divertimento.

— Mas é um reflexo tão bom.

— Cuidado, não deixe o seu Alfa te ouvir me elogiar. Ele já quer cortar minhas bolas. — Ele disse as palavras em um sussurro fingido, ganhando um grunhido de Kazek no corredor.

— Confie em mim, quero fazer muito mais do que só cortá-las, Beta — ele disse em tom de desprezo. A piscada que ele me deu indicou que estava brincando. Mais ou menos. Ele voltou à sua conversa na tela digital, mas nunca desviou a atenção de mim. Kazek sempre parecia sintonizado com minha localização, mesmo quando não estávamos na mesma sala.

— E quanto a esse aqui? — Happa perguntou, segurando um retrato do meu pai. — Ao lado do de Sofie ou do outro lado do corredor?

— Ao lado do de Sofie — respondi junto com Doc.

Ele estava totalmente curado, graças à sua genética de lobo. Vanessa quase arrancou seu coração, outra maneira infalível de matar um metamorfo. Felizmente, minha flecha a deteve. Agora ele estava no corredor com as mãos enfiadas nos bolsos da calça, com foco nas fotos dos meus pais que decoravam o ambiente melhorado do interior do castelo.

Tínhamos muito trabalho a fazer, mas todos pareciam ansiosos para ajudar. Kazek dissolveu os bordéis de Betas no primeiro dia como rei, algo que aprovei, e agora estava ocupado tentando descobrir que tarefas atribuir a todos. Seus contatos nos Territórios Nórdico e de Andorra já estavam sendo úteis, com a tecnologia muito à frente da nossa.

Levaria tempo para reestruturar o Território. Felizmente, estávamos entrando nos meses de primavera, o que nos garantiria muitas horas de luz solar para trabalhar durante o verão.

— Eles estariam orgulhosos de você — Doc disse ao parar do meu outro lado. — Só queria que estivessem aqui para ver.

— Eles estão — prometi, sorrindo enquanto Opy usava uma ferramenta para garantir que as pinturas estivessem equilibradas na parede. Coloquei a palma da mão sobre o coração e olhei para o líder dos meus sete. — Eu os carrego em meu coração.

Seus olhos negros cintilaram.

— Você me lembra muito a sua mãe, Snow. — Ele beijou o topo da minha cabeça, mas um par de braços fortes envolveu minha cintura, me puxou para trás, longe de Doc e Grum.

— Ela prefere Winter — Kazek lembrou a ele, com um rosnado sutil no tom. Não importava quantas vezes eu dissesse a ele que meus sete eram como família para mim, ele ainda não gostava de vê-los demostrando afeto.

Eu entendia, porque ia querer rasgar Alana em pedaços se ela o tocasse. Felizmente, ela estava ocupada com os machos Ômegas agora. Além disso, ela não mostrou o menor interesse em meu companheiro, mesmo antes disso, então permiti sua presença no Território de Inverno. Mas eu sabia que, no segundo em que pedisse a Kazek para removê-la, ele o faria.

Esse conhecimento era suficiente para mim.

— Sim. Winter — Doc concordou. — Nossa Flecha de Inverno.

Eu sorri.

— Treinada pelos melhores. — Kazek tossiu, então mudei minha declaração. — Treinada pela melhor equipe Beta do Território de Inverno, quero dizer.

Ele me apertou com mais força e apoiou o queixo no topo da minha cabeça.

— Eles se saíram bem. — A versão de elogio do meu companheiro fez meu coração bater mais rápido.

Tudo parecia certo pela primeira vez desde que eu conseguia me lembrar.

A aura de alívio era palpável, me fazendo perceber que todos nós vivíamos sob uma nuvem de tirania sem nem notar. Vanessa limitou intencionalmente a capacidade de melhoria de todos, algo que Kazek já começou a desfazer ao trazer seus contatos de outros Territórios.

— Preciso voltar à sala de armas para revisar o sistema de segurança aprimorado — Grum disse. — Obrigado pela renovação — ele acrescentou, olhando para Kazek.

— Era necessário — ele respondeu.

— Eu sei. — Grum acenou e saiu, Opy o seguiu sem dizer uma palavra.

Doc se aproximou para tocar a moldura da pintura do meu pai com a expressão cheia de lembranças.

— É bom tê-lo de volta, senhor — ele sussurrou antes de focar em Kazek. — Você tem um grande exemplo a seguir. Faça isso.

— A Winter vai garantir que eu faça. — Kazek me abraçou por trás ao responder, e Doc assentiu em aprovação antes de sair.

Observei meus pais por um longo momento, satisfeita com minha decisão de colocá-los aqui na entrada do salão principal. Todos precisavam vê-los, lembrar deles e respeitar seu legado.

Por muitos anos, houve essa névoa de agitação devido ao fato de que muitos acreditavam que meu pai havia perdido o controle e acabado com a vida de minha mãe, além da própria. Agora eles sabiam a verdade. Apesar do horror da história, eu estava satisfeita por termos encerrado o assunto.

— Meus pais foram bons líderes — eu disse, mais para mim do que para Kazek. — Quero garantir que o legado deles nunca seja esquecido.

— E nós garantiremos — Kazek prometeu. — Todos os dias. — Ele me virou com gentileza em seus braços, e sua expressão era suave enquanto me estudava. — Você vai me ensinar a ser um Alfa melhor para o nosso povo.

— Você não precisa da minha orientação — eu disse, segurando seu rosto com minha mão muito menor. — Você já está liderando.

— Por sua causa — ele disse. — Estou fazendo tudo isso... por você.

Balancei a cabeça.

— Você está fazendo tudo isso porque é a coisa certa a fazer.

— Não, Winter. Isso sempre foi por você, e sempre será por você. — Ele me beijou, seus lábios firmes e dominantes contra os meus. Eu me entreguei como sempre fazia com ele, meu corpo se derreteu por instinto, mas um zumbido em seu pulso interrompeu o momento. — Humm, um momento. Eu estava esperando essa ligação.

Não entendi o que ele quis dizer até que ele abriu a tela do relógio e um homem bronzeado com longos cabelos negros apareceu na tela.

— Alfa Carlos — Kazek cumprimentou com um falso tom jovial na voz. — Recebeu meu presente?

— Recebi — o outro homem respondeu com rispidez. Ele olhou para mim através da tela. — Essa é a sua nova companheira?

— Sim. Ômega Winter Flor, Rainha do Território de Inverno — Kazek informou. — Ela me ajudou a preparar seu presente.

— Entendo — Alfa Carlos respondeu. Sua expressão demonstrava o desagrado com a situação. — Você costuma permitir que sua companheira participe de ligações com outros líderes de Território, Alfa Kazek?

— Bem, ainda sou bastante novo nisso. Me pergunte de novo daqui a um ano e eu te direi. — A resposta leviana lhe rendeu um olhar carrancudo do outro homem.

— Você não vai durar muito nessa posição, vira-lata.

— Isso é um desafio direto? — Kazek retrucou, erguendo uma sobrancelha.

— Não de mim, mas você vai ouvir de outros em breve.

— Ah, então é uma ameaça — Kazek disse com desprezo. — Minha favorita.

Carlos não achou graça.

— Existem protocolos estabelecidos por um motivo. — A mudança de assunto confirmou o motivo de sua ligação.

— Sua irmã tentou matar minha companheira em inúmeras ocasiões. Não precisei de protocolo para acabar com a vida dela. Mas se você preferir, posso enviar uma cópia dessa confissão gravada para todos os Alfas de Território. Ficarei feliz em fazer isso.

— Quem está ameaçando quem nesse cenário?

— Ah, sou eu quem está te ameaçando — Kazek esclareceu. — Retalie e vou destruir você e sua propensão para traficar drogas.

Carlos resmungou.

— Você pode tentar.

Kazek sorriu.

— Eu faria mais do que tentar.

O Alfa ficou em silêncio do outro lado da linha, deixando ver a tensão no músculo de sua mandíbula.

— O Território Bariloche não deseja desafiá-lo neste momento. A morte da Alfa Vanessa é aceita e perdoada.

A linha foi cortada antes que Kazek pudesse responder.

Meu companheiro riu e balançou a cabeça.

— Bem, é mais ou menos isso o que eu esperava.

— Você acha que ele está falando sério? — perguntei. — Que ele vai aceitar a morte da irmã?

— Ele se preocupa mais consigo mesmo do que com ela, e a gravação que Enrique capturou para nós implica Alfa Carlos nas mortes dos seus pais. Ele pode não ter administrado as drogas, mas as forneceu. Vários Territórios parariam de negociar com ele se soubessem o quanto sua depravação é profunda.

— Você vai contar a eles? — perguntei.

Ele balançou a cabeça.

— Não. Vou manter como um coringa por enquanto. Vai me ajudar a manobrar o cenário político como um novo Alfa de Território. Mas se ele der um passo em falso, irei compartilhar a gravação com o mundo inteiro.

Assenti, concordando com sua decisão.

— Você deu uma cópia para o Ludvig, certo?

— Sim, e para Ander Cain — Kazek respondeu. — Carlos não é ingênuo. Ele sabe que temos pontos de apoio se necessário. Estamos seguros da retribuição dele. Ele tem seu próprio Território para se preocupar.

— E nós temos o nosso — eu disse, acenando para o corredor.

— É verdade. — Ele sorriu e me puxou para perto. — E temos um ao outro.

— Para sempre.

— Para sempre — ele concordou, pressionando a boca na minha. — E talvez um dia tenhamos um filhote ou dois.

Eu me animei com a ideia e uma imagem de Kazek segurando nosso filho me veio à cabeça.

— Acho que eu gostaria disso.

— É mesmo?

Assenti.

— Sim. Mas talvez não agora. Temos muito a fazer aqui primeiro.

— Então vou falar com Ludvig sobre a aquisição de algum método contraceptivo antes do seu próximo ciclo. — Ele roçou os lábios contra os meus. — Vamos apenas praticar nesse ínterim.

— Como talvez agora?

Ele me pegou nos braços em resposta. Mas não se dirigiu para nossos aposentos, mas sim para o salão de entretenimento.

— Kazek?

— Os tronos chegaram hoje — ele disse ao abrir as portas principais. — Parece apropriado, considerando que estão no lugar em que nos conhecemos.

— Alguém pode nos interromper.

— Não se valorizarem a própria vida — ele respondeu e mordiscou meu lábio inferior. — Vou me sentar, então você vai montar em mim e cavalgar até ficarmos satisfeitos. Depois, vou te tomar novamente porque posso. E então, se eu estiver satisfeito com a performance, vou te lamber e te adorar como a rainha que você é.

Eu estava ofegante quando ele terminou, e senti as coxas úmidas de desejo debaixo do vestido.

— Sim — sussurrei. — Sim.

Ele riu de um jeito sombrio e roçou os lábios nos meus.

— Eu te amo, Winter Flor.

Meu coração deu um salto no peito. Ele não tinha dito essas palavras em voz alta, mas as senti flutuar entre nós por uma eternidade.

— Eu também te amo, Kazek Flor.

— Me beije — ele exigiu.

— Me dê o nó — retruquei.

— Ah, minha pequena companheira. — Ele se acomodou no trono e me ajeitou para montar em suas coxas, exatamente como prometeu. — Vou te dar o nó até você me implorar para parar.

— Aceito esse desafio.

— Bom. Agora mãos à obra e tire a roupa.

— Sempre um Alfa — provoquei, mesmo enquanto obedecia. Foi bem fácil levantar o vestido sobre minha cabeça e jogá-lo no chão.

— Sempre *seu* Alfa — ele corrigiu, enquanto seus olhos percorriam meu corpo com interesse sombrio. — Assim como você é minha para sempre.

Afastei o cabelo para o lado para revelar a marca em meu pescoço que nunca cicatrizaria por completo, aquela que confirmava sua reivindicação para o mundo.

— Sua — concordei.

— Seu — ele disse e me puxou para um beijo que me queimou por dentro.

Levou apenas segundos para ele libertar seu pênis, e poucos instantes antes de ele estar dentro de mim, inclinando os quadris para cima, impulsionando e me possuindo de uma maneira que ninguém mais jamais faria.

O trono mais do que acomodou a nós dois.

E parecia apropriado, assim como ele disse, que ele me tomasse no mesmo lugar onde nós nos conhecemos.

Só que agora eu era uma rainha e estava cavalgando o meu rei, direto para a nossa própria versão pessoal de felizes para sempre.

Juntos para sempre.

Unidos como um só.

O Rei e a Rainha do Território de Inverno.

Kazek e Winter Flor.

EPÍLOGO

SVEN

Percorri os corredores da hospital principal do Território de Andorra, já decidido.

Não havia outra opção. Alfa Carlos tinha que pagar pelo que fez. Ele não podia ter permissão para continuar vivo. Era um monstro do pior tipo, um Alfa sem um pingo de remorso, e que quase matou a própria filha.

Minha futura companheira.

Ah, ela não concordava. Ela lutaria contra mim a cada passo do caminho. Mas ela não podia negar a atração entre nós.

Kari era minha. Eu soube desde o momento em que a vi naquela jaula, seu cabelo dourado um farol à luz das chamas.

E Alfa Carlos tentou destruí-la.

Abri a tela e disquei o número da pessoa que eu sabia que entenderia. Bem, o único macho que me protegeria, de qualquer forma.

Meu pai queria que eu pegasse uma Ômega mais adequada, uma sem todas as bagagens. Meu lobo discordava. Kari pertencia a mim, o que tornava minha responsabilidade cuidar disso.

Kazek atendeu minha ligação com uma risada, com sua Ômega esparramada ao seu lado no ninho.

— É melhor que seja importante — ele disse como cumprimento.

Winter corou e se enfiou nos lençóis, cobrindo a pele pela montanha de tecido. Já fazia algumas semanas desde a última vez que falei com Kaz e, pelo que parecia, sua companheira estava prestes a entrar em outro cio.

Meu peito se apertou com um toque de inveja. Kari vai agir assim comigo algum dia? A fêmea parecia me odiar mais do que gostar de mim, apesar de eu ter feito tudo ao meu alcance para ajudá-la nesses últimos meses.

— Mick? — Kaz perguntou, arqueando uma sobrancelha.

Limpei a garganta, preparando o que precisava dizer.

— Só liguei para te avisar que estou indo para o Território Bariloche.

Todos os sinais de diversão morreram em sua expressão.

— O quê?

— Alfa Carlos não pode continuar vivo depois do que fez. Vou desafiá-lo e matá-lo. — Não restava muito mais a dizer. Kaz consideraria isso uma missão suicida, assim como meu pai, mas eu não podia desistir. Não depois do que Kari acabou de passar. — Parto amanhã. Achei que você gostaria de saber.

— Ei, espere. Você não pode simplesmente entrar no Território Bariloche e desafiar o Alfa do Território. Você nunca vai passar pelas fronteiras.

—Já tenho essa parte planejada. — Porque Enrique ia me ajudar. Seus sentimentos por Kari ficaram evidentes quando descobri sua ligação com a irmã dela. Ela acasalou com o gêmeo dele. O que, de alguma forma, o ligou à garota, uma Ômega que ainda estava viva e atormentada diariamente. Ele queria resgatar Kari com a esperança de voltar para salvar a irmã dela também.

Eu lhe daria a oportunidade.

E mataria Carlos no processo.

— O Enrique vai te ajudar — Kaz concluiu, percebendo o rumo dos meus pensamentos daquela maneira incomum dele. — Você perdeu a cabeça?

Um breve momento passou entre nós, arrancando um suspiro profundo do meu peito. Encontrei e mantive seu olhar, minha determinação inflexível.

Então eu disse a única coisa que podia.

A única coisa que ele entenderia.

— Não, Kaz. Finalmente encontrei meu coração.

A história de Sven e Kari continua em Território Bariloche...

A série X-Clan continua com Território Bariloche

A vida é uma série de prisões.
E no final, só há morte.

Kari Zamora

Meu pai me escravizou. Me arruinou. Me vendeu. Me deixou sofrer.

Até que *ele* me resgatou.

Alfa Sven Mickelson do Território Nórdico afirma ser meu salvador, quer que eu viva e jura que irá me proteger. Mas sei que alfas não são confiáveis. Tudo o que ele quer é meu vínculo de acasalamento. Me possuir. Me fazer dele.

Ninguém se importa com o que eu quero. Mas eles vão se importar.

Porque eu tenho um plano.

Algo que ninguém vai descobrir.

E quando perceberem que parti, será tarde demais.

Sven Mickelson

Meu destino é liderar. Possuir. Tomar. Sou um alfa de significativa primogenitura e estou pronto para reivindicar o que é meu. Mas ela continua a me negar.

Ômega Kari está despedaçada. Destruída. Uma mulher arrasada por aqueles em quem ela mais confiava. E eu sou o único que pode reconstruí-la. Se ela deixar.

Ela acha que sou cego para seus modos conspiratórios, mas sinto a lutadora à espreita sob seu pelo. Estou desafiando-a a sair para brincar. Porque quando ela o fizer, finalmente poderei reivindicar meu direito.

Então vá em frente, lobinha.
Tente correr.
Eu não estarei muito atrás.
E juntos, vamos queimar o Território Bariloche por completo.

Amazon

Lexi C. Foss é uma escritora perdida no mundo do TI. Ela mora em Chapel Hill, na North Carolina, com o marido e seus filhos de pelos. Quando não está escrevendo, está ocupada riscando itens da sua lista de viagem. Muitos dos lugares que visitou podem ser vistos em seus textos, incluindo o mundo mítico de Hydria, que é baseado em Hydra nas ilhas gregas. Ela é peculiar, consome café demais e adora nadar.

https://www.lexicfoss.com/Inicio

MAIS LIVROS DE LEXI C. FOSS

Série Aliança de Sangue

Inocência Perdida

Liberdade Perdida

Resistência Perdida

Rebeldia Perdida

Realeza Perdida

Crueldade Perdida

Universo da Aliança de Sangue

Desejo

Dia de Sangue

Rainha dos Elementos

Livro Um

Livro Dois

Livro Três

O Próximo Reinado

Rainha dos Vampiros

Livro Um

Livro Dois

Livro Três

Livro Quatro

Outras séries sobre o universo Fae:

Rainha Fae do Inverno

Série X-Clan

A origem

Território Andorra

O experimento

A flecha de Winter

Território Bariloche

Série V-Clan

Território de Sangue

Território Noturno

Outros Livros

Ilha Carnage

Reivindicação

.